Le Livre de Poche Jeunesse

À CONTRE-SENS

Mercedes Ron

Mercedes Ron est née en 1993 et réside à Séville. Cette jeune Argentine a deux passions : l'écriture et le chant. Elle a déjà rencontré un immense succès avec la première : sa trilogie, *À contre-sens*, succès sur Wattpad, avec plus de quarante millions de vues.

Mercedes Ron

À CONTRE-SENS #1.

Traduit par Nathalie Nédélec-Courtès

Photo de couverture : © BestPhotoStudio / Shutterstock
Traduit de l'espagnol par Nathalie Nédélec-Courtès

L'édition originale de cet ouvrage a paru en langue espagnole chez Montena, un département de Penguin Random House Grupo Editorial, sous le titre :
CULPA MIA

À ma mère.
Merci d'être mon amie, ma confidente,
tout ce dont j'ai toujours eu besoin et davantage.
Merci d'avoir fait en sorte
que j'aie toujours un livre entre les mains.

PROLOGUE

— Laisse-moi tranquille !

Elle me contourna pour se diriger vers la porte, mais je l'attrapai par le bras et la forçai à me regarder.

— Tu peux m'expliquer ce qui t'arrive, bon sang ? m'écriai-je, furieux.

Elle leva les yeux, et j'y vis un éclat sombre et profond. Elle me sourit sans joie.

— C'est pourtant ton monde, Nicholas, observa-t-elle avec calme. Donc, je vis ta vie, je profite de tes amis, j'oublie tous mes problèmes. C'est tout ce qu'on te demande de faire, il me semble, ce que je suis censée faire moi aussi, lança-t-elle en reculant d'un pas pour s'écarter de moi.

Je n'arrivais pas à y croire.

— Tu pètes complètement les plombs, fis-je en baissant la voix.

Je n'aimais pas ce que j'avais devant les yeux : la fille dont je croyais être amoureux se transformait en une personne qui ne me plaisait pas. Pourtant, en y réfléchissant bien, ce qu'elle était en train de faire, la *manière* dont elle le faisait, était le reflet de ma propre vie, ma vie avant de la rencontrer. C'est moi qui l'y avais poussée : tout était de ma faute. Elle s'autodétruisait par ma faute.

D'une certaine manière, nous avions échangé nos rôles. Elle avait surgi dans ma vie, m'avait sorti du trou noir où je m'étais fourré et avait fini par occuper ma place.

1

NOAH

Tandis que je montais et baissais la vitre de la nouvelle voiture de ma mère, je pensais à ce que me réservait l'année infernale que j'avais devant moi. Je ne comprenais toujours pas comment nous en étions arrivées là, à quitter notre maison pour traverser tout le pays jusqu'en Californie. Il y a trois mois, j'avais reçu la nouvelle, celle qui allait bouleverser ma vie, celle qui me donnait envie de pleurer la nuit, celle qui me faisait supplier et protester comme une gamine de dix ans.

Mais que pouvais-je faire ? Il me restait encore onze mois, trois semaines et deux jours avant d'avoir dix-huit ans pour pouvoir me barrer à l'université, loin de parents qui ne pensaient qu'à eux-mêmes, loin de ces inconnus avec qui j'allais devoir vivre parce que, oui, je devrais désormais partager ma vie avec deux personnes que je ne connaissais absolument pas, deux mecs par-dessus le marché.

— Tu peux arrêter ? C'est agaçant, lança ma mère tout en démarrant.

— Toi aussi, tu fais un tas de choses agaçantes, et je dois bien les supporter !

Le soupir sonore qui s'ensuivit était devenu si habituel qu'il ne me surprit même pas.

Comment pouvait-elle m'obliger à faire ça ? Mes sentiments ne lui importaient donc pas ? *« Bien sûr que si »*, m'avait-elle répondu alors que nous nous éloignions de ma ville chérie. Mes parents s'étaient séparés il y a six ans, et cela s'était mal passé : le divorce avait été traumatisant. Mais j'avais fini par le surmonter… ou, en tout cas, je faisais de mon mieux pour y croire.

J'ai beaucoup de mal à m'adapter aux changements, et me trouver en compagnie d'étrangers me terrorise. Je ne suis pas timide, juste très réservée en ce qui concerne ma vie privée. Alors, l'idée de partager ma vie vingt-quatre heures sur vingt-quatre avec deux personnes que je connaissais à peine m'angoissait tellement que j'avais envie de descendre de voiture pour aller vomir.

— Je ne comprends toujours pas pourquoi tu ne veux pas que je reste, lui dis-je. Je ne suis pas une gamine, je sais prendre soin de moi… D'ailleurs, l'année prochaine, je serai à l'université et je vivrai seule… C'est la même chose.

J'essayai de la convaincre pour la énième fois : tout cela n'était que la pure vérité.

— Je ne veux pas rater ta dernière année de lycée, et je veux profiter de ma fille avant qu'elle parte étudier loin de moi. Noah, je te l'ai déjà dit mille fois : je veux que tu fasses partie de cette nouvelle famille, tu es ma fille… Mon Dieu ! Tu crois vraiment que je vais te laisser vivre dans un autre pays, si loin de nous, sans aucun adulte pour s'occuper de toi ? me répondit-elle en agitant la main droite mais sans quitter la route des yeux.

Elle ne comprenait pas à quel point c'était dur pour moi. Pour elle, c'était le début d'une nouvelle vie avec un nouveau mari, mais pour moi ?

— Tu ne comprends pas, maman. Tu réalises que c'est ma dernière année de lycée ? Que c'est là-bas que j'ai toutes mes amies, mon copain, mon travail, mon équipe ? Toute ma vie, maman ! lui criai-je en m'efforçant de retenir mes larmes.

Cette situation me dépassait vraiment. D'habitude je ne pleurais jamais, je répète, *jamais*, devant personne. Pleurer, c'est pour les faibles, pour ceux qui ne savent pas contrôler leurs émotions. Moi, j'avais eu très tôt mon quota de larmes et j'avais décidé de ne plus jamais en verser une seule.

Dire que cette folie avait commencé par une maudite croisière aux îles Fidji. Je m'en voulais tellement de ne pas être partie avec ma mère. Parce que c'était sur un bateau, au beau milieu du Pacifique Sud, qu'elle avait rencontré l'incroyable William Leister.

Ma mère s'était présentée à la mi-avril avec deux billets pour une croisière. Sa meilleure amie, Alicia, avait eu un accident de voiture dans lequel elle s'était cassé la jambe droite, un bras et deux côtes : elle n'avait donc pas pu partir comme prévu avec son mari et avait offert les billets à ma mère. Mais, quand j'y repense… À la mi-avril, je bossais mes examens de fin d'année et c'était la pleine saison des matchs de volley. Mon équipe avait enfin remporté la première place après être restée une éternité à la deuxième : c'était l'une des plus grandes joies de ma vie. Pourtant, si c'était possible, je rendrais le trophée, je quitterais l'équipe, je préférerais obtenir de sales notes à mes éval pour annuler ce mariage.

Se marier à bord d'un bateau : ma mère était complètement folle ! Et, par-dessus le marché, elle me l'avait tranquillement annoncé à son retour, comme si épouser un millionnaire au beau milieu de l'océan était la chose la plus normale au monde… C'était surréaliste. En plus, elle voulait emménager dans une villa en Californie. Ma mère était née au Texas et mon père au Colorado, mais moi, j'étais née au Canada et j'aimais ce pays, c'était tout ce que j'avais toujours connu…

— Ma chérie, je veux ce qu'il y a de mieux pour toi, me dit ma mère, me ramenant à la réalité. Tu sais par quoi je suis passée, par quoi *nous* sommes passées. Je rencontre enfin un homme gentil qui m'aime et me respecte… Cela fait tellement longtemps que je n'ai pas été aussi heureuse… j'ai besoin de lui et je sais que tu finiras par l'aimer. Et puis, il peut t'offrir un avenir auquel nous n'aurions jamais pu rêver, tu vas pouvoir aller à l'université de ton choix, Noah !

— Mais je m'en fiche ! Et je ne veux pas qu'un inconnu me paie quoi que ce soit.

Je frissonnai à la pensée que, dans un mois, je fréquenterais un lycée plein de gosses de riches.

— Ce n'est pas un inconnu : c'est mon mari, alors tu ferais mieux de te faire à l'idée, répliqua-t-elle d'un ton plus sec.

— Je ne me ferai jamais à l'idée.

Pour couper court à la discussion, je fixai la route. Je n'avais plus envie de lui parler.

Ma mère soupira encore :

— Je sais que tes amis et Dan vont te manquer, Noah, mais prends-le du bon côté, tu vas avoir un frère ! s'exclama-t-elle, l'air ravi.

— Je t'en prie, ne dis pas n'importe quoi.

— Mais tu vas l'adorer : Nick est un amour. Un garçon sérieux et responsable, qui meurt sûrement d'envie de te présenter à ses amis et de t'emmener visiter la ville. Chaque fois que je l'ai vu, il était enfermé dans sa chambre à étudier ou à lire : vous avez peut-être les mêmes goûts littéraires.

Je levai les yeux au ciel :

— Oui, bien sûr… Il doit adorer Jane Austen. Au fait, tu m'as dit qu'il avait quel âge ?

Je le savais déjà, cela faisait des mois que ma mère n'arrêtait pas de me parler de Will et de lui. Malgré tout, Nick n'avait pas été capable de nous accorder un petit moment pour venir faire notre connaissance...

— Il est un peu plus âgé que toi, mais, comme tu es plus mature que les filles de ton âge, vous allez vous entendre à merveille.

Et maintenant, elle me passait de la pommade... « Mature » : je doutais que ce terme soit vraiment celui qui me définisse le mieux et, de toute façon, il y avait peu de chances qu'un garçon de presque vingt-deux ans meure d'envie de me montrer la ville et de me présenter à ses amis. Comme si, moi, j'en avais envie !

— Nous sommes arrivées, annonça ma mère.

Je tournai les yeux vers les hauts palmiers et les villas monumentales qui longeaient la route. Chacune d'entre elles aurait pu contenir plusieurs pavillons. Il y en avait de style anglais, victorien... mais aussi beaucoup de style moderne avec des parois de verre et d'immenses jardins. Plus nous avancions dans la rue, plus les demeures étaient immenses et plus je paniquais.

Nous arrivâmes enfin à un portail de trois mètres de hauteur et, comme si de rien n'était, ma mère sortit un appareil de la boîte à gants et appuya sur un bouton pour ouvrir les vantaux. Puis elle redémarra et nous avançâmes le long d'un chemin bordé de pins où flottaient des effluves d'air marin.

— La maison n'est pas aussi impressionnante que les autres, mais nous avons la plus belle vue sur la plage, dit-elle avec un grand sourire.

Je me tournai vers elle et l'observai : je ne la reconnaissais pas. Ne voyait-elle donc pas que tout cela était trop grand pour nous ?

Après avoir contourné la fontaine et s'être garée devant le perron qui menait à la porte principale, ma mère coupa le moteur. Mon Dieu !

J'avais l'impression d'être arrivée à l'hôtel le plus luxueux de toute la Californie. Sauf qu'il ne s'agissait pas d'un hôtel, mais de ma future maison… En tout cas, c'est ce que ma mère voulait me faire croire.

La villa était toute blanche, avec de hauts toits couleur sable ; elle avait au moins trois étages, mais il était difficile de s'en assurer tant elle comportait de terrasses, de fenêtres, de… tout. Face à nous se dressait un porche impressionnant aux lumières déjà allumées (il n'était que dix-neuf heures), ce qui donnait à l'édifice un aspect féerique. Le soleil allait bientôt se coucher et le ciel se parait de nuances infinies qui contrastaient avec le blanc immaculé du bâtiment.

À peine étais-je descendue de voiture que William Leister apparut à la porte, suivi par trois hommes déguisés en pingouin.

Le nouveau mari de ma mère n'était pas habillé comme les rares fois où il m'avait fait l'honneur de sa présence. Il avait renoncé au costume et au gilet de marque pour un bermuda blanc, un polo bleu ciel et des tongs. Ses cheveux noirs, d'habitude plaqués en arrière, étaient décoiffés. C'est sûr, je pouvais comprendre ce que ma mère lui trouvait : il était vraiment séduisant, nettement plus grand que ma mère et très bien conservé. L'âge n'avait pas totalement épargné son visage (on distinguait des pattes-d'oie et des rides sur son front), mais ses quelques cheveux blancs lui donnaient l'air mûr et attachant.

Ma mère, telle une collégienne, courut se jeter dans ses bras. Moi, je pris mon temps pour aller chercher mes affaires dans le coffre.

Des mains gantées surgirent alors de nulle part, et j'eus un sursaut de recul.

— Je m'occupe de vos affaires, mademoiselle, me dit l'un des hommes habillés en pingouin.

— Je peux le faire moi-même, merci, lui répondis-je, vraiment mal à l'aise.

L'homme me regarda comme si j'avais perdu la tête.

— Laisse donc Martin t'aider, Noah, intervint William Leister.

Je lâchai ma valise à contrecœur.

— Je suis vraiment heureux de te voir, Noah, poursuivit le mari de ma mère avec un sourire affectueux.

Près de lui, ma mère ne cessait de faire des gestes pour que je me tienne bien, que je sourie ou que je me décide enfin à parler.

— Je ne peux pas en dire autant, répondis-je en lui tendant la main.

J'étais très impolie, je le savais, mais ce n'était que la pure vérité.

Je voulais juste que ma position concernant ce bouleversement dans nos vies soit bien claire.

William n'eut pas l'air de s'en offenser. Il retint ma main plus longtemps que nécessaire, ce qui augmenta ma gêne.

— Je sais que tout ceci est un changement brutal dans ta vie, Noah, mais je veux que tu te sentes chez toi, que tu profites de ce que je peux t'offrir, et surtout que tu puisses m'accepter comme un membre de ta famille… d'ici quelque temps, ajouta-t-il, probablement devant mon air incrédule.

Ma mère me foudroyait de ses yeux bleus.

Je ne pus qu'acquiescer et reculer pour qu'il lâche ma main. Ces marques d'affection m'embarrassaient. Ma mère s'était remariée – tant mieux pour elle – mais cet homme ne serait jamais rien pour moi, ni un père, ni un beau-père, ni rien qui s'en approche. J'avais déjà un père, et ça me suffisait.

— Et si on te montrait la maison ? proposa William avec un grand sourire, indifférent à mon hostilité.

— Viens, Noah, m'encouragea ma mère.

Elle me prit par le bras, et je n'eus pas d'autre choix que de marcher à ses côtés.

Comme elle était parfaitement éclairée, je ne ratai aucun détail de cette villa trop grande, même pour vingt personnes… alors, pour une famille de quatre ! Les plafonds étaient hauts, avec des poutres de bois. De vastes baies vitrées donnaient sur le jardin. Un grand escalier trônait au centre d'un immense salon et bifurquait vers les deux ailes de l'étage supérieur.

Ma mère et son mari me firent visiter la villa dans son intégralité, me montrèrent le salon et la cuisine spacieuse au milieu de laquelle trônait un grand îlot qui devait beaucoup plaire à ma mère. Il y avait aussi un gymnase, une piscine climatisée, des salles pour les fêtes et – ce qui m'impressionna le plus – une grande bibliothèque.

— Ta mère m'a dit que tu aimais beaucoup lire et écrire, dit William.

— Comme des milliers de personnes, oui.

Son ton aimable m'importunait, je ne voulais tout simplement pas qu'il m'adresse la parole.

— Noah, dit ma mère d'un ton de reproche, en plongeant ses yeux dans les miens.

Je n'étais pas sympa, je le savais, mais elle l'avait cherché. À cause d'elle, j'allais passer une année pourrie et je ne pouvais rien y changer.

William ne perdit son sourire à aucun moment, ne semblant pas se rendre compte des regards échangés entre ma mère et moi.

Je soupirai, frustrée et mal à l'aise. C'était si différent, si… démesuré. Serais-je capable de m'habituer à vivre dans un tel endroit ?

J'avais tout à coup besoin d'être seule, besoin de temps pour tout assimiler…

— Je suis fatiguée. Je peux aller voir la pièce qui sera ma chambre ? fis-je d'un ton moins dur.

— Bien sûr. Ta chambre et celle de Nicholas se trouvent dans l'aile droite du deuxième étage. D'ailleurs, désormais, vous partagerez la salle de jeux.

La « salle de jeux », sérieusement ? Je m'efforçai de sourire. J'essayais de ne pas penser que je devrais aussi cohabiter avec le fils de William. Je ne savais de lui que ce que ma mère m'avait raconté, c'est-à-dire qu'il avait vingt et un ans, qu'il étudiait à l'Université de Californie et que c'était un insupportable gosse de riche. Enfin, ce dernier point n'était qu'une déduction personnelle.

J'y pensais encore en montant les escaliers : il me faudrait cohabiter avec deux hommes inconnus. Six ans s'étaient écoulés depuis la dernière fois qu'un homme, mon père, avait habité chez nous. Je m'étais habituée à ne vivre qu'entre filles, juste à deux. Notre vie n'avait pas été un long fleuve tranquille et encore moins durant mes onze premières années ; les problèmes avec mon père nous avaient marquées, ma mère et moi.

Après son départ, nous ne nous étions pas laissé abattre, nous avions peu à peu réussi à cohabiter comme deux personnes ordinaires et, au fil du temps, ma mère était devenue l'une de mes meilleures amies. Elle me donnait la liberté que je voulais, justement parce qu'on se faisait mutuellement confiance… en tout cas, jusqu'à ce qu'elle décide de foutre ma vie en l'air.

Ma mère s'arrêta devant une porte de bois sombre.

— Voilà ta chambre, fit-elle.

Je les observai, William et elle, plantés devant la porte, ils avaient l'air de vouloir m'annoncer quelque chose.

— Cette chambre est mon cadeau pour toi, Noah, déclara enfin ma mère, les yeux brillants.

Lorsqu'elle s'écarta, j'ouvris la porte sans hâte, redoutant ce que j'allais découvrir.

La première chose captée par mes sens fut la délicieuse odeur de mer et de coquillages. Mes yeux se posèrent ensuite sur une paroi de verre qui se trouvait face à la porte. La vue était spectaculaire, et j'en restai sans voix. De là où je me tenais, on voyait l'océan. La maison était sûrement bâtie sur une falaise, parce que je ne voyais que la mer et un coucher de soleil resplendissant. C'était hallucinant.

— Mon Dieu !

Je répétai encore une fois ce qui était devenu mon expression préférée. Mes yeux parcoururent l'immense chambre. Contre la paroi de gauche se trouvait un lit à baldaquin recouvert de coussins blancs assortis à la couleur des murs peints d'un agréable ton bleu pastel. Les meubles, dont un bureau avec un Mac géant, un ravissant canapé, une coiffeuse avec miroir et une grande bibliothèque où se trouvaient déjà tous mes livres, étaient bleus et blancs. Le parquet était recouvert d'un tapis blanc si épais que j'aurais pu dormir dessus. C'était la chambre la plus belle que j'aie jamais vue de ma vie.

J'étais troublée. Tout cela était pour moi ?

— Ça te plaît ? me demanda ma mère.

— C'est incroyable… merci.

Je me sentais à la fois reconnaissante et gênée. Je ne voulais pas qu'on m'achète de telles choses, je n'en avais pas besoin.

— J'ai travaillé avec une décoratrice professionnelle… Je voulais que tu aies tout ce que tu as toujours désiré et que moi, je n'ai jamais pu te donner, ajouta-t-elle, émue.

Je ne pouvais pas m'en plaindre… Une telle chambre est le rêve de n'importe quelle adolescente.

Je m'approchai d'elle pour la serrer dans mes bras. Cela faisait au moins trois mois que je ne m'étais pas sentie aussi proche de ma mère, et je savais que c'était important pour elle.

— Merci, Noah, me dit-elle au creux de l'oreille pour que je sois la seule à l'entendre. Je te jure que je vais faire tout mon possible pour que nous soyons heureuses ici, toutes les deux.

— Ça va aller, maman, lui répondis-je, tout en sachant que cela n'était pas en son pouvoir.

Ma mère me lâcha, essuya les larmes qui avaient glissé sur sa joue et se plaça près de son nouveau mari.

— On te laisse t'installer, dit aimablement William.

J'acquiesçai sans éprouver la moindre gratitude à son égard. Ce qui se trouvait dans cette chambre ne supposait aucun effort pour lui : ce n'était que de l'argent.

Je refermai la porte et je remarquai qu'il n'y avait pas de verrou.

Je jetai enfin un coup d'œil à la salle de bains. Elle était aussi grande que mon ancienne chambre, avec une douche hydromassante, une baignoire et deux lavabos. J'allai me pencher à la fenêtre. Elle donnait sur les fleurs et les palmiers du jardin à l'arrière de la maison, et sur l'immense piscine.

C'est en sortant de la salle de bains que je remarquai la petite ouverture dans le mur d'en face. Oh, mon Dieu…

Je traversai la chambre pour entrer dans un dressing rempli de vêtements à étrenner qui devait être le rêve de toute fille de mon âge. D'abord, le souffle coupé, je passai les mains sur ces fabuleux vêtements. Les étiquettes y étaient encore accrochées : ils étaient hors de prix. Ma mère, ou qui que ce soit l'ayant convaincu de dépenser tout cet argent, avait perdu la raison.

J'éprouvais une sensation étrange, comme si rien de tout cela n'était réel, comme si j'allais bientôt me réveiller dans mon ancienne chambre avec mon lit une place et mes fringues ordinaires. Le pire, c'est que je le souhaitais de toutes mes forces, parce que cette vie n'était pas la mienne et que je n'en voulais pas… Mon estomac se noua avec une telle intensité que je m'effondrai sur le sol. Angoissée, la tête sur les genoux, je respirai à fond jusqu'à ce que passe l'envie de pleurer.

Comme si elle lisait dans mes pensées, mon amie Beth m'envoya un message juste à ce moment-là :

› Tu es bien arrivée ? Tu me manques déjà.

En souriant, j'envoyai à Beth une photo de l'intérieur du dressing. Une seconde plus tard, je reçus cinq émoticones avec la bouche ouverte :

› Je te déteste ! Tu le savais ?

J'éclatai de rire puis lui répondis :

› Si c'était possible, je t'offrirais tout ça. En fait, je donnerais n'importe quoi pour être avec vous, chez Dan en train de voir un film ou de discuter sur ton canapé dégueu.

› Ne sois pas aussi négative, profites-en, putain. Tu es riche maintenant !

Non, tout cet argent n'était pas à moi, mais à William.

Je posai mon téléphone et commençai à défaire mes valises. J'en sortis un short et un T-shirt simple. Je ne voulais pas changer ma manière d'être, il était hors de question que je commence à porter des polos de marque.

Je pris une douche, nécessaire après ce long voyage. Heureusement, je n'avais pas besoin d'un temps fou pour être présentable, j'avais hérité des cheveux ondulés de ma mère qu'un simple séchage suffit à coiffer. Une fois habillée, je décidai de faire un tour dans la maison.

J'éprouvais une sensation bizarre à marcher seule à travers les pièces… je m'y sentais comme une intruse. Ce serait long de m'habituer à vivre ici, au luxe et à l'immensité. Dans notre ancien appartement, on s'entendait d'une pièce à l'autre ; ici, c'était complètement impossible.

Je pris la direction de la cuisine en priant pour ne pas me perdre. Je mourais de faim, j'avais besoin de toute urgence d'un hamburger ou d'un petit truc à grignoter.

Malheureusement, en arrivant dans la cuisine, je vis que je n'étais pas seule.

Quelqu'un était en train de fouiller dans le frigo, quelqu'un dont je ne pouvais voir que le sommet du crâne orné de cheveux bruns. À l'instant précis où je m'apprêtais à ouvrir la bouche, un aboiement assourdissant me fit pousser un cri strident, comme l'aurait fait une petite fille.

Je me tournai en sursaut, juste au moment où la tête émergeait de derrière la porte du frigo pour voir qui hurlait de la sorte.

Un chien noir se tenait contre l'îlot, au milieu de la cuisine ; il était magnifique, mais ses yeux semblaient vouloir me dévorer. Un labrador, peut-être, je n'en étais pas absolument sûre. Mes yeux allèrent du chien au garçon qui se tenait près de lui.

À la fois surprise et curieuse, j'examinai celui qui était sûrement le fils de William, Nicholas Leister. La première chose qui me vint à l'esprit en le voyant fut : « Quels yeux ! » D'un bleu azur, aussi clairs que les murs de ma chambre, ils contrastaient de manière incroyable avec le noir de jais de ses cheveux décoiffés et humides de sueur. Il venait apparemment de faire du sport, parce qu'il portait un legging et un débardeur.

Il était beau, j'étais bien obligée de l'admettre ! Mais je n'oubliais pas qu'il s'agissait de mon nouveau « frère », la personne avec qui j'allais cohabiter durant un an, ce qui, je le pressentais, serait une véritable torture. Et son chien continuait de montrer les dents comme s'il devinait mes pensées.

— Tu es Nicholas, n'est-ce pas ?

J'essayai de contrôler la peur que me causait cette sale bête, toujours en train de grogner. Je fus surprise et furieuse de voir mon « frère » tourner le regard vers son chien et sourire.

— Lui-même, fit-il. (Son regard revint se poser sur moi.) Toi, tu dois être la fille de la nouvelle femme de mon père, commenta-t-il.

Je n'arrivais pas à croire qu'il l'ait dit d'un ton aussi froid.

— C'est quoi, déjà, ton nom… ?

J'écarquillai les yeux, complètement sidérée. Il ne connaissait pas mon prénom ? Nos parents s'étaient mariés, ma mère et moi avions emménagé ici, et il ne savait même pas comment je m'appelais ?

2

NICK

— Noah, me répondit-elle sèchement. Je m'appelle Noah.

La manière dont elle me foudroya du regard m'amusa. Ma nouvelle sœur avait l'air vexée que je n'en aie rien à foutre de son nom ou de celui de sa mère, quoique, je dois le reconnaître, je me souvenais de celui de sa mère. Comment aurais-je pu l'oublier ! Dernièrement, Raffaella Morgan avait passé plus de temps que moi dans cette maison. Et maintenant, je devrais aussi supporter sa fille.

— Ce n'est pas un nom de garçon ? lui dis-je en sachant parfaitement que ça l'agacerait. Sans vouloir te vexer, bien sûr, ajoutai-je en voyant ses yeux couleur de miel s'écarquiller.

— C'est aussi un nom de fille, répondit-elle presque aussitôt. (J'observai ses yeux passer de moi à Thor, mon chien, et je ne pus éviter de sourire une nouvelle fois.) C'est sûr, dans ton vocabulaire limité, le terme « mixte » n'existe pas, ajouta-t-elle cette fois sans me regarder.

Thor ne cessait de grogner et de lui montrer les dents. Ce n'était pas sa faute, nous l'avions dressé pour qu'il se méfie des inconnus. Il suffisait d'un seul mot de moi pour que le chien affectueux se transforme en bête féroce et lui saute dessus… mais voir l'air effrayé de ma nouvelle petite sœur était trop drôle.

— Ne t'en fais pas, j'ai un vocabulaire très large, dis-je en refermant le frigo. J'ai notamment un mot-clef que mon chien adore. Ça commence par AT, puis TA et ça finit par QUE.

La peur apparut sur son visage et je dus retenir un éclat de rire.

Elle était grande, dans les un mètre soixante-huit ou soixante-dix. Mince aussi, et avec tout ce qu'il fallait, j'étais bien forcé de l'admettre. Mais son visage était si enfantin que je dus repousser toute pensée lubrique. Apparemment, elle était encore au lycée, et ça se reflétait clairement dans son short, son T-shirt blanc et ses Converse noires. Il ne lui manquait plus qu'une queue-de-cheval, et elle aurait pu passer pour l'adolescente typique qui attend avec impatience, dans une file interminable, que s'ouvrent les portes d'un grand magasin pour s'acheter le dernier disque du chanteur dont rêvent toutes les filles de quinze ans. Cependant, ce qui attira le plus mon attention, c'étaient ses cheveux : ils étaient d'une couleur originale, entre blond foncé et roux.

— Trop drôle ! s'exclama-t-elle d'un ton ironique mais l'air vraiment effrayée. Sors-le d'ici, on dirait qu'il va me tuer, ajouta-t-elle en reculant.

À ce moment précis, Thor avança d'un pas.

« Bon chien », pensai-je. Peut-être que ma nouvelle sœur méritait une bonne leçon, un accueil digne de ce nom, pour qu'elle sache à qui appartenait cette maison et qu'elle comprenne qu'on ne voulait pas d'elle ici.

— Allez ! Vas-y, Thor !

Noah le regarda puis tourna les yeux vers moi et recula encore, jusqu'à se cogner contre le mur de la cuisine.

Thor avançait peu à peu vers elle en grognant, tous crocs dehors. Il était plutôt effrayant, mais je savais qu'il ne lui ferait rien… sauf si je lui en donnais l'ordre.

— Qu'est-ce que tu fais ? Ça n'a rien de drôle.

Oh si, ça l'était.

— D'habitude, mon chien s'entend bien avec tout le monde. C'est bizarre, il n'a pas l'air de t'aimer.

Amusé, je la regardais faire de son mieux pour contrôler sa peur.

— Tu comptes faire quelque chose ? cracha-t-elle entre ses dents, le regard de nouveau fixé sur moi.

Faire quelque chose ? Te dire de te barrer par où tu es venue, par exemple ?

— Dis-moi, ça fait combien de temps que tu es là, cinq minutes ? Et tu donnes déjà des ordres ? dis-je en me servant un verre d'eau au robinet. (Pendant ce temps, mon chien continuait de grogner.) Il faudrait peut-être que je te laisse ici un petit moment pour que tu t'adaptes toute seule.

— Tu t'es cogné la tête combien de fois quand tu étais gosse, imbécile ? Enlève-moi ce chien de là !

Je fis volte-face, légèrement surpris par son audace. Elle venait vraiment juste de m'insulter ?

Je crois que même mon chien s'en était rendu compte, parce qu'il avança encore, l'acculant contre le mur. Tout à coup, sans que j'aie le temps de réagir, Noah se retourna et s'empara de la première chose qui se trouvait sur le plan de travail, une poêle. Avant qu'elle ne frappe mon pauvre chien, je m'approchai de lui et le tirai par le collier tout en arrêtant le geste de Noah.

— Qu'est-ce que tu fous, putain ?!

Je lui arrachai la poêle des mains et la reposai sur le plan de travail. Mon chien se retourna, furieux, et Noah se réfugia contre moi en poussant un petit cri étouffé.

Étant donné que c'était moi qui la menaçais, j'étais surpris qu'elle se réfugie dans mes bras pour que je la protège.

— Thor, assis !

Il se calma sur-le-champ, s'assit et commença à remuer la queue, l'air heureux.

Je baissai les yeux vers Noah, qui était accrochée des deux mains à mon T-shirt. Je souris devant le comique de la situation jusqu'à ce qu'elle réalise ce qu'elle faisait. Elle me lâcha alors et me repoussa.

— Crétin !

— Primo, tu as intérêt à ne plus jamais t'attaquer à mon chien, et deuxio… (je plantai mes yeux dans les siens et je remarquai les petites taches de rousseur qui parsemaient son nez et ses joues)… je te conseille de ne plus m'insulter si tu ne veux pas avoir de problèmes.

Elle me dévisagea de manière étrange. Ses yeux, d'abord posés sur mon visage, descendirent jusqu'à mon torse, car elle était apparemment incapable de soutenir mon regard.

Je reculai d'un pas. Ma respiration s'était précipitée sans que je sache pourquoi. Elle commençait sérieusement à m'agacer, et pourtant je ne la connaissais que depuis cinq minutes.

— Il vaut mieux qu'on s'entende bien, petite sœur, lui dis-je en lui tournant le dos.

Puis je pris mon sandwich sur le plan de travail et me dirigeai vers la porte.

— Ne m'appelle pas comme ça, je ne suis pas ta sœur, ni quoi que ce soit qui s'en approche !

Elle le dit avec tant de haine que je me retournai pour l'observer de nouveau. Ses yeux brillaient de détermination, et je sus alors qu'elle n'était pas plus heureuse que moi que nos parents se soient mariés.

— Là-dessus, on est d'accord... *petite sœur*, répétai-je, les yeux plissés, en m'amusant de ses petits poings serrés.

À ce moment précis, j'entendis du bruit derrière moi. Je me retournai pour me retrouver face à mon père... et à son épouse.

— Je vois que vous avez fait connaissance, dit-il avec un sourire jusqu'aux oreilles.

Cela faisait si longtemps que je ne l'avais pas vu sourire de cette manière. Dans le fond, je me réjouissais de le voir ainsi, de savoir qu'il avait refait sa vie. Même s'il ne me demandait pas d'en faire partie.

Raffaella m'adressa un sourire affectueux depuis le seuil, et je m'obligeai à exécuter une sorte de grimace ressemblant vaguement à un sourire. C'était le maximum dont j'étais capable, le mieux que cette femme pourrait obtenir de moi, après tout je n'avais rien contre elle à titre personnel.

Même si les relations entre mon père et moi n'étaient ni brillantes ni affectueuses, il avait été parfaitement d'accord pour que l'on crée cette muraille qui nous séparait du monde extérieur. Ce qui s'était passé avec ma mère nous avait marqués tous les deux, mais surtout moi, qui étais son fils et qui l'avais vue partir sans se retourner.

Depuis cette époque, je me méfiais des filles, elles ne m'intéressaient que lorsqu'il s'agissait de baiser ou de s'amuser avec elles pendant les fêtes. Pourquoi donc aurais-je voulu davantage ?

— Noah, tu as vu Thor ? demanda Raffaella à sa fille, qui se tenait toujours près du plan de travail sans pouvoir dissimuler son mécontentement.

Alors, Noah fit quelque chose qui me sidéra : elle avança d'un pas, s'accroupit et commença à appeler Thor.

— Thor, viens ici, mon beau.

Elle lui parlait de manière affectueuse et chaleureuse. Je devais bien admettre qu'elle était courageuse. Moins d'une seconde plus tôt, elle tremblait de peur devant ce même chien.

J'étais surpris qu'elle ne se précipite pas vers sa mère pour tout lui raconter.

Mon chien se mit à remuer énergiquement la queue. Il tourna la tête vers moi, puis de nouveau vers elle, comprenant sans doute à mon air sérieux que quelque chose ne collait pas.

La queue entre les pattes, il s'approcha de moi et s'assit à mes pieds. Ma nouvelle sœur en resta comme deux ronds de flan.

— Bon chien, le félicitai-je avec un grand sourire.

Noah se redressa brusquement, me foudroyant de ses yeux bordés de cils épais. Puis elle se tourna vers sa mère :

— Je vais me coucher.

Je me disposai à faire de même, ou plutôt tout le contraire étant donné que j'avais prévu de me rendre à une fête sur la plage.

— Je sors ce soir, ne m'attendez pas, lançai-je.

Nous étions sur le point de sortir de la cuisine quand mon père nous arrêta, ma *petite sœur* et moi.

— Aujourd'hui, nous sortons dîner tous les quatre, décréta-t-il, les yeux fixés sur moi.

Oh putain !

— Papa, je suis désolé, mais j'ai rendez-vous et…

— Moi, je suis très fatiguée par le voyage, je vais me…

— C'est notre premier dîner en famille et je tiens à ce que vous soyez présents tous les deux, nous interrompit mon père.

Près de moi, Noah, qui avait retenu sa respiration quelques secondes, relâcha brusquement tout l'air contenu dans ses poumons.

— On ne peut pas faire ça demain ?

— Je suis désolé, ma chérie, mais demain nous avons un gala de l'entreprise, lui répondit mon père.

— Noah, nous allons dîner ensemble, ça ne se discute pas, trancha Raffaella en plongeant ses yeux clairs dans ceux de sa fille.

Il valait mieux céder. Je dînerais avec eux, puis j'irais chez Anna, mon amie… *spéciale*, et après nous irions à la fête.

Noah bredouilla quelque chose d'inintelligible, passa entre eux deux et se dirigea vers le hall où se trouvaient les escaliers.

— Donnez-moi une demi-heure pour me doucher, dis-je en indiquant mes vêtements trempés de sueur.

Mon père acquiesça, satisfait, son épouse me sourit, et je sus que ce soir j'avais été un fils responsable et adulte. Tout au moins, c'est ce que je leur avais fait croire.

3

NOAH

Mais quel CRÉTIN !

Tandis que je montais les escaliers en tapant du pied aussi fort que je le pouvais, je pensais aux dix minutes passées en compagnie de mon nouveau *frère*. Comment pouvait-on être aussi con, prétentieux et psychopathe ? Bon sang, je bouillais ! Je l'avais déjà pris en grippe parce qu'il était le fils du nouveau mari de ma mère ; mais, à présent, cette aversion atteignait des sommets astronomiques.

C'était lui, le garçon parfait et adorable dont ma mère m'avait parlé ?

J'avais détesté sa manière de me parler, de me regarder. Comme si le simple fait d'avoir du fric le rendait supérieur à moi. Il m'avait examinée de la tête aux pieds, puis avait souri en se moquant de moi.

J'entrai dans ma chambre en claquant la porte. De toute façon, vu la taille de la maison, personne ne risquait de m'entendre. Il faisait déjà nuit, mais une faible lumière entrait par la fenêtre. Avec l'obscurité, la mer s'était teintée de noir et on ne voyait plus où elle se terminait et où commençait le ciel.

Je m'empressai d'allumer la lumière.

Je me jetai tout de suite sur mon lit, énervée, puis je fixai mes yeux sur les hautes poutres du plafond. En plus, ils m'obligeaient à dîner avec eux. Ma mère ne se rendait donc pas compte qu'en ce moment, la dernière chose que je voulais, c'était être entourée de gens ? J'avais besoin d'être seule, de me reposer, de digérer tous les changements qui bouleversaient ma vie, d'apprendre à vivre avec eux, même si, dans le fond, je savais que je ne m'y ferais jamais.

Je pris mon portable, hésitant à appeler mon petit ami, Dan. Je ne voulais pas qu'il s'inquiète en entendant ma voix… J'étais en Californie depuis une heure à peine, et son absence me pesait déjà.

Il ne s'était pas écoulé dix minutes que ma mère frappait à ma porte. Comme je ne répondais pas, elle finit par entrer.

— Noah, d'ici quinze minutes on doit tous être en bas, me dit-elle patiemment.

— Tu le dis comme si j'allais mettre une heure et demie à descendre des escaliers.

Je me redressai et m'assis sur mon lit. Ma mère avait lâché ses cheveux blonds mi-longs et les avait coiffés avec beaucoup d'élégance. Nous venions à peine d'arriver dans cette maison, et son aspect était déjà différent.

— Je le dis parce qu'il faut que tu te changes pour le dîner, me répondit-elle en ignorant mon ton acerbe.

Je l'observai sans comprendre et examinai sa tenue.

— Qu'est-ce qu'ils ont de mal, mes vêtements ?

— Tu ne penses tout de même pas y aller dans cette tenue, non ? En short, T-shirt et baskets ! dit-elle, exaspérée.

Je me levai pour lui faire face. Ma patience était à bout.

— Il faudrait peut-être que tu te le mettes dans le crâne une bonne fois pour toutes, maman : je ne veux pas dîner avec toi et ton mari, je n'ai pas envie de connaître le crétin pourri gâté qui lui sert de fils, et encore moins de me mettre sur mon trente et un pour eux !

J'étais tenaillée par une envie démesurée de prendre la voiture et de me barrer pour retourner dans ma ville.

— Arrête de te comporter comme si tu avais cinq ans, tu t'habilles et tu viens dîner avec moi et ta nouvelle famille, m'ordonna-t-elle d'un ton dur. (Cependant, en voyant mon expression, elle se radoucit.) Ce ne sera pas comme ça tous les jours ; je t'en prie, fais-le pour moi.

Je respirai à fond plusieurs fois, je ravalai tout ce que j'aurais aimé lui crier et je hochai la tête.

— Juste ce soir.

Dès que ma mère eut quitté la pièce, j'entrai dans mon dressing. J'étais dégoûtée de tout, mais je commençai à chercher une tenue qui me plaise et dans laquelle je sois à l'aise. Je voulais aussi démontrer que je pouvais me comporter en adulte. Le regard incrédule et amusé de Nicholas, tandis qu'il parcourait mon corps de ses yeux clairs et hautains, était encore gravé dans mon esprit. Il m'avait observée comme si je n'étais qu'une gamine, prenant plaisir à me faire peur avec cette saleté de chien.

Ma valise était ouverte sur le sol. Je m'agenouillai et fouillai parmi mes vêtements. Ma mère espérait sûrement me voir porter l'une des tenues qu'elle m'avait achetées, mais c'était vraiment la dernière chose que je comptais faire. Je ne voulais pas céder : accepter ces vêtements équivalait à accepter cette nouvelle vie et à perdre ma dignité.

Tout en bouillant de colère, je choisis ma robe noire. Qui pourrait dire qu'elle n'était pas élégante ? Je regardai autour de moi à la recherche d'une paire de chaussures. Je n'étais pas fan de talons hauts, mais, si je descendais avec mes Converse, ma mère m'obligerait à les enlever. Je finis par choisir des sandales avec un petit talon : rien d'insurmontable.

Je m'approchai du miroir géant qui se trouvait sur l'une des parois pour observer mon reflet. Je savais que mon amie Beth approuverait mon choix. D'ailleurs, Dan avait toujours trouvé cette robe très sexy…

Sans plus y penser, je lâchai mes cheveux et je les lissai. Je mis aussi une touche de rouge à lèvres. Satisfaite du résultat, je pris un petit sac à main et me dirigeai vers la porte.

En l'ouvrant, je me heurtai à Nicholas, qui s'arrêta un instant pour m'observer. Son horrible chien était à ses pieds et je ne pus éviter de faire un bond en arrière.

Mon nouveau frère sourit en m'examinant de nouveau de la tête aux pieds. Ses yeux brillaient d'une émotion sombre et indéchiffrable.

— On ne vous apprend pas à vous habiller, à l'école des bouseux ? lança-t-il d'un ton sarcastique.

Je pris un air angélique pour répondre :

— Oh si… mais le prof était aussi con que toi, c'est probablement pour ça que je n'ai pas écouté.

Il ne s'attendait pas à ce que je réplique, et je m'attendais encore moins à ce qu'un sourire se dessine sur ses lèvres trop sensuelles. Je l'observai : force était de constater qu'il était grand et viril. Il portait un pantalon de costume et une chemise au col non boutonné, sans cravate. Ses yeux azur semblaient vouloir me transpercer, mais je ne me laissai pas intimider.

Je posai les yeux sur son chien, qui à présent, au lieu de me regarder avec un air assassin, remuait joyeusement la queue et attendait, assis, en nous observant avec intérêt.

— Ton chien a l'air plus sympa… Tu vas lui dire de m'attaquer maintenant ou tu attendras qu'on revienne du dîner ?

Les yeux plongés dans les siens, avec un sourire feint, je le défiais.

— Je ne sais pas, Éphélide… ça dépendra de ton comportement.

Puis il tourna les talons et se dirigea vers les escaliers.

Je fis de mon mieux pour rester calme. Il m'avait appelée Éphélide ! Il me cherchait vraiment.

Je lui emboîtai le pas, finissant par me convaincre que ça ne valait pas la peine de me fâcher pour ses commentaires, ses regards ou sa simple présence. Il n'était que l'une des nombreuses personnes que je devrais supporter dans cette ville, alors il valait mieux que je m'y habitue.

En arrivant à l'étage inférieur, je ne pus m'empêcher d'être une nouvelle fois surprise devant la splendeur de cette maison. Elle avait un petit air rétro, mais sophistiqué et moderne en même temps. En attendant ma mère – et en faisant de mon mieux pour ignorer la personne qui me tenait compagnie –, je parcourus du regard l'impressionnant lustre de cristal qui tombait du haut plafond orné de poutres. Il était fait d'innombrables cristaux qui ressemblaient à de petites gouttes de pluie suspendues dans les airs.

Un instant, mon regard croisa le sien et je le soutins en espérant qu'il détournerait les yeux. Je ne voulais pas qu'il pense qu'il m'intimidait, qu'il croie qu'il pourrait faire de moi ce qu'il voulait.

Mais pas du tout. Il m'observa fixement, avec une détermination incroyable. Juste au moment où j'allais m'avouer vaincue, ma mère apparut avec William.

— Bon, nous sommes tous là, constata ce dernier. (Il nous regarda avec un grand sourire, tandis que je l'observais sans la moindre joie.) J'ai déjà réservé une table au club, j'espère que vous avez faim, ajouta-t-il avant de se diriger vers la porte, ma mère pendue à son bras.

Celle-ci écarquilla les yeux en voyant ma robe.

— Pourquoi as-tu mis ça ? me chuchota-t-elle au creux de l'oreille.

Je fis mine de n'avoir rien entendu et j'avançai vers la sortie. À l'extérieur, l'air était doux et frais, on entendait au loin les vagues qui se brisaient contre la rive.

— Tu montes avec nous, Nick ? s'enquit William.

Mais il nous avait déjà tourné le dos pour se diriger vers un impressionnant 4 × 4 noir qui brillait de mille feux et paraissait tout droit sorti de chez le concessionnaire. Je ne pus m'empêcher de lever les yeux au ciel. C'était tellement cliché !

— Je prends ma voiture, répondit-il. (Il se retourna vers nous.) J'ai rendez-vous avec Miles après le dîner : on va terminer le dossier du cas Refford.

— Très bien, acquiesça son père. Tu veux aller avec lui jusqu'au club, Noah ? ajouta-t-il un instant après en se retournant vers moi. Comme ça, vous pourrez mieux faire connaissance.

Il m'observait, satisfait, comme s'il avait eu l'idée la plus géniale du monde.

Je jetai un coup d'œil à son fils, qui m'observait en fronçant les sourcils. La situation semblait l'amuser.

— Je n'aime pas monter dans la voiture d'une personne quand je ne sais pas comment elle conduit, avouai-je à mon nouveau beau-père.

J'espérais que mes paroles feraient mouche ; les hommes n'aiment pas qu'on mette en doute leur capacité à conduire. Je tournai le dos au 4 × 4 et montai dans la Mercedes noire de Will.

Ce dernier et ma mère y montèrent à leur tour, et je savourai le fait d'être seule sur le siège arrière pendant le trajet jusqu'à ce club de rupins.

J'avais tellement hâte que la soirée se termine, je voulais en finir avec cette farce de la famille heureuse montée de toutes pièces par ma mère et son mari, et retourner dans ma chambre pour me reposer.

Environ quinze minutes plus tard, nous arrivâmes à une propriété isolée entourée de terrains parfaitement entretenus. Une vaste allée illuminée accueillait les visiteurs au club nautique Mary Read. L'homme qui montait la garde dans une élégante cabine près de la barrière se pencha pour inspecter les occupants de la voiture. Un signe évident de reconnaissance apparut sur son visage quand il vit qui était au volant.

— Monsieur Leister, bonsoir… Madame, ajouta-t-il en voyant ma mère.

Mon nouveau beau-père le salua, et nous pûmes pénétrer dans l'enceinte.

— Noah, ta carte de membre arrivera la semaine prochaine, mais en attendant, tu peux utiliser mon nom de famille pour qu'on te laisse entrer, ou celui d'Ella, dit-il en se tournant vers ma mère.

Je ressentis un pincement au cœur. C'était comme ça que l'appelait mon père, et j'étais certaine qu'elle n'appréciait pas du tout ce diminutif, il évoquait trop de mauvais souvenirs. Mais, bien sûr, elle n'allait pas le dire à son fantastique nouveau mari.

Ma mère était très douée pour oublier les choses pénibles et douloureuses. Moi, en revanche, je les gardais enfouies au plus profond jusqu'à ce que je finisse par exploser et que je les ressorte toutes.

Nous nous arrêtâmes devant les portes du luxueux établissement. Un voiturier s'approcha de nous pour nous ouvrir la portière, accepta le pourboire que William lui offrit et emmena la voiture je ne sais où.

Le restaurant était incroyable, entièrement vitré. De là où je me trouvais, je pouvais voir quelques tables et les incroyables aquariums remplis de crabes, poissons et autres calamars prêts à être sacrifiés et servis dans nos assiettes. Avant qu'on s'occupe de nous, je sentis quelqu'un se placer derrière moi. Son haleine me frôla l'oreille et me fit frissonner. Je me retournai et vis qu'il s'agissait de Nicholas. Malgré mes talons, il me dépassait d'une demi-tête. Il m'accorda à peine un regard.

— J'ai une réservation au nom de William Leister, déclara mon beau-père à la serveuse qui se chargeait d'accueillir les clients qui entraient.

Pour une raison inexplicable, elle se décomposa à notre vue, puis elle s'empressa de nous guider à travers l'établissement accueillant mais bondé.

Notre table était l'une des mieux placées, joliment éclairée par des bougies, comme tout le restaurant. La paroi vitrée nous offrait une vue panoramique impressionnante sur l'océan, et je me demandai si de telles baies vitrées étaient courantes en Californie.

Pour être sincère, j'étais complètement ébahie.

William et ma mère commencèrent aussitôt à discuter et à se sourire bêtement, comme ensorcelés l'un par l'autre. Moi, pendant ce temps, je ne pus éviter de remarquer le regard incrédule que la serveuse lançait à Nick.

Celui-ci ne parut pas s'en rendre compte. Il était occupé à tourner la petite salière entre ses doigts. Un instant, mes yeux se posèrent sur ses mains si soignées, si hâlées et si grandes. Mes yeux montèrent le long de son bras jusqu'à son visage, puis jusqu'à ses yeux qui m'observaient avec intérêt. Je retins ma respiration.

— Que voulez-vous prendre ? demanda ma mère, ce qui me donna une bonne occasion de détourner le regard.

Je les laissai commander pour moi, essentiellement parce que je ne connaissais pas la moitié des plats qui se trouvaient sur le menu. Pendant que nous attendions le repas et que je remuais distraitement mon Ice Tea avec ma paille, William tenta de nous impliquer, son fils et moi, dans la conversation.

— Tout à l'heure, je parlais à Noah de tous les sports qui peuvent se pratiquer ici au club, Nick, commenta Will. (Son fils qui, jusqu'à présent, avait gardé les yeux fixés sur le fond de la salle, plongea le regard dans le sien.) Nicholas joue au basket et c'est un surfeur du tonnerre, tu sais, fit-il en ignorant l'air agacé de Nick.

Un surfeur... Je ne pus éviter de lever les yeux au ciel. Pour mon malheur, Nicholas était en train de m'observer. Il se pencha, appuyé sur ses deux avant-bras, et me scruta intensément.

— Quelque chose t'amuse, Noah ? lança-t-il en faisant son possible pour que le ton de sa voix reste amical, mais je savais que dans le fond mon attitude le dérangeait. Tu trouves que le surf est un sport stupide ?

Avant que ma mère ne réponde – je la voyais déjà venir –, je me penchai moi aussi vers lui.

— C'est toi qui l'as dit, pas moi, lui répondis-je en souriant d'un air innocent.

Moi, j'aimais les sports d'équipe, avec de la stratégie, qui requéraient un bon capitaine et beaucoup de constance et de travail. Le volley m'avait apporté tout cela, et j'étais sûre que le surf ne tenait pas la comparaison.

Avant qu'il ne puisse répliquer, car j'étais sûre qu'il en avait l'intention, la serveuse, une jeune femme aux cheveux châtain foncé avec un tablier noir, vint déposer les plats sur la table, cognant au passage, sans le vouloir, l'épaule de Nicholas.

— Désolée, Nick, s'excusa-t-elle.

Elle sursauta et se tourna vers moi, comme si elle avait commis une terrible erreur.

Nicholas me regarda lui aussi et je compris aussitôt qu'un truc bizarre se passait entre ces deux-là.

Profitant du fait que nos parents étaient occupés, je me penchai pour assouvir ma curiosité.

— Tu la connais ? dis-je tandis qu'il versait de l'eau gazeuse dans son verre en cristal.

— Qui ça ? me répondit-il en jouant les innocents.

— La serveuse.

Je scrutais son visage avec intérêt, mais il ne trahissait rien. Je sus alors que Nicholas Leister était expert dans l'art de dissimuler ses pensées.

— Oui, elle m'a servi plus d'une fois, affirma-t-il en tournant le regard vers moi.

Il m'observa comme s'il me défiait de le contredire. *Tiens tiens, Nick est un menteur. Pourquoi donc n'étais-je pas surprise ?*

— Oui, bien sûr *qu'elle t'a servi un tas de fois*, déclarai-je.

— Que cherches-tu à insinuer, petite sœur ?

Mon sourire disparut en entendant ces mots.

— Que les gens pleins de fric comme toi, vous êtes tous pareils : vous croyez que le monde vous appartient. Cette fille n'arrête pas de te regarder depuis que tu as franchi la porte. J'en déduis qu'elle te connaît. (Pour une raison inexplicable, j'étais furieuse.) Mais toi, tu n'as pas daigné lui accorder un regard. C'est *dégueulasse*.

Il m'observa fixement avant de répondre.

— Tu as une théorie très intéressante et je vois que les « gens pleins de fric », comme tu les appelles, te dégoûtent un max. Pourtant, ta mère et toi vivez maintenant sous notre toit et profitez de tout le confort que ce même fric peut vous offrir. Si tu nous trouves si méprisables, que fais-tu assise à cette table ? lança-t-il en me scrutant de la tête aux pieds d'un air hautain.

Je fis de mon mieux pour me calmer. Il savait s'y prendre pour me faire sortir de mes gonds.

— Tu sais ce que je pense ? Ta mère et toi, vous êtes encore pires que la serveuse, fit-il en se penchant au-dessus de la table afin que je sois la seule à l'entendre. Pas la peine de jouer les dégoûtées alors que vous vous êtes toutes les deux vendues pour de l'argent.

Ce fut la goutte d'eau qui fit déborder le vase. La colère m'aveugla.

Je pris le verre qui se trouvait devant moi pour lui jeter le contenu à la figure.

Dommage que le verre ait été vide.

4

NICK

L'expression de son visage quand elle constata que son verre était vide fit disparaître tout vestige de la colère et de l'irritation que j'avais ressenties depuis que nous étions assis à cette table.

Cette fille était vraiment imprévisible. J'étais surpris de voir avec quelle facilité elle pétait les plombs, et l'effet que je pouvais lui faire avec de simples mots m'amusait.

Ses joues parsemées de petites taches de rousseur virèrent au rouge lorsqu'elle se rendit compte qu'elle s'était ridiculisée. Ses yeux allèrent du verre vide à moi, puis elle regarda autour d'elle, comme pour s'assurer que personne n'avait été témoin de sa stupidité.

Mais si je faisais abstraction du comique de la situation – et pour être drôle, elle l'était ! – je ne pouvais tolérer qu'elle se comporte ainsi avec moi. Et si le verre avait été plein ? Je n'allais certainement pas laisser une morveuse de dix-sept ans croire qu'elle pouvait me jeter un verre d'eau à la figure… Cette stupide gamine allait comprendre les problèmes qu'elle allait s'attirer si elle essayait encore de s'en prendre à moi.

En affichant mon plus beau sourire, je me penchai au-dessus de la table. Elle m'observait avec précaution, les yeux écarquillés, et je prenais plaisir à constater une certaine crainte dissimulée derrière ses longs cils.

— Ne t'avise pas de recommencer, lui dis-je calmement.

Elle me regarda quelques instants, puis, comme si de rien n'était, se tourna vers sa mère.

La soirée se poursuivit sans autre incident. Noah ne m'adressa plus la parole, ni un regard ; j'en fus soulagé et agacé en même temps. Alors qu'elle répondait aux questions de mon père et parlait sans grand enthousiasme à sa mère, moi, j'en profitais pour l'examiner.

C'était une fille très naturelle. Les différentes expressions de son visage, au fur et à mesure qu'elle goûtait les fruits de mer servis à table, m'amusèrent beaucoup. Elle ne mangea que quelques bouchées de ce qu'on nous servit, ce qui me fit remarquer à quel point elle avait l'air mince, moulée comme elle l'était dans cette robe noire. J'en étais resté bouche bée lorsque je l'avais vue sortir de sa chambre et que j'avais détaillé ses longues jambes, sa taille fine et ses seins. Elle était plutôt pas mal, compte tenu du fait qu'elle n'avait pas subi d'intervention, contrairement à la plupart des filles de Californie.

Je devais reconnaître qu'elle était plus belle que je ne l'avais cru dans un premier temps. Des idées sensuelles me vinrent à l'esprit, assombrissant mon humeur. Je ne pouvais pas me laisser distraire par de telles pensées, encore moins si nous devions vivre sous le même toit.

Mon regard se posa une nouvelle fois sur son visage : elle était à peine maquillée, juste un soupçon de rouge à lèvres. C'était si bizarre… Toutes les filles que je connaissais passaient au moins une heure dans leur chambre à se pomponner, même des filles dix mille fois plus belles que Noah. Et elle, elle n'hésitait pas à venir dans un restaurant de luxe sans se farder. C'est vrai qu'elle n'avait pas besoin de maquillage : elle avait la chance d'avoir un joli teint, presque sans imperfection ; c'est-à-dire sans compter ses éphélides qui lui donnaient cet air enfantin et me rappelaient qu'elle n'avait même pas terminé le lycée.

Soudain, elle se tourna vers moi, excédée :

— Tu veux ma photo ?

— Si c'est à poil, oui, je veux bien.

Je savourai le léger rouge qui lui monta aux joues. Ses yeux brillèrent de colère, puis elle les tourna de nouveau vers nos parents, totalement étrangers aux petites querelles qui se déroulaient pourtant à quelques centimètres d'eux.

Lorsque je portai mon verre à mes lèvres, mes yeux tombèrent sur la serveuse qui m'observait depuis sa place derrière le comptoir.

Je jetai un bref coup d'œil à mon père, puis je me levai sous le prétexte d'aller aux toilettes. Noah me suivit des yeux avec intérêt, mais je lui prêtai à peine attention. J'avais une chose importante à régler.

Sans hésiter, j'allai m'asseoir sur le tabouret face à Claudia, la serveuse, avec qui je couchais de temps à autre ; j'avais aussi, avec son cousin, une relation un peu plus compliquée.

Claudia me fixa avec un sourire nerveux tout en s'appuyant au comptoir, ce qui ne m'offrait qu'une vue limitée sur ses seins, car l'uniforme qu'elle était obligée de porter ne dévoilait pas grand-chose.

— Je vois que tu t'es déjà trouvé une autre fille pour te payer du bon temps, me dit-elle.

— C'est la fille de ma belle-mère, lui expliquai-je tout en jetant un coup d'œil à ma montre.

Anna et moi avions rendez-vous d'ici quarante minutes.

— Et je ne vois pas en quoi ça te regarde. (Je me levai.) Dis à Ronnie que je l'attends cette nuit sur les quais, à la fête de Kyle.

Claudia serra les dents, contrariée par le peu d'attention que je lui accordais. Je ne comprenais pas comment les nanas pouvaient s'attendre à une relation sérieuse avec un type comme moi. Je les prévenais pourtant toujours que je ne voulais aucune sorte d'engagement, non ? Et elles voyaient bien que je couchais avec qui je voulais : n'était-ce pas suffisamment clair ? Pourquoi donc pensaient-elles réussir à me faire changer ?

C'était précisément pour cette raison que j'avais arrêté de coucher avec Claudia, et elle ne me l'avait toujours pas pardonné.

— Tu vas à la fête ? s'enquit-elle, une lueur d'espoir dans le regard.

— Bien sûr. J'y vais avec Anna… Ah, et autre chose ! continuai-je sans aucune considération. Essaie de ne pas montrer qu'on se connaît, ma nouvelle sœur s'est rendu compte qu'on avait couché ensemble et je n'aimerais pas que mon père l'apprenne lui aussi.

Claudia serra les lèvres et me tourna le dos sans un mot.

Je revins à table juste au moment où on apportait le dessert. Après dix minutes de conversation tournant presque exclusivement autour de mon père et de sa nouvelle épouse, je me dis que j'avais suffisamment bien tenu mon rôle de fils parfait pour la journée.

— Je suis désolé, mais je vais devoir y aller.

Mon père m'observa un moment, les sourcils froncés.

— Tu vas chez Miles ? Vous vous en tirez avec l'affaire ?

Je m'efforçai de ne pas pousser de soupir résigné et mentis du mieux que je pouvais.

— Son père nous a laissé toute la paperasse ; donc, je suppose que, d'ici à ce que nous ayons une véritable affaire rien qu'à nous, on devra attendre des années, lui répondis-je, soudain conscient que Noah m'observait avec intérêt.

— Tu études quoi ? me demanda-t-elle, manifestement surprise.

— Le droit. Ça t'étonne ? insistai-je, savourant le fait de la pousser dans ses retranchements.

Elle changea d'attitude et me regarda d'un air hautain.

— Eh bien, oui, pour être honnête. Je croyais que pour faire ces études-là, il fallait avoir un tant soit peu de cervelle.

— Noah ! s'écria sa mère.

Cette morveuse commençait sérieusement à me taper sur les nerfs.

— Vous n'êtes pas partis d'un bon pied, tous les deux, s'emporta mon père en me lançant un regard furieux.

Je dus contenir l'envie de me lever et de les planter là sans un mot. J'avais ma dose de ce petit numéro de la famille heureuse ; je voulais juste me barrer et arrêter de faire semblant d'éprouver un quelconque intérêt pour ces conneries.

— Je suis désolé, mais je dois y aller.

Je me levai et posai ma serviette sur la table. Je ne comptais pas perdre mon calme devant mon père.

Noah se leva également, en jetant insolemment sa serviette sur la table.

— Si lui s'en va, alors moi aussi ! dit-elle en lançant un regard de défi à sa mère.

— Assieds-toi tout de suite, lui ordonna celle-ci.

Putain, je n'avais pas que ça à foutre. Il fallait que je me barre d'ici, et tout de suite.

— Je l'emmène, finis-je par dire à la grande surprise de tous, y compris celle de Noah.

Elle m'observa avec méfiance.

— Je n'irai nulle part avec toi, lâcha-t-elle avec orgueil, en crachant chacun de ces mots.

Avant que quiconque ne puisse répliquer, j'attrapai ma veste et, tandis que je l'enfilais, je lâchai :

— Je ne suis pas d'humeur pour ces gamineries. On se voit demain.

— Nicholas, attends, m'ordonna mon père. Noah, va avec lui et repose-toi. Ta mère et moi, nous rentrerons plus tard.

Je regardai ma nouvelle sœur, qui semblait tiraillée entre l'envie de rentrer et la répulsion à l'idée de partager la voiture avec moi.

Elle réfléchit un instant, soupira, puis dit en me foudroyant du regard :

— C'est bon, je viens avec toi.

5

NOAH

La dernière chose que je souhaitais à cet instant précis était de devoir quelque chose à ce sale type mal élevé, mais j'avais encore moins envie de rester seule avec ma mère et son mari, vu comment elle le regardait d'un air émerveillé et comment lui prenait de grands airs, gonflé de son influence et de tous ses billets.

Je pris congé de ma mère et, sans grand enthousiasme, je m'empressai de suivre Nicholas, qui se dirigeait vers la sortie. Une fois arrivée près de lui à l'entrée du restaurant, j'attendis les bras croisés qu'on nous amène sa voiture.

Je ne fus pas surprise de le voir sortir un paquet de cigarettes de sa veste et d'en allumer une. Je le regardai la porter à ses lèvres et expulser la fumée avec des gestes lents et fluides.

Moi, je n'avais jamais fumé, ni même essayé, alors que toutes mes amies avaient commencé à le faire dans les toilettes du lycée. Je ne comprenais pas quelle satisfaction on pouvait tirer d'inhaler de la fumée cancérigène qui non seulement imprégnait les vêtements et les cheveux d'une odeur horrible, mais également nuisait à des milliers de cellules de notre corps.

Comme s'il lisait dans mes pensées, Nicholas se tourna vers moi et, avec un sourire sarcastique, me tendit le paquet.

— Tu en veux une, petite sœur ? me demanda-t-il en prenant une nouvelle bouffée.

— Je ne fume pas… et tu ferais bien de m'imiter. Ce serait dommage de griller le seul neurone qui te reste.

Je fis un pas en avant et me tournai pour ne plus le voir.

Puis je sentis sa présence derrière moi, mais je ne bougeai pas. Je sursautai tout de même lorsqu'il recracha la fumée sur mon cou.

— Fais attention… sinon je te laisse en plan ici et tu rentres à pied, menaça-t-il.

Je l'ignorai et me dirigeai vers sa voiture, qui venait d'arriver. Ma robe était courte et, malheureusement, son 4 × 4 était haut, si bien que je dus monter à bord avec précaution pour ne pas risquer de tout, mais absolument tout, dévoiler. Je regrettai d'avoir mis ces stupides chaussures. Ma frustration, ma colère et ma tristesse s'étaient accentuées au fil de la soirée, et les discussions déjà nombreuses que j'avais eues avec ce crétin m'avaient tellement démoralisée que j'étais au pire de ma forme.

Je m'empressai de boucler ma ceinture tandis que Nicholas démarrait en marche arrière pour se placer sur l'allée vers la sortie.

Une fois en dehors du club, mon nouveau « frère » accéléra et se mit à rouler à plus de cent vingt, ignorant délibérément la limitation à quatre-vingts. Je ne pus réprimer un soupir de contrariété.

Nicholas se tourna vers moi.

— C'est quoi ton problème, maintenant ? lança-t-il d'un ton grossier, comme s'il ne pouvait plus me supporter une minute de plus.

Ah, mais alors nous sommes deux.

— Je n'ai pas envie de mourir à cause d'un énergumène qui ne sait même pas lire les panneaux de signalisation, le voilà, mon problème !

J'avais élevé la voix, car j'étais à bout de nerfs : un peu plus et je me mettrais à crier comme une possédée. J'étais consciente de mon mauvais caractère. L'une des choses que je détestais le plus chez moi était ma fâcheuse tendance à crier et à insulter.

— Mais qu'est-ce que t'as, putain ? Tu n'as pas arrêté de te plaindre depuis que j'ai eu la malchance de faire ta connaissance ! Je n'en ai rien à foutre, moi, de tes problèmes. Tu es dans ma maison, ma ville et ma voiture, alors ferme-la jusqu'à ce qu'on soit arrivés !

Lui aussi avait élevé la voix.

— Pour qui tu te prends, à me parler comme ça ?! m'écriai-je, hors de moi.

Nicholas tourna brusquement le volant et appuya sur le frein avec tant de force que, si je n'avais pas eu ma ceinture de sécurité, j'aurais été projetée à travers le pare-brise.

Dès que j'eus un peu récupéré de ma frayeur, je jetai un coup d'œil alarmé en arrière et vis deux voitures braquer vers la droite pour nous éviter. Les coups de klaxon et les insultes me laissèrent momentanément sonnée. Puis je réagis.

— Mais qu'est-ce que tu fais ?! criai-je, terrorisée à l'idée qu'on nous rentre dedans.

Nicholas me regardait avec le plus grand sérieux, imperturbable.

— Sors de la voiture.

Médusée, j'ouvris tellement grand la bouche que cela devait sembler comique.

— Tu plaisantes.

— Je ne le répéterai pas, me prévint-il du même ton calme.

Il dépassait vraiment les bornes.

— Eh bien, tu vas devoir m'y contraindre, car je n'ai pas l'intention de bouger, répondis-je avec un regard aussi froid que le sien.

Il prit les clefs, descendit de voiture en laissant sa portière ouverte. J'ouvris des yeux grands comme des soucoupes en le voyant contourner le 4 × 4 par l'arrière et s'approcher de ma portière.

Franchement, ce mec foutait les jetons quand il se fâchait et, à cet instant, il avait l'air plus furieux que jamais. Mon cœur se mit à battre follement en sentant cette émotion si familière, ancrée au fond de moi… la peur.

Il ouvrit ma portière d'un coup sec et répéta :

— Sors de la voiture.

Je réfléchissais à toute vitesse. Il était complètement frappé, il ne pouvait pas me laisser en plan sur une route au milieu de nulle part.

— C'est hors de question.

Ma voix tremblait et je me maudis moi-même. Une peur irrépressible me nouait les tripes. Mes yeux balayèrent rapidement les ténèbres. Je savais que, s'il m'abandonnait ici, je m'effondrerais.

Alors, il me surprit une nouvelle fois : il se glissa devant mon siège, déboucla ma ceinture et me sortit de l'habitacle en me tirant par le bras. Tout se déroula si vite que je n'eus même pas le temps de protester. Cela ne pouvait pas être réel.

— Mais t'es taré ?! criai-je, tandis qu'il s'éloignait de moi pour regagner son siège.

— J'espère que tu vas comprendre une bonne fois pour toutes, lança-t-il par-dessus son épaule, toujours aussi froid qu'une statue de glace. Je ne t'autorise pas à me parler comme tu l'as fait. J'ai déjà assez de problèmes comme ça. Appelle un taxi ou ta mère, moi, je me tire.

Puis il prit place sur son siège et démarra.

Mes mains commencèrent à trembler.

— Nicholas, tu ne peux pas me laisser là ! hurlai-je au moment où la voiture s'ébranlait dans un crissement de roues. Nicholas !

Ce cri fut suivi d'un profond silence, puis mon cœur s'emballa follement.

Il ne faisait pas encore nuit noire, mais il n'y avait pas de lune. Je tentai de contrôler ma peur et l'envie irrationnelle de tuer ce salaud qui m'avait laissée en plan au milieu de nulle part lors de mon premier jour dans cette ville.

Je m'accrochai à l'espoir que Nicholas allait revenir me chercher, mais, au fur et à mesure que le temps passait, il s'amenuisait. Je sortis mon portable de mon sac, mais cette saleté d'appareil n'avait plus de batterie. Malédiction. Il ne me restait qu'une seule chose à faire, tout aussi horrible et dangereuse que de rester là debout : de l'auto-stop. Je n'avais plus qu'à prier pour qu'une personne civilisée me prenne en pitié et me ramène chez moi. Ensuite, je prendrais ma revanche sur cette pourriture qui était soi-disant mon frère, parce que nous n'allions pas en rester là : ce con ne savait pas à qui il avait affaire.

Je vis une voiture s'approcher sur la route, elle venait de la direction du club nautique et je priai pour que ce soit la Mercedes de Will.

Je courus au bord de la route et je levai le pouce, comme je l'avais vu faire dans les films. J'étais consciente que, dans la moitié d'entre eux, la fille qui faisait du stop terminait assassinée et jetée dans un fossé. Je fis de mon mieux pour repousser ces pensées.

La première voiture passa sans s'arrêter, le deuxième conducteur me cria une bordée d'injures, le troisième me traita de tous les noms, et le quatrième… le quatrième s'arrêta sur le bas-côté, à un mètre de l'endroit où je me trouvais.

Soudain inquiète, je m'approchai pour voir qui était l'insensé mais très opportun individu qui avait décidé d'aider une fille qu'on aurait pu prendre pour une prostituée.

Je ressentis un certain soulagement quand je vis que celui qui descendait de voiture était un jeune d'environ mon âge. Grâce aux feux arrière, je distinguai ses cheveux châtains, sa taille, et son inimitable, mais à cet instant terriblement appréciable, allure de gosse de riche.

— Tu vas bien ? me demanda-t-il en s'approchant.

Une fois face à face, nous eûmes tous les deux le même réflexe : ses yeux parcoururent ma robe de haut en bas, et les miens son jean coûteux, son polo de marque, puis ses yeux qui exprimaient en même temps la sympathie et la sollicitude.

— Oui… merci de t'être arrêté. Un crétin m'a laissée en plan.

Le garçon écarquilla les yeux.

— Ici ? Au milieu de nulle part, à onze heures du soir ?

Est-ce que ce serait mieux s'il m'avait laissée en plan au milieu d'un parc et en plein jour ? ne pus-je éviter de me demander avec ironie, en éprouvant un brusque sentiment de haine envers tout être vivant en possession d'un chromosome Y.

Mais ce garçon semblait vouloir m'aider. Je ne pouvais pas être pointilleuse.

— Ça ne t'ennuie pas de me ramener chez moi ? Comme tu l'auras compris, j'ai hâte que cette soirée se termine.

Il me regarda fixement et un sourire éclaira son visage. Il n'était pas laid, bien au contraire ! Et il avait l'air d'une personne aimable prête à rendre service. Ou alors mon esprit me jouait des tours, et cherchait à me faire croire en un monde où tout serait rose et où les hommes traiteraient les femmes avec respect au lieu de les abandonner sur le bas-côté, en chaussures à talons, à la tombée de la nuit.

— Ça te dirait que je t'emmène à une fête hallucinante dans l'une des villas de la plage ? Comme ça, tu pourras me remercier toute la nuit et me dire à quel point c'est merveilleux qu'un malheureux événement ait permis qu'on se rencontre, toi et moi, lança-t-il d'un air amusé.

Je ne sais pas si c'étaient les nerfs, la colère réprimée ou mes envies de meurtre, mais j'éclatai d'un rire tonitruant.

— Je suis désolée, mais… j'ai vraiment hâte de rentrer chez moi et d'oublier cette journée, lui répondis-je en essayant de ne pas avoir l'air aussi folle que pouvait le laisser supposer mon rire.

— Très bien, mais tu peux au moins me dire comment tu t'appelles, non ? dit-il, visiblement amusé par une situation qui n'avait pourtant rien de drôle.

Ce garçon était mon sauveur, et il valait mieux que je sois sympa avec lui si je ne voulais pas dormir à la belle étoile.

— Je m'appelle Noah, Noah Morgan.

Je lui tendis une main qu'il serra aussitôt, avec un sourire radieux.

— Moi, c'est Zack. On y va ? proposa-t-il en indiquant sa Porsche noire étincelante.

— Merci, Zack, lui dis-je, reconnaissante.

Je m'installai sur le siège, surprise qu'il m'accompagne jusqu'à la portière et qu'il m'aide à m'asseoir, comme dans les vieux films… C'était bizarre, bizarre et rafraîchissant. Apparemment, et contrairement aux statistiques qu'on nous lance en permanence à la figure, la galanterie n'avait pas encore disparu. La terre n'était heureusement pas peuplée que d'individus tels que Nicholas Leister.

Lorsqu'il s'assit sur le siège du conducteur, je sus d'emblée qu'il ne serait pas comme Nicholas. Je ne sais pas pourquoi, mais Zack avait l'air d'un mec correct, d'un garçon bien élevé et sensé, le type de garçon que toutes les mères souhaitent pour leur fille.

Je bouclai ma ceinture et poussai un profond soupir de soulagement car, en fin de compte, l'aventure aurait pu plus mal se terminer.

— On va où ? demanda-t-il en prenant la même direction que Nicholas.

— Tu connais la maison de William Leister ? dis-je.

J'imaginais que tous les gens riches du secteur devaient se connaître.

Il écarquilla les yeux, stupéfait.

— Oui, bien sûr... mais pourquoi tu veux y aller ?

— C'est chez moi.

Je ressentis comme un coup de poignard en disant ces mots.

Zack éclata de rire.

— Tu vis chez Nicholas Leister ?

Malgré moi, je serrai les mâchoires en entendant ce nom.

— Pire, ma mère a épousé son père.

J'étais dégoûtée à l'idée d'admettre une quelconque relation de parenté avec ce taré.

Zack quitta la route du regard pour jeter un coup d'œil dans ma direction. Apparemment, il n'était pas aussi bon conducteur que je l'avais imaginé.

— Tu n'es pas sérieuse... Vraiment ?

Je poussai un profond soupir :

— Vraiment... C'est lui qui m'a laissée en plan au milieu de la route.

Zack lâcha un éclat de rire amer.

— En réalité, je compatis, m'avoua-t-il. Nicholas Leister est la pire chose que l'on puisse souhaiter à quelqu'un.

Il ralentit à mesure que nous approchions de la zone résidentielle.

— Tu le connais ? demandai-je en essayant d'associer l'image de mon chevalier servant à celle du délinquant.

Zack rit de plus belle.

— Malheureusement, oui. Son père a sauvé le cul du mien dans une histoire plutôt moche avec le fisc il y a plus d'un an, c'est un bon avocat, et son salaud de fils n'a pas arrêté de m'emmerder avec ça chaque fois qu'il en a eu l'occasion. On allait ensemble au lycée et je peux t'assurer qu'il n'existe pas de mec plus égoïste et idiot que ce salaud.

Putain ! Apparemment, je n'étais pas la seule membre du club anti-Nicholas Leister. Je me sentis mieux en le découvrant.

— J'aimerais te dire quelque chose de sympa sur lui, mais ce type est impliqué dans plus d'histoires merdiques que n'importe quelle personne de ma connaissance. Ne t'approche pas de lui, me conseilla-t-il en me regardant du coin de l'œil.

Je levai les yeux au ciel.

— Vraiment très facile, étant donné qu'on habite sous le même toit.

— Il sera à la fête ce soir, si jamais tu veux y aller et lui foutre ton pied au cul, sourit-il.

— Il y sera ? demandai-je, surprise, sentant la chaleur de la vengeance gagner tout mon corps.

Zack posa un regard neuf sur moi.

— Tu ne penses tout de même pas… ?

— Tu vas me conduire à cette fête, affirmai-je, plus déterminée que jamais. Et je vais lui foutre mon pied au cul.

Vingt minutes plus tard, nous étions près de la plage, devant une villa aux proportions gigantesques. Mais ce n'est pas sa taille qui me laissa bouche bée, c'est la quantité de personnes qui s'entassaient là, sur les escaliers de l'entrée et pratiquement partout alentour.

La musique s'entendait à un kilomètre à la ronde et elle était si forte que j'eus l'impression que ma boîte crânienne allait exploser.

— Tu es sûre de vouloir le faire ? me dit mon nouvel ami, Zack.

Depuis que je lui avais confié mon plan, il voulait à tout prix m'en dissuader. Apparemment, en plus d'être un imbécile fini, mon grand frère était l'un des mecs qui s'étaient le plus fourrés dans des bagarres ces dernières années.

— Noah, tu ne sais pas à qui tu as affaire. Tu as déjà constaté qu'il s'en fout complètement de t'avoir abandonnée… Qu'est-ce qui te fait croire que ce que tu as à lui dire l'intéressera ?

Je le regardai, la main posée sur la poignée de la porte.

— Crois-moi… Aujourd'hui, c'était la dernière fois qu'il me faisait un truc pareil.

Puis nous sortîmes de la voiture et nous avançâmes sur l'allée qui menait à l'entrée de la villa. J'avais l'impression d'être à l'une de ces fêtes que l'on voit dans les films comme *Never Back Down* ou *Fast and Furious*. C'était de la folie. Des fûts de bière étaient éparpillés dans tout le jardin avec, autour, plein de mecs qui vociféraient et s'encourageaient à boire encore et encore. Les filles se promenaient en maillot de bain, voire en sous-vêtements.

— Toutes les fêtes auxquelles tu vas sont comme ça ?

Je pris un air dégoûté en voyant un couple qui se tripotait contre le mur de la maison, sans se préoccuper du fait que tout le monde puisse les observer. C'était répugnant.

— Pas toutes, répondit-il en éclatant de rire devant mon visage horrifié. Celle-ci est mixte, ajouta-t-il, ce qui me déconcerta.

— Tu veux dire avec des filles et des garçons ?

Je repensais à ma première fête, lorsque j'avais douze ans et que ma mère avait invité des garçons. Un désastre complet : les garçons nous avaient jetées dans la piscine, mes amies et moi, et nous avions alors créé le « club anti-garçons des meilleures amies pour la vie ». Ridicule, je sais, mais j'avais douze ans, pas dix-sept.

Zack éclata d'un rire sonore et me prit la main pour m'entraîner à sa suite.

Ses doigts étaient chauds et je me sentis un peu rassurée par sa présence. Cette fête avait de quoi intimider n'importe qui, et encore plus une fille qui venait d'une petite ville.

— Je veux dire que n'importe qui peut y assister, précisa-t-il tandis qu'on se frayait un chemin jusqu'à la porte parmi la foule pour entrer.

Le rythme de la musique était si effréné et répétitif qu'il s'insinuait dans les tympans et devenait carrément *douloureux*.

— Que veux-tu dire ? criai-je.

Il me poussa alors vers l'une des salles où la musique ne tuait pas sur-le-champ mais à petit feu. Je pouvais au moins parler sans me casser les cordes vocales.

— Il suffit de payer l'entrée pour venir, m'expliqua-t-il. (Pendant ce temps, il salua plusieurs types qui se trouvaient là. Ça ne me plut pas de voir que ses amis avaient une allure aussi horrible que tous les autres.) Avec l'argent, on achète toutes sortes d'alcools et… Enfin, tu sais, tout ce qui est nécessaire pour qu'une fête soit cool.

Des drogues. Génial. Et mon accompagnateur semblait trouver cela normal… Merde ! Où est-ce que je m'étais fourrée ?

Je regardai les couples vautrés sur les canapés et ceux qui dansaient au rythme de la musique : il y avait à la fois des personnes riches, avec des vêtements très coûteux, et des personnes qui pouvaient venir du pire quartier du coin. Le résultat était un mélange explosif, sans aucun doute.

— Je crois que ce n'était pas une bonne idée, avouai-je alors.

Mais je m'aperçus que Zack s'était assis sur l'un des canapés et qu'il avait déjà une bouteille de bière à la main.

— Viens là, Noah. (Il me tira par le bras et me fit tomber sur ses genoux.) Passons une bonne soirée… Ne perds pas ton temps avec ce crétin.

Je devins nerveuse lorsque ses doigts se mirent à caresser mes cheveux, puis mes épaules.

Je me relevai aussi vite que possible.

— Je suis là pour une seule raison, lui dis-je, en colère. (Je m'étais trompée sur le compte de Zack, c'était clair.) Merci de m'avoir amenée.

Puis je fis volte-face.

Je ne savais plus très bien quoi faire, maintenant que j'avais tourné le dos au seul garçon qui n'était pas encore ivre au point d'écraser sa voiture contre un arbre si je lui demandais de me ramener chez moi. Cependant, je ne pouvais m'empêcher d'imaginer la tête de Nicholas s'il me voyait là. Je n'avais pas l'intention de m'en aller sans avoir accompli ce que j'étais venue faire.

Je me dirigeai vers la cuisine, où il y avait moins de monde, avec l'intention de prendre un verre d'eau fraîche. Je ne savais pas si j'allais le boire ou me le renverser sur la tête pour me réveiller de ce cauchemar. Quelle journée interminable !

Je tournai dans le couloir et j'entrai dans la cuisine.

Il se trouvait là devant moi : torse nu et entouré de filles et de quatre copains baraqués, mais moins grands que lui.

Je restai à l'observer quelques instants.

Était-ce bien le gosse de riche avec lequel j'avais dîné dans un restaurant de luxe le soir même ?

Je ne pus m'empêcher d'être surprise, car il avait l'air de sortir tout droit d'un film sur la Mafia. Ils étaient en train de faire une partie de bière-pong revisitée puisque les gobelets contenaient de la tequila. Et Nick était en veine, car il gagnait tout le temps.

Le seul point positif, c'était qu'il n'était pas aussi saoul que les perdants, qui devaient avaler un shot de tequila chaque fois qu'ils rataient leur coup.

Nicholas jeta la dernière balle, mais manqua délibérément le gobelet. C'était si évident que je ne compris pas comment les autres ne s'en étaient pas rendu compte. Tous le huèrent en riant aux éclats. Il saisit un shot et l'avala en moins d'une seconde.

Tandis que l'un de ses amis prenait la relève, Nicholas s'approcha d'une très belle brune qui était assise sur le plan de travail de marbre noir. Elle portait un short qui laissait à découvert ses longues jambes bronzées et un haut de bikini bleu ciel.

Je me sentis tout à coup trop bien habillée et trop couverte pour ce genre de fête. Nicholas glissa sa main sous sa nuque, lui jeta la tête en arrière et lui dévora les lèvres de la manière la plus dégoûtante que l'on puisse imaginer, surtout avec autant de monde autour.

Une opportunité s'offrait à moi : j'allais surprendre ce crétin et apaiser l'envie terrible qui me tenaillait de lui arracher la tête.

Il n'avait même pas pris la peine de savoir si j'allais bien. J'aurais aussi bien pu rester coincée sur le bas-côté, il n'aurait pas levé le petit doigt. Je bouillais de colère qu'il m'ait abandonnée, et j'étais encore plus furieuse de me retrouver à cette atroce fête par sa faute.

Alors, je traversai la cuisine d'un pas ferme, je lui pris le bras pour l'obliger à se retourner et, à mon propre étonnement, au lieu de lui donner une gifle, je lui assénai un coup de poing dans la mâchoire, si fort qu'il me brisa presque les jointures. Mais ça en valait la peine !

Un instant, il eut l'air perdu, comme s'il ne comprenait pas ce qui s'était passé, ni qui j'étais, ni pourquoi je l'avais frappé. Mais ça ne dura que quelques secondes, et l'expression qui apparut sur son visage me cloua sur place.

Tous ceux qui se trouvaient dans la pièce formèrent un cercle autour de nous, et un silence de mort s'abattit.

— Qu'est-ce que tu fous ici ? rugit-il, si surpris et furieux que je craignis pour ma vie.

Putain ! Si les regards tuaient, je serais déjà morte et enterrée.

— Ça t'étonne que je sois arrivée ici à pied ? demandai-je en essayant de ne pas me laisser intimider par son attitude, sa taille et ses muscles effrayants. Tu n'es qu'une merde, tu le savais ?

Nicholas éclata d'un rire méprisant.

— Tu ne sais pas dans quoi tu t'es fourrée, Noah, marmonna-t-il. (Il vint se placer si près que je pouvais sentir la chaleur qui émanait de son corps.) Il se peut que chez moi on soit frère et sœur, poursuivit-il d'un ton si bas que j'étais la seule à l'entendre, mais, en dehors de la maison, tout ce que tu vois m'appartient, et je n'ai pas l'intention de supporter la moindre de tes conneries.

Je soutins son regard : je ne voulais pas qu'il sache à quel point ses paroles et son comportement me faisaient peur. J'avais déjà eu ma part de violence pour une vie entière, il était hors de question que j'en supporte davantage.

— Va te faire foutre, lançai-je en me retournant pour m'éloigner le plus vite possible. (Une main me saisit le bras et me retint.) Lâche-moi ! ordonnai-je en tournant la tête pour qu'il comprenne à quel point j'étais sérieuse.

Il sourit et regarda tous ceux qui nous entouraient. Puis il plongea de nouveau son regard dans le mien.

— Avec qui tu es venue ? fit-il.

J'avalai ma salive, bien décidée à ne pas lui répondre.

— Qui t'a amenée ?! cria-t-il, me faisant sursauter.

— Lâche-moi, fils de…

Mais ça ne servit à rien : il me serrait si fort qu'il me faisait mal.

— Moi, je sais avec qui elle est venue, dit un gros type avec une peau tellement tatouée qu'il ne restait plus aucun espace vierge. Avec Zack Rogers.

— Amène-le, ordonna-t-il simplement.

Mon cher frère se comportait comme un parfait délinquant et me faisait vraiment peur. Tout à coup, je regrettai profondément de l'avoir frappé. Il le méritait, bien sûr, mais j'avais l'impression d'avoir frappé le diable en personne.

Deux minutes plus tard, Zack apparut dans la cuisine et on lui ouvrit un passage pour qu'il puisse entrer dans le cercle qui s'était formé autour de nous. Il me regarda comme si je l'avais trahi.

Bon sang, mais qu'est-ce qu'ils avaient tous dans la tête ?

— C'est toi qui l'as amenée ici ? lui demanda calmement Nicholas.

Zack hésita quelques instants, puis finit par hocher la tête. Il soutint le regard de Nicholas, mais je vis qu'il le craignait.

Nicholas lui asséna un coup de poing dans le ventre à une vitesse telle que j'eus à peine le temps de m'en rendre compte. Zack se plia en deux.

Je poussai un cri d'horreur, craignant pour lui et sentant dans ma poitrine cette douleur qui apparaissait toujours lorsque j'étais témoin d'un acte de violence. Mon cœur se serra et je dus me retenir pour ne pas me précipiter au-dehors.

— Ne t'avise pas de recommencer, le prévint Nicholas d'un ton calme.

Ensuite, il se tourna vers moi, me prit par le bras et me tira vers la sortie.

Je n'avais pas la force de protester. Une fois à la porte, il s'arrêta. Il prit son portable dans sa poche, jura entre ses dents et répondit à la personne qui l'appelait.

— Attends-moi ici, m'ordonna-t-il d'un air grave.

Puis il chercha un endroit à l'écart du bruit et de la musique. De là où il était, un peu après les escaliers extérieurs, il pouvait parfaitement me voir, alors il valait mieux que je reste là sans bouger.

— Ça va ? me demanda un mec qui traînait dans le coin.

— En réalité, non, répondis-je, car je me sentais vraiment mal. (Je m'appuyai sur la fenêtre, tandis que de vieux souvenirs que je croyais bien enfouis au fond de moi resurgissaient.) J'ai la tête qui tourne.

— Tiens, bois quelque chose, me dit le garçon en me tendant un verre.

Je m'en saisis sans même prendre le temps de voir ce qu'il contenait. Ma gorge était si sèche que toute boisson était la bienvenue. Après avoir avalé tout le contenu, j'ouvris les yeux. Je vis Nicholas monter les marches, l'air furieux.

— Qu'est-ce que tu fous ?! me cria-t-il avant de m'arracher le verre.

J'allais répliquer, mais Nicholas ne me regardait même pas : il se retourna en furie vers le garçon qui me l'avait donné, le saisit par le col de son T-shirt et le souleva presque du sol.

— Tu lui as donné quoi, putain ? cria-t-il en le secouant avec force.

Je regardai mon verre, horrifiée.

Merde !

6

NICK

Merde !

— Qu'est-ce que t'as foutu dedans ? demandai-je au crétin que je tenais par le T-shirt.

Cet imbécile me regardait, complètement terrorisé.

— Réponds !

J'étais hors de moi. Je maudissais Noah, je maudissais ce connard de Zack Rogers de l'avoir amenée à une fête comme celle-ci.

— Arrête, putain ! dit-il, les yeux écarquillés. Du burundanga, avoua-t-il quand je l'écrasai contre le mur.

Putain… c'était la drogue qu'utilisaient ces enfants de salauds pour violer une nana. C'était incolore et indolore, et c'est pourquoi il était si facile de la mettre dans une boisson sans qu'on s'en rende compte.

Le seul fait de penser à ce qui aurait pu arriver me brouilla l'esprit, je n'arrivais plus à me contrôler. Quelle sorte d'idiot était capable de faire ça à une fille ? Quand j'en aurai fini avec ce mec, même sa mère ne le reconnaîtrait plus. Ce soir, j'allais réduire mes poings en compote.

Je le frappai tant de fois que j'en perdis le compte.

— Nicholas, arrête ! criait une voix dans mon dos.

J'arrêtai mon poing avant de l'abattre de nouveau contre la face pleine de sang de ce fils de pute.

— Apporte encore cette merde à une de mes fêtes, et ce que je t'ai fait aujourd'hui te semblera une caresse en comparaison de ce que je te ferai alors. Tu as compris ?

Il s'éloigna en titubant.

Je me retournai et fis face à une Noah complètement terrorisée.

En voyant son expression, je sentis quelque chose remuer en moi. Bon sang, j'avais beau ne pas la supporter et avoir une envie folle de l'étrangler, personne ne méritait d'être drogué à son insu. Son visage paniqué démontrait que, ce soir, elle avait atteint la limite de ce qu'elle pouvait supporter.

Je m'approchai d'elle en l'observant avec attention et en faisant de mon mieux pour me calmer. Lorsque je fus suffisamment près, elle recula de quelques pas et resta à me regarder, bouche bée, tremblante.

— Putain, Noah ! Je ne vais pas te faire de mal, d'accord ?

Je me sentais comme un délinquant, alors qu'en réalité je ne lui avais strictement rien fait.

Quand je l'avais laissée au bord de la route, j'avais simplement supposé qu'elle appellerait sa mère et qu'elle rentrerait chez nous avec nos parents. Je ne pouvais pas imaginer qu'elle monterait dans la voiture du premier crétin venu et qu'elle viendrait directement à la fête la moins appropriée pour une fille comme elle.

— Qu'est-ce qu'il m'a donné ? me demanda-t-elle en m'observant comme si j'étais le diable en personne.

Je soupirai tout en essayant de m'éclaircir les idées. Mon père venait de m'appeler pour me demander où était passée Noah. Sa mère s'inquiétait, et j'avais donc répondu que Noah l'appellerait dès que possible, qu'elle m'avait accompagné chez Erik et qu'elle regardait un film avec la sœur de ce dernier.

C'était un mensonge totalement improvisé, car il ne fallait à aucun prix que mon père apprenne ce qui s'était passé cette nuit, ni où Noah avait échoué. Il m'avait déjà tiré de suffisamment de situations difficiles, je ne voulais pas qu'il sache que rien n'avait changé. Cela avait été assez difficile de lui dissimuler ma vie privée. Il était hors de question que quelqu'un comme Noah gâche tout.

En moins d'une journée, elle avait réussi à me mettre davantage hors de moi que n'importe quelle autre fille qu'il m'avait été donné de rencontrer.

— Tu te sens bien ? dis-je, en ignorant sa question.

— J'ai envie de te tuer, me répondit-elle.

Je vis que ses paupières commençaient à être lourdes. Merde, il fallait qu'elle passe ce coup de fil à sa mère avant que la situation n'empire.

— Ouais, enfin… ça ira mieux plus tard, lui dis-je en la prenant par le bras. Ne t'en fais pas, ajoutai-je pour tenter de la calmer.

En arrivant à ma voiture, j'ouvris la portière côté passager et j'attendis qu'elle s'assoie.

Puis je sortis mon portable.

— Il faut que tu dises à ta mère que tout va bien et qu'elle ne t'attende pas pour aller dormir, dis-je en cherchant mon père dans le répertoire. Dis-lui qu'on est en train de regarder un film chez des amis à moi.

— Va te faire foutre, lâcha-t-elle, puis elle pencha la tête en arrière et serra fort les paupières.

Je m'approchai et je lui pris le visage dans une seule main. Elle ouvrit les yeux et me regarda avec tant de haine que j'eus envie de foutre des coups de pied dans le mur.

— Appelle ou ça ira très mal, ordonnai-je, tout en pensant à la colère de mon père s'il apprenait ce qui s'était passé cette nuit.

Sans parler de la mère de Noah.

— Que comptes-tu me faire ? (Ses pupilles étaient de plus en plus dilatées.) M'abandonner ici pour que je me fasse violer ? Attends… ça, tu l'as déjà fait, ajouta-t-elle d'un ton ironique.

D'accord, je l'avais bien mérité, mais on n'avait pas le temps.

— J'appelle, tu as intérêt à dire ce que je t'ai demandé.

Je lui collai le téléphone contre l'oreille. Quelques secondes plus tard, on entendit la voix de Raffaella à l'autre bout de la ligne.

— Noah, tout va bien ?

Noah me regarda.

— Oui, répondit-elle, à mon grand soulagement. On est en train de regarder un film… On arrivera… un peu tard, ajouta-t-elle, tandis que son regard se fixait sur le plafond de la voiture.

— Je suis contente que tu y sois allée, ma chérie. Tu verras comme les amis de Nick sont sympas.

Je détournai les yeux en entendant ces paroles.

— Sûrement, affirma Noah.

— À demain, ma chérie, je t'aime.

— Moi aussi, au revoir.

Je lui pris le portable et le glissai dans ma poche. J'allai m'installer sur le siège conducteur. Il fallait attendre pour voir comment Noah tolérait la drogue.

— J'ai chaud, me dit-elle, les yeux fermés.

En effet, je vis la sueur couler sur son front et son cou.

— Ça va passer, ne t'en fais pas, lui dis-je en espérant que ma voix ne me trahirait pas.

— Quels sont les effets de cette drogue ? demanda-t-elle d'une voix pâteuse.

J'hésitai un instant avant de lui répondre :

— Des sueurs… On peut avoir chaud ou froid… de la somnolence…

J'espérais qu'elle n'expérimenterait que ces seuls effets.

Si elle se mettait à vomir ou commençait à faire de la tachycardie, il faudrait que je l'emmène à l'hôpital et ça risquait de mal se terminer.

Elle avait les joues rouges et ses cheveux collaient à son front. Je remarquai qu'elle portait un élastique au poignet.

Je me penchai vers elle et je le lui ôtai. Le minimum que je pouvais faire était de l'aider autant que possible.

— Qu'est-ce que tu fais ? me dit-elle, et j'entendis la peur dans sa voix.

Je respirai à fond, essayant de ne pas me laisser submerger par les émotions. Je n'avais jamais rien fait de tel à une fille… Voir Noah terrorisée à l'idée que je lui fasse mal me faisait l'impression d'un coup de pied dans les parties.

Cette gamine avait réussi à m'épuiser en quelques heures.

— Je veux juste t'aider.

Puis je ramassai ses longs cheveux blonds aux mèches multicolores en une queue-de-cheval improvisée.

— Pour ça, il faudrait que tu disparaisses.

Malgré moi, je la trouvai drôle. Cette fille avait plus de tripes que n'importe quelle autre. Elle ne savait pas à qui elle avait affaire, elle ne se doutait pas de qui j'étais ni de ce que j'étais capable de faire... et, en fin de compte, c'était très rafraîchissant.

Son visage lorsqu'elle m'avait donné ce coup de poing me revint à l'esprit. Cela avait été complètement inattendu, et c'était le premier coup de poing que je recevais depuis bien longtemps.

Je lui pris la main droite et j'observai ses articulations enflées. Il fallait qu'elle m'ait frappé de toutes ses forces pour que sa main se trouve dans cet état et, en un certain sens, elle me fit de la peine. Soudain, je m'imaginai moi-même en train d'apprendre à Noah à donner un coup de poing comme il se doit.

Je l'observai avec une certaine inquiétude. À présent que ses cheveux ne cachaient plus son visage, je pus remarquer certains traits que je n'avais pu apprécier auparavant. Elle avait un cou gracieux et des pommettes hautes parsemées de milliers de taches de rousseur. Pour une raison inexpliquée, cela me fit sourire. Ses cils étaient longs et créaient une zone d'ombre sur ses joues ; mais ce qui attira surtout mon attention fut le petit tatouage qu'elle avait juste sous l'oreille gauche, en haut du cou.

C'était un nœud de huit.

Instinctivement, mon regard vint se fixer sur mon bras, où je m'étais fait tatouer ce même nœud marin il y avait déjà trois ans et demi. C'était un nœud parfait, l'un des plus résistants : c'est pour cela que j'avais décidé de me le faire tatouer. Cela signifiait que si on savait mener sa barque, avec une certaine dose de bon sens, le résultat pouvait être durable. Je ne comprenais pas comment elle avait pu se faire tatouer ce nœud, ni quoi que ce soit d'ailleurs, cela ne collait pas avec l'image d'elle que j'avais créée dans mon esprit.

D'un doigt, doucement, je caressai ce tatouage, qui était minuscule en comparaison du mien, et la chair de poule nous gagna tous les deux. Noah, à moitié inconsciente, remua nerveusement, et une sensation étrange me noua l'estomac.

Je mis le contact et je démarrai, après avoir bouclé sa ceinture de sécurité. Mes yeux se posèrent encore sur son tatouage, et je respirai profondément avant de me concentrer sur la conduite. Heureusement, je n'avais bu qu'un shot de tequila et une bière, je pus donc nous ramener sans problème jusque chez moi.

Comme toujours, les lumières extérieures étaient allumées. Il était plus de deux heures du matin et je priai pour que nos parents soient au lit. Noah était complètement dans les vapes et je ne pouvais pas me permettre que mon père nous surprenne.

Je me garai et j'ouvris la portière en essayant de ne pas faire de bruit. Je lui enlevai sa ceinture avec précaution et la pris dans mes bras. Elle était brûlante, et j'eus peur que la fièvre ne monte encore et ne devienne réellement préoccupante.

— Où sommes-nous ? me demanda-t-elle si bas que je l'entendis à peine.

— À la maison, lui répondis-je tout en manœuvrant afin d'ouvrir la porte.

L'obscurité régnait à l'intérieur, à l'exception de la lumière projetée par une lampe sur l'une des petites tables du séjour. Depuis que Raffaella avait emménagé chez nous, elle avait la manie de la laisser allumée la nuit.

Je pris la direction des escaliers en portant toujours Noah dans mes bras, et je soupirai de soulagement en arrivant dans sa chambre qui était aussi plongée dans le noir. Ses bras se raidirent autour de mon cou et m'agrippèrent avec plus de force.

Ça me surprit qu'elle soit encore consciente. Je m'approchai de son lit pour l'y déposer afin qu'elle soit plus à l'aise.

— Non, dit-elle d'une voix effrayée.

— Ne crains rien, lui dis-je à mon tour, stupéfait de la force avec laquelle elle s'agrippait à moi.

— Ne me laisse pas seule… j'ai peur.

Je notai la panique dans sa voix, et sa requête m'étonna car j'étais sûr d'être la cause de sa peur ; il n'y avait donc pas de logique à ce qu'elle veuille rester avec moi.

— Tu es dans ta chambre, fis-je doucement en m'asseyant sur le lit, Noah sur mes genoux.

C'était tellement bizarre.

Alors elle ouvrit les yeux et me regarda, terrorisée.

— La lumière, me dit-elle d'une voix pâteuse, comme si prononcer ces paroles était une question vitale.

Je la regardai, étonné, il n'y avait aucune lumière allumée.

— Allume-la.

Elle m'avait presque supplié. Je l'observai quelques secondes et je compris que ce n'était pas de moi qu'elle avait peur, ni la drogue qui l'empêchait de bouger. Elle avait peur du noir.

Je m'inclinai pour allumer sa lampe de chevet. Son corps se détendit sur-le-champ.

Je fronçai les sourcils. Pourquoi cette fille était-elle aussi compliquée ? Je me redressai et l'installai sur les oreillers.

Je l'observai quelques instants, m'assurant qu'elle respirait normalement. C'était bien le cas et je remerciai le ciel qu'elle soit aussi forte.

— Sors de ma chambre, m'ordonna-t-elle alors.

C'est exactement ce que je fis, la seule chose sensée que j'avais faite de toute la nuit.

7

NOAH

Lorsque j'ouvris les yeux ce matin-là, je me sentais vraiment mal. Pour la première fois de ma vie, la lumière me gênait. J'avais un terrible mal de crâne et je me sentais… bizarre. C'est difficile à expliquer : j'avais l'impression de ressentir plus profondément le moindre mouvement, la moindre sensation. C'était pénible, étrange et dérangeant. Ma gorge était sèche, comme si je n'avais rien bu depuis des siècles.

J'entrai dans la salle de bains pour m'observer dans le miroir.

— Quelle horreur !

C'est alors que la soirée de la veille me revint à l'esprit.

— Thor, tu as faim ? demanda Nicholas en me regardant avec un sourire amusé. J'ai ici un petit cadeau très appétissant pour toi.

— Je me casse.

Je me dirigeai vers la porte à reculons. Je ne voulais plus jamais revoir ce crétin, et le fait de savoir que c'était impossible empira encore davantage mon humeur.

Nicholas m'arrêta au milieu de la pièce. Je faillis heurter son torse dénudé.

Ses yeux cherchèrent les miens, et je soutins son regard avec méfiance.

— Je regrette ce qui s'est passé cette nuit… (Pendant quelques secondes, je crus qu'il était miraculeusement en train de me demander pardon ; erreur grossière.) Mais tu n'as pas intérêt à parler, sinon je suis dans la merde.

Je compris alors que la seule chose qui lui importait était de sauver sa peau ; moi, il n'en avait rien à foutre.

— Sinon ?

Il parcourut des yeux mon visage, mon cou puis mon oreille droite, avant d'effleurer d'un doigt un endroit très important pour moi.

— Sinon, il se peut que ce nœud ne soit pas suffisamment fort pour te protéger, chuchota-t-il.

Je fis un pas en arrière. Que savait-il de la force, ou de mon tatouage ?

— Ignore-moi et je ferai de même avec toi… Comme ça nous supporterons les très rares moments que nous devons passer ensemble. D'accord ? lui suggérai-je en m'écartant de lui.

Thor me regardait en remuant la queue.

« Au moins, le chien a cessé de me détester », me dis-je pour me consoler quand je sortis.

Je regagnai directement ma chambre. Être incapable de me rappeler quoi que ce soit ne me plaisait pas du tout. Nicholas avait pu voir quelque chose que je n'avais pas du tout envie de lui montrer, et c'est pourquoi je le détestais tant en ce moment. Je ne comprenais pas comment, en si peu de temps, j'avais pu concevoir une telle aversion à son encontre. Mais, si on réfléchissait bien, cela n'avait rien de surprenant étant donné que Nicholas Leister représentait absolument tout ce que je haïssais : il était violent, dangereux, menaçant... tout ce qu'il fallait pour me faire prendre mes jambes à mon cou.

Je remarquai mon sac, jeté sur mon lit. J'en sortis mon portable et je le mis à charger, puis je l'allumai, énervée. Merde, Dan allait m'étrangler, je lui avais promis de l'appeler la veille au soir, il devait être furieux. Maudit soit Nicholas Leister ! Tout était sa faute !

Une fois connectée, je me rendis compte qu'il n'y avait aucun message, aucun appel manqué non plus. Bizarre...

Au-dehors, il faisait un temps splendide, la journée idéale pour aller à la plage ou nager pour la première fois dans cette impressionnante piscine. Mon humeur s'étant quelque peu améliorée, je décidai d'aller prendre le soleil en toute tranquillité, lire un bon livre et essayer d'oublier ce qui s'était passé ou, pire, ce qui aurait pu se passer. C'est avec ces pensées à l'esprit que je me dirigeai vers mon imposante et trop luxueuse armoire. Je trouvai une tonne de maillots de bain dans un tiroir, et je fouillai jusqu'à ce que je trouve un maillot une pièce.

J'observai mon corps nu dans le miroir, en particulier cette partie de moi qui me complexait tant. Je décidai de passer outre. J'étais chez moi, après tout.

Avec une robe de plage et une serviette couleur lilas, je sortis de ma chambre, prête à affronter mon premier petit déjeuner dans cette maison.

J'éprouvais une sensation bizarre à traverser les couloirs, comme lorsque j'étais enfant et que je dormais chez une amie : la nuit, j'avais parfois envie d'aller aux toilettes, mais je n'y allais pas par crainte de rencontrer une personne de la famille.

Dans la cuisine, je trouvai ma mère, en peignoir de soie blanche et en chaussons, en compagnie de Will déjà habillé, et prêt pour aller travailler.

— Bonjour, Noah, me salua-t-il. Tu as bien dormi ?

— Comme un bébé, lui répondis-je sèchement.

Ma mère s'approcha pour m'embrasser sur la joue, et me demanda, pleine d'espoir :

— Tu as passé une bonne soirée avec Nick et ses amis ?

Oh, maman, si tu savais comme tu te trompes… Tu ne sais pas qui est ton beau-fils.

— À propos de Rome… dit William dans mon dos, en se levant alors que Nick arrivait.

— Comment ça va, la petite famille ? demanda-t-il d'un ton sec avant de se diriger vers le frigo.

— Comment ça s'est passé, hier soir ? Le film était bien ?

— Quoi… ?

Nick referma le frigo en claquant la porte et me regarda d'un air glacial.

— Le film était génial, n'est-ce pas, Noah ?

À ce moment précis, je sus que je pouvais vraiment le faire plonger. Si je parlais, qui sait ce que son père lui ferait, sans compter la tonne de problèmes qui lui tomberaient dessus si je décidais de le dénoncer aux flics pour avoir consommé de l'alcool devant une mineure, avoir permis qu'on la drogue et, évidemment, l'avoir abandonnée en plein milieu de la route.

— Je ne me rappelle pas bien… répondis-je en me délectant de voir à quel point il était tendu. C'était *Les Nuits avec mon ennemi* ou *Traffic* ?

Je savourais à l'avance sa réaction, mais j'eus la mauvaise surprise de l'entendre rire.

Mon sourire se volatilisa.

— Plutôt *Sexe Intentions*[1], répondit-il.

Je fus étonnée qu'il mentionne ce film, parce que c'était l'un de mes films préférés. C'était plutôt ironique, parce que les deux protagonistes étaient

1. Titre original : *Cruel Intentions* (N.d.T.).

comme nous devenus *frère et sœur* par le mariage de leurs parents et se détestaient.

Je le foudroyai du regard pendant que ma mère demandait d'un air méfiant :

— De quoi parlez-vous ?

— De rien, répondit-on en chœur, ce qui acheva de m'agacer.

Je m'approchai du frigo contre lequel il était appuyé, les bras croisés, dans une position intimidante, pendant que ma mère finissait par s'éloigner.

Nous passâmes un moment à nous dévisager : moi, à le défier du regard, lui, comme s'il passait l'un des meilleurs moments de sa vie.

— Tu peux te pousser ? lui dis-je avec l'intention d'ouvrir le frigo.

Il fronça les sourcils, amusé, mais ne bougea pas.

— Écoute, Éphélide, je crois que toi et moi, il faut qu'on règle certaines choses si on doit vivre sous le même toit.

— Alors, quand j'entre, tu sors, quand on se voit, on s'ignore, et quand tu parles, je fais comme si je n'entendais rien, ça te va ? lui proposai-je avec un petit sourire ironique, en maudissant le moment où je l'avais rencontré.

— Moi, je l'aurais dit autrement : quand c'est moi qui entre, toi, tu sors… commença-t-il d'un ton pervers, en souriant quand il me vit rougir.

Bon sang.

— Tu es répugnant, m'exclamai-je tout en essayant de le repousser pour réussir à ouvrir le frigo.

Il s'écarta enfin et je pus prendre mon jus d'orange.

Ma mère était partie avec une tasse de café au lait à la main et le journal dans l'autre. Je savais ce qu'elle cherchait à faire : elle voulait que je m'entende bien avec Nicholas, que nous devenions amis et que, par la grâce d'un miracle divin, je l'aime comme s'il était le grand frère que je n'avais jamais eu.

Ridicule.

J'observai celui-ci tout en m'asseyant sur l'un des bancs près de l'îlot pour me verser du jus de fruit dans un verre en cristal. Nicholas portait un pantalon de sport et un simple débardeur. Ses biceps étaient bien dessinés et, après avoir vu les coups de poing qu'il avait donnés à deux garçons en moins de dix minutes, je savais que je devais rester éloignée de lui. Qui savait de quoi il était capable.

Il se retourna alors, son café à la main, et j'aperçus son tatouage… le même que moi ! Le même nœud marin, le symbole qui signifiait tant de choses pour moi. Cet énergumène avait le même tatouage sur le bras.

Je le dévisageai un instant. Quand il le remarqua, il posa sa tasse, appuya ses avant-bras sur la table et se pencha vers moi.

— Moi aussi, ça m'a surpris, reconnut-il tandis que son regard descendait jusqu'à mon cou.

Je me sentais mal à l'aise, comme mise à nu.

— Finalement, on a quelque chose en commun, déclara-t-il froidement.

Apparemment, ça le dérangeait lui aussi que nous ayons le même tatouage.

Je me levai. Je tirai sur mon élastique et mes cheveux tombèrent en cascade, dissimulant mon cou et mon tatouage. Puis je sortis de la cuisine.

Quelque chose dans ce qu'il venait de dire me bouleversait… comme si, en quelque sorte, il connaissait les raisons pour lesquelles je portais ce tatouage et les comprenait.

Je me dirigeai vers le jardin à l'arrière de la maison. De cet endroit, la vue sur la mer était incroyable, on était enveloppé des effluves et de la chaleur de la brise marine. Cette vue me plaisait beaucoup, je ne pouvais le nier, tout comme le fait d'être aussi près de la mer.

Je m'approchai des chaises longues en bois qui se trouvaient près de l'impressionnante piscine. Elle était rectangulaire, avec une cascade dans un coin qui donnait au jardin une touche sauvage et élégante. Près de la falaise qui se trouvait à gauche du jardin, on avait installé un jacuzzi placé de manière stratégique entre d'énormes pierres afin de savourer le splendide paysage.

Décidée à en profiter, j'ôtai ma robe en m'assurant auparavant qu'il n'y avait personne alentour et je m'allongeai sur un transat avec l'intention d'être bronzée en moins d'une semaine. Il fallait que je profite du petit mois de vacances qui me restait avant le début des cours dans mon nouveau lycée de gosses de riches ! Je pris mon portable pour voir si j'avais des appels manqués de mes amies ou, plus important encore, de mon copain, Dan.

Rien.

Je ressentis un petit pincement au cœur, puis je me dis qu'il n'y avait aucune raison de stresser. Il m'appellerait, j'en étais sûre. Quand je lui avais dit que je devais partir, il avait pété les plombs. C'était mon premier petit copain officiel et cela faisait neuf mois qu'on sortait ensemble. Je l'aimais, je le savais, parce qu'il ne m'avait jamais jugée, parce qu'il avait toujours été à mes côtés quand j'avais besoin de lui. Et puis, il était vraiment beau gosse. Quand on avait commencé à sortir ensemble, je sautais de joie : j'étais l'ado la plus heureuse de la planète ! Mais j'avais dû changer de pays.

Je lui laissai un message :

› Tu me manques, j'aimerais tellement être avec toi, appelle-moi quand tu liras ce message.

Je relus le message et je remarquai qu'il ne s'était pas connecté depuis une demi-heure. En soupirant, je posai mon portable sur le transat et je m'approchai de la piscine.

La température de l'eau était parfaite, alors je levai les bras et je plongeai tête la première. Ce fut libérateur, et rafraîchissant ! Je nageais, ravie de pouvoir enfin me détendre.

Quinze minutes plus tard, je sortis de l'eau et je m'étendis de nouveau sur le transat, en espérant que le soleil allait faire son travail. Je pris mon portable pour voir si Dan m'avait répondu et je m'aperçus qu'il était connecté mais qu'il ne m'avait pas encore écrit, c'était bizarre.

À cet instant précis me parvint un message de mon amie Beth, qui faisait sa commère, comme toujours :

› Salut, Noah, tu fais quoi ?
Raconte-moi comment ça se passe.

Un sourire nostalgique aux lèvres, je répondis :

› Eh bien, le fils de mon beau-père est pire que
ce que j'imaginais, mais j'essaie de m'habituer à l'idée
que maintenant je vais devoir vivre avec lui.
Tu ne peux pas savoir à quel point j'aimerais être
avec vous en ce moment, vous me manquez !

J'avais l'estomac noué en écrivant. Beth et moi étions dans la même équipe de volley. J'avais été la capitaine les deux dernières années et, maintenant que j'étais partie, c'est elle qui avait le poste. Ça m'avait fait plaisir de voir à quel point elle en était contente : au moins, mon départ avait eu un côté positif… même si elle n'avait jamais mentionné le fait qu'elle voulait être capitaine de l'équipe.

› Je suis sûre que tu exagères ! Profite de ta nouvelle
vie de millionnaire. Comme je te l'ai toujours dit :
ta mère a su faire un beau mariage ! Ah ah.

Je détestais ce commentaire. Elle me l'avait déjà fait plus d'une fois et je ne supportais pas que les gens pensent que ma mère s'était mariée pour l'argent. Ma mère n'était pas comme ça, au contraire : elle aimait les choses simples comme moi et, si elle s'était mariée avec Will, c'était parce qu'elle l'aimait réellement.

Je décidai de ne pas rebondir, parce que je ne voulais pas qu'on se dispute à tant de kilomètres de distance.

C'est alors qu'elle m'envoya une photo.

On la voyait bras dessus bras dessous avec Dan. Mon copain était blond aux yeux marron : un régal pour les yeux. Ça me fit tellement mal de le voir aussi content. Cela faisait moins de quarante-huit heures que j'étais partie… il aurait pu être un peu plus triste, non ? Je ne pus m'empêcher de demander à Beth :

› Tu es avec Dan, là ?

La réponse tarda un peu à arriver et je sentis de nouveau un soupçon m'effleurer l'esprit :

› Oui, on est chez Rose. Je lui dis de te parler.

Depuis quand Beth devait-elle dire à mon copain de me parler au téléphone ?

Une minute plus tard arriva un message de Dan avec un émoticone souriant :

› Salut, mignonne, je te manque déjà ?

Ben, évidemment ! aurais-je voulu lui crier, mais je me retins et je lui répondis en déprimant un peu plus à chaque instant :

› Je ne te manque pas à toi ?

Il mit quelques secondes à me répondre. Ça me fit mal.

› Bien sûr que si ! Ce n'est plus la même chose sans toi, ma puce, mais il faut que j'y aille, je t'appelle plus tard, OK ? Je t'aime.

Mon estomac se noua encore davantage. Je lui dis au revoir et je posai mon portable.

J'avais tellement hâte de pouvoir lui parler, d'entendre sa voix… C'était si dur ! Je me demandais comment j'allais pouvoir tenir sans lui.

Puis j'entendis des voix qui s'approchaient dans le jardin. J'attrapai rapidement ma robe et la passai par-dessus ma tête.

Nick apparut avec trois autres garçons.

Merde.

C'étaient ceux que j'avais vus la veille à la fête. L'un était presque aussi grand que lui, bronzé, avec les cheveux aussi blonds que de l'or et les yeux bleus. L'autre était plus petit, enfin, seulement si on le comparait à Nick et à ses deux autres amis, et il avait un œil au beurre noir. Ayant vu Nick en action, je n'étais pas surprise que ses potes soient aussi violents et cons que lui. Mais c'est le dernier qui retint mon attention, surtout parce que ce fut le premier à venir directement vers moi. Ses cheveux étaient châtain foncé et ses yeux aussi noirs que la nuit. Avec tous les tatouages qu'il avait sur les bras, il était terriblement intimidant.

— Salut, beauté… c'est toi le nouveau fantasme du jour ?

Il se jeta sur le transat voisin du mien.

Nicholas s'allongea sur l'autre, le sourire aux lèvres.

— Pardon ?

Je me levai aussitôt en le regardant fixement.

Il éclata de rire puis se tourna vers Nick :

— Tu avais raison, elle a tout ce qu'il faut.

Il me scruta avec une intensité telle que je me sentis mal à l'aise.

Je le regardai avec dégoût. Pendant ce temps, les deux autres garçons se jetèrent dans la piscine avec tant d'énergie qu'une gerbe d'eau rejaillit sur nous. Ma robe se plaqua à mon corps.

— Eh, attention, espèces de cons ! leur cria Nicholas.

Il ramassa la serviette qui se trouvait près de moi et entreprit de se sécher.

L'autre abruti, qui se trouvait près de moi, éclata de rire :

— Moi, ça ne me dérange pas. T'es franchement bonne pour une gamine de quinze ans ! commenta-t-il, les yeux fixés sur mes seins qui ressortaient davantage maintenant que ma robe me collait au corps.

— J'en ai dix-sept et, si tu continues à me mater comme ça, une précieuse partie de ton anatomie risque de te faire souffrir, dis-je tout en réajustant ma robe.

Nicholas me jeta alors la serviette qu'il m'avait volée et je m'en couvris rapidement.

— Laisse-la tranquille, lui dit-il d'un ton grave. Sinon, je vais devoir la jeter dans l'eau pour la faire taire, et je n'ai pas envie de bouger.

Furieuse, je me tournai vers lui. Il était en maillot de bain et j'eus de nouveau devant les yeux un gros plan sur son torse dénudé et son tatouage.

Il ôta ses Ray-Ban et posa sur moi ses yeux bleus. Ils étaient d'un azur extraordinaire sous la lumière du soleil et je fus désarçonnée l'espace d'un instant.

— Tu ne crois pas que j'ai oublié le coup de poing que tu m'as donné cette nuit, hein ?

Il se pencha vers moi. Sa mâchoire était intacte, sans le moindre petit bleu. En revanche, moi, j'avais toujours mal à la main.

— Tu me menaces ?

Le type près de moi éclata de rire :

— J'adore cette fille, Nick, il faut qu'elle sorte encore avec nous, dit-il avant de se lever et de plonger.

— Écoute-moi bien, Éphélide, je t'interdis de me parler sur ce ton. (Nicholas s'assit et se pencha vers moi.) Tu vois ces gars, là ? continua-t-il en indiquant la piscine et sans attendre que je lui réponde. Ils me respectent, et tu sais pourquoi ? Parce qu'ils savent que je pourrais leur casser les jambes en moins de temps qu'il n'en faut pour le dire. Alors, fais attention à ce que tu me dis, reste à l'écart de mon monde et tout ira bien.

Je l'écoutai en silence tout en réfléchissant à la manière de le faire taire.

— C'est marrant que ce soit toi qui me menaces alors que celle qui pourrait te dénoncer à ton père, c'est moi, tu ne crois pas ?

Nick serra les mâchoires, et je souris, l'air narquois. Noah, un, Nick, zéro.

— Je te déconseille de jouer à ce jeu avec moi, Noah.

Il me regardait fixement, et je me penchai pour prendre un peu de crème solaire afin de ne pas montrer à quel point cette situation me perturbait. J'avais besoin d'occuper mes mains.

— Inutile d'attendre que je te traite avec respect alors que tu es à des années-lumière de le mériter, répliquai-je. Tu ne veux pas que je raconte quoi que ce soit de ce que j'ai vu la nuit dernière ? Alors, épargne-moi tes commentaires et dis à tes petits copains de me laisser tranquille.

Avant qu'il ne puisse me répondre, l'un des crétins sortit de la piscine et s'assit près de moi en m'éclaboussant au passage. Je m'écartai, agacée.

— Tu veux que je te file un coup de main ? Je peux te mettre de la crème dans le dos.

Je regardai fixement Nick.

— Du large, Hugo… Ma petite sœur et moi, nous avons une conversation très intéressante, lui ordonna-t-il, ses yeux toujours plongés dans les miens.

Hugo se releva sans qu'on ait à le lui répéter. Bien.

— On se voit ce soir ? demanda-t-il avant de filer. (Nick acquiesça en silence.) Les paris sont élevés, mon pote, il faut qu'on gagne ces courses à tout prix.

Nicholas le foudroya du regard, ce qui ne fit qu'aiguiser mon intérêt.

Avais-je bien entendu le terme « courses » ?

— Je t'ai dit de te barrer.

Hugo fronça les sourcils, me regarda de nouveau, puis sembla réaliser qu'il aurait mieux fait de tenir sa langue.

Lorsqu'il disparut avec le reste de ses amis, je me tournai pour faire face à Nicholas.

— Des courses ?

Nick remit ses lunettes noires et tourna son visage vers le soleil.

— Ne cherche pas à savoir ce qu'il vaut mieux que tu ne saches pas.

Je me mordis la lèvre, intriguée, mais je n'avais pas l'intention d'insister. Les emmerdes dans lesquelles s'était fourré Nicholas Leister ne me concernaient pas le moins du monde…

Enfin, c'est ce que je croyais.

Je profitai de l'après-midi pour passer un moment avec ma mère. Ce soir, c'était le gala de l'entreprise de William, et ma mère m'avait dit que nous devions tous y assister en famille. Je ne sautais pas de joie, mais je savais qu'il n'y avait aucun moyen d'y échapper : William travaillait à cet événement depuis des mois, et il était naturel que nous y allions.

J'étais assise sur un canapé, à l'intérieur même du dressing de ma mère. Sa nouvelle chambre était encore plus impressionnante que la mienne. Décorée dans des tons crème et avec un immense lit double, elle était aussi imposante que la suite d'un hôtel de luxe et comportait deux dressings au lieu d'un. Je n'avais jamais imaginé qu'un homme puisse avoir besoin d'un dressing pour lui tout seul, mais, en voyant les centaines de chemises, costumes et cravates qui se trouvaient dans celui de William, je compris que je m'étais trompée.

Cette soirée était très importante pour ma mère. À l'évidence, tous les amis proches de William, les magnats de l'industrie et les juristes les plus importants du pays seraient là, et tous n'avaient pas eu l'honneur de rencontrer ma mère en personne. Elle était si nerveuse que c'en était drôle.

— Maman, tu seras superbe, peu importe ce que tu porteras. Arrête de stresser.

Elle se retourna et me regarda avec un sourire radieux. La voir aussi heureuse était incroyable.

— Merci, Noah, dit-elle. (Elle me montra une robe blanc et vert.) Alors, celle-ci ? me demanda-t-elle pour la huitième fois.

J'acquiesçai tout en repensant aux derniers événements. Si Nicholas avait prévu de se barrer de nouveau avant la fin de la soirée pour se fourrer dans le pétrin, ça me laissait libre de filer moi aussi… En tout cas, c'est ce que je me disais pour me consoler.

— Ta robe aussi est magnifique, affirma ma mère. (Je visualisai la robe qui se trouvait dans ma chambre.) Je t'en prie, ne fais pas cette tête : ce n'est pas si terrible de te faire belle, ajouta-t-elle en voyant mon air dépité.

— Désolée. (Dernièrement, mon humeur faisait les montagnes russes.) Mais ça ne me dit rien du tout, cette soirée.

— Tu vas t'amuser, je t'assure, dit-elle pour m'encourager.

Je pensai à Dan… à combien il aurait aimé me voir avec la robe que je porterais ce soir. À quoi bon me faire belle si la personne que j'aimais ne me voyait pas ?

— Bien sûr, répondis-je en ravalant ma tristesse. Il vaut mieux que je commence à me préparer.

Ma mère s'interrompit pour venir vers moi.

— Merci de faire cet effort, ma chérie, cela signifie énormément pour moi.

J'acquiesçai en tentant de sourire.

— De rien.

Elle me serra dans ses bras et je me rendis compte à quel point j'avais eu besoin de ce contact, encore plus après tout ce qui s'était passé la veille. Je m'agrippai fermement à ma mère et je savourai ces instants où j'avais l'impression de redevenir une petite fille.

8

NICK

Il fallait que je fasse très attention avec Noah. Tout aurait pu très mal se terminer la nuit dernière, si mon père avait découvert ce qui s'était passé. Je me demandais comment j'allais continuer à cacher ce que je faisais alors que nous étions quatre, maintenant, à vivre sous le même toit. Jusqu'à présent, j'avais toujours été très prudent, j'avais toujours tenu mes deux modes de vie à bonne distance l'un de l'autre.

Comme chaque année, c'était l'époque des courses illégales dans le désert, et je devais m'y rendre après le gala. C'était une véritable folie : du rock, des drogues, des voitures hors de prix et des courses jusqu'à l'aube ou l'arrivée des flics. Enfin, ces derniers ne s'en mêlaient pratiquement jamais, étant donné que les courses avaient lieu sur des terres n'appartenant à personne. Les filles devenaient hystériques, tout le monde buvait et l'adrénaline coulait dans nos veines, pour vivre la meilleure nuit de toute notre vie.

Nous affrontions toujours la bande de Ronnie. Celui qui gagnait récoltait la voiture du perdant, sans compter le paquet de fric des paris. Ils étaient dangereux, je le savais de source sûre. Les autres le savaient également, mais ils me faisaient confiance. Ronnie et moi avions des relations amicales, mais elles ne tenaient qu'à un fil ; il fallait donc que je sois sur mes gardes et qu'en plus je gagne les courses de quelque manière que ce soit.

J'avais besoin de m'assurer que Noah ne révélerait pas ce qu'elle savait, c'est pourquoi je m'arrêtai devant sa porte avant d'aller à l'hôtel où la fête devait avoir lieu.

Je dus frapper trois fois avant qu'elle daigne ouvrir la porte.

— Qu'est-ce que tu veux ?

Je passai près d'elle et entrai dans sa chambre. Avant le mariage de nos parents, cette pièce était à moi.

— Ici, c'était ma salle de sport, tu le savais ? dis-je en lui tournant le dos et en m'approchant de son lit.

— Oh… pauvre petit garçon riche privé de ses jouets, railla-t-elle, et je me retournai pour lui faire face.

Je parcourus ses courbes du regard. C'était surtout pour l'ennuyer, mais je ne pus que me rendre à l'évidence : mes amis avaient raison, elle était belle, mais je n'étais pas sûr que ce soit une bonne chose étant donné notre situation.

Elle s'était fait une coiffure élaborée : un chignon au sommet de la tête avec des boucles qui encadraient son visage de manière à la fois décontractée et élégante. Ce qui me surprit le plus, en dehors de la robe bleu ciel qui lui tombait jusqu'aux pieds, c'était à quel point elle était maquillée : sa peau semblait d'albâtre et ses yeux formaient deux puits sans fond. D'habitude, je n'aimais pas les filles aussi maquillées, mais j'eus envie de caresser ses longs cils du bout des doigts ; et sa bouche… Ce rouge carmin aurait pu faire perdre la raison à n'importe quel homme.

Je fis de mon mieux pour réfréner le désir inattendu qui me submergeait, et je lâchai le premier commentaire blessant qui me vint à l'esprit :

— Tu es un vrai pot de peinture.

Je sus que j'avais fait mouche en la voyant rougir, tandis que ses yeux lançaient des éclairs.

— Eh bien, comme ça, tu auras une raison de plus pour ne pas m'adresser la parole.

Elle me tourna le dos et prit un collier sur sa table de chevet, me dévoilant ainsi son dos nu et la soie de la robe qui tombait avec fluidité.

Sans même m'en apercevoir, je m'approchai d'elle. Mes doigts brûlaient d'envie de caresser sa peau pour découvrir si elle était aussi douce qu'elle en avait l'air.

— Qu'est-ce que tu fais ? fit-elle en sentant ma présence derrière elle, et elle se retourna aussitôt.

À présent qu'elle était tout près, je voyais que son maquillage recouvrait entièrement ses taches de rousseur.

Je lui pris le collier des mains et je le levai pour qu'elle croie que mon intention avait été de l'aider à le mettre.

Elle m'observa avec méfiance.

— Allons, petite sœur, tu crois vraiment que je suis méchant à ce point ? lui dis-je tout en me demandant à quel jeu j'étais en train de jouer.

— Pire que ça.

Elle m'arracha le collier. Ses doigts frôlèrent mon cou et je sentis la chair de poule me gagner.

Putain !

Je m'écartai, frustré par la situation. Une vague de désir me submergeait et j'étais mal à l'aise, sachant que je ne pouvais ni la toucher ni la regarder.

— Je venais m'assurer que tu allais tenir ta langue ce soir, dis-je en admirant l'adresse avec laquelle elle mettait le collier.

— Tenir ma langue à propos de quoi ? dit-elle en jouant les idiotes.

Je fis un pas vers elle et les effluves d'un parfum sucré ébranlèrent mes sens.

— Tu sais que ce soir j'ai des choses à faire après le gala et je ne veux pas que tu lâches un de tes mots d'esprit quand je dirai à mon père que je dois partir.

— Partir parce que tu dois *travailler* sur une affaire, n'est-ce pas ?

— Tu as pigé. Génial. Au revoir, petit sœur.

— Ne pars pas aussi vite, Nicholas, dit-elle dans mon dos. (Je m'arrêtai à quelques pas de la porte. L'entendre prononcer mon nom me procurait une sensation étrange au creux du ventre et je serrai les mâchoires.) J'y gagne quoi, moi ?

Lorsque je me retournai pour lui faire face, un sourire suffisant se dessinait sur sa jolie bouche en forme de cœur.

— Tu y gagnes que je ne vais pas passer mon temps à te rendre la vie impossible.

Elle fronça un sourcil parfait.

— Je ne vois pas comment tu pourrais faire ça.

Je fis un pas vers elle.

— Crois-moi, tu n'as pas envie de le savoir.

Elle soutint mon regard sans ciller.

— Si tu quittes la soirée, tu m'emmènes avec toi. Je n'ai pas du tout envie d'être coincée avec des gens que je ne connais pas dans une fête dont je n'ai rien à faire.

— Désolé, Effy, mais, comme tu t'en doutes, je ne fais pas le taxi, lui répondis-je en indiquant mes vêtements élégants.

— Eh bien, cherche une excuse qui nous inclue tous les deux, parce que je ne jouerai pas les filles parfaites pendant que toi tu te barres pour participer à des courses illégales.

Merde, le seul fait d'entendre ces mots sortir de ses lèvres me rendait nerveux.

— D'accord, je suppose que je peux inventer quelque chose.

Je le dis uniquement pour la calmer, mais en réalité je m'éclipserais sans la prévenir.

Noah plongea ses yeux couleur de miel dans les miens.

— C'est incroyable comme tu as réussi à tromper tout le monde. Tu savais que ma mère te décrivait comme le fils parfait ?

— Je suis parfait sous bien des aspects, ma chérie, assurai-je. (Je ne pouvais m'empêcher de jouir de la conversation. Discuter avec cette fille était vraiment stimulant.) Je peux te le montrer quand tu veux.

Noah leva les yeux au ciel puis me regarda d'un air supérieur. En temps normal, j'avais toutes les filles que je voulais : un regard et elles se collaient à mon corps, n'ayant qu'une envie, me faire plaisir. Je m'étais gagné une réputation à la force des poings, les femmes me respectaient et m'adoraient en même temps. Moi, je leur faisais plaisir et elles me laissaient suffisamment d'espace. Il en avait toujours été ainsi depuis mes quatorze ans, depuis que j'avais découvert ce qu'un corps et un visage séduisants peuvent faire faire aux filles. Pourtant, Noah, elle, me défiait en permanence et n'était visiblement pas troublée par ma présence.

— C'est ce que tu dis aux filles pour les mettre dans ton lit ? Avec moi, ça ne marchera pas, alors tu peux économiser tes efforts.

À ces mots, je sentis mon pantalon se tendre de manière embarrassante.

Un instant, je m'étais imaginé lui enlever cette robe pour lui faire toutes les choses qui, je le savais par expérience, faisaient perdre la tête aux filles. Ce serait amusant de faire perdre la tête à Noah jusqu'à ce qu'elle crie mon nom sans pouvoir s'arrêter.

— Ne t'inquiète pas pour ça : j'aime les femmes, pas les gamines avec des tresses et des taches de rousseur.

— Je ne porte pas de tresses, imbécile.

J'éclatai de rire pour essayer de me détendre. Putain, maintenant, j'avais envie de la voir avec des tresses.

— Bon, je suppose qu'on a un deal, affirmai-je avec l'intention de me barrer sur-le-champ.

Noah eut un rire abrupt.

— Si venir ici me donner des ordres est un deal pour toi…

— Je vois que tu commences à me comprendre. Salut, petite sœur.

Après avoir reçu un regard glacial pour toute réponse, je sortis sans regarder en arrière. Une fois au-dehors, je m'appuyai contre le mur. Bon sang, je n'avais jamais perdu le contrôle de cette manière. Je me sentais… vulnérable, comme un gosse de trois ans.

Je chassai ces pensées et je sortis mon portable.

› Je passe chez toi avant la fête.

J'appuyai sur « envoyer », puis je longeai le couloir jusqu'aux escaliers.

J'avais besoin de me défouler avant d'affronter cette nuit, et la meilleure manière de le faire avait un nom : Anna.

Vingt minutes plus tard, je me trouvais devant sa porte. Anna était une couverture parfaite pour des événements comme ceux de cette nuit. Elle était la fille d'un des banquiers les plus importants de Los Angeles, et nos parents se connaissaient depuis l'université. Anna avait grandi en me torturant au fur et à mesure que son corps se transformait, et je m'étais retrouvé complètement à sa merci quand je n'étais qu'un gosse et que je n'avais aucune idée de la façon de traiter une femme.

Nous avions appris ensemble, et nous savions tous deux ce que l'autre aimait. En outre, elle n'exigeait jamais d'explication et ne me défiait pas.

C'est pourquoi, lorsqu'elle vint m'ouvrir la porte, je la traînai aussitôt jusqu'à sa chambre.

— Qu'est-ce que tu fais ?

— On va baiser, qu'est-ce que tu crois ? lui répondis-je en la jetant sur le lit.

Anna sourit et commença à relever sa robe d'un air provocateur. Contrairement à Noah, elle avait les cheveux qui lui descendaient le long du dos et portait une robe tellement courte qu'il me fut facile d'arriver là où je voulais.

— On va être en retard, se plaignit-elle.

Mais elle approcha son visage du mien et m'embrassa sur les lèvres.

— Tu sais que j'en ai rien à foutre, répondis-je tout en la menant à l'extase.

Puis j'atteignis moi-même le calme auquel j'avais tant aspiré depuis que cette sorcière au visage criblé d'éphélides était arrivée dans ma vie.

Quinze minutes plus tard, sur le balcon d'Anna, je remettais ma cravate tout en allumant une cigarette. Celle-ci apparut près de moi, la robe de nouveau en place, les cheveux bien coiffés et les lèvres enflées par les baisers que nous avions échangés.

— Comment tu me trouves ? me dit-elle en se collant contre moi de manière provocatrice.

Je la détaillai avec attention. Elle était belle, avec un corps bien fait. Ses cheveux étaient bruns, tout comme ses yeux. Le fait qu'Anna n'ait pas de petit copain officiel m'avait toujours intrigué : elle était pourtant suffisamment belle pour avoir quelqu'un ; au lieu de ça… elle était là, à perdre son temps avec quelqu'un comme moi.

— Vraiment canon, lui répondis-je tout en m'éloignant un peu.

J'avais besoin de quelques instants de tranquillité, pour terminer ma cigarette et me préparer psychologiquement pour ce soir.

— Tu es nerveux à cause de Ronnie ?

Elle s'appuya à la balustrade et me regarda sans bouger. Elle comprenait quand j'avais besoin d'espace, quand je voulais être seul. C'est pour cela que je revenais toujours vers elle.

J'aspirai une bouffée de ma cigarette et j'expulsai tranquillement la fumée.

— Je ne suis pas nerveux. « Irrité » serait le mot juste.

— Ta belle-mère ? me demanda-t-elle d'un ton curieux.

Elle était au courant du récent mariage de mon père et savait que cette situation ne me plaisait pas, même si je faisais de mon mieux pour le cacher.

— Sa fille, précisai-en écrasant ma cigarette sous ma chaussure. Elle ne sait pas qui je suis ni ce dont je suis capable.

— Tu veux que je lui mette les points sur les « i » ? me proposa-t-elle.

Le seul fait d'imaginer Noah et Anna s'affronter m'amusa et m'agaça en même temps.

— Non. J'ai juste besoin qu'elle se taise, qu'elle ne se mêle pas de mes affaires.

Anna acquiesça et sourit.

— Tu ne veux pas la faire dévier du droit chemin ?

Un instant, je fus tenté de le faire.

— Mon intention est plutôt de *l'y faire rester.* Je ne veux pas qu'elle me crée des problèmes, comme la nuit dernière.

Le vent souleva les cheveux d'Anna, découvrant son cou. Je m'approchai d'elle et je les écartai doucement. Et, inconsciemment, je cherchai quelque chose qui ne s'y trouvait pas : un tatouage représentant un nœud de huit et que j'avais envie d'embrasser.

Je m'écartai d'elle, alors que ses yeux brillaient de désir.

— Allons-y, dis-je en me dirigeant vers la porte. On va arriver en retard.

— Je croyais que tu n'en avais rien à foutre, me dit Anna, légèrement contrariée.

— En effet, répondis-je.

Pourtant, durant un instant, je me demandai à quoi je faisais allusion.

9

NOAH

Dès que Nick eut tourné le dos, je m'assis sur mon lit pour reprendre mon souffle. *Des courses*... Mon Dieu, mon point faible. C'était l'une des rares choses que j'avais héritées de mon père, les rares moments dont j'avais profité en sa compagnie, assise à ses pieds lorsque les courses automobiles Nascar passaient à la télé. Mon père avait été l'un des meilleurs pilotes de son époque, jusqu'à ce que tout dégénère.

Je voyais encore le visage de ma mère quand elle m'avait formellement interdit de participer à quoi que ce soit ayant un lien avec le monde des courses et les voitures. À seulement dix ans, je savais presque conduire à la perfection, et, lorsque mes jambes avaient été suffisamment longues pour arriver aux pédales, mon père m'avait laissé courir avec lui. Ça avait été l'une des expériences les plus extraordinaires de ma vie : je pouvais encore me rappeler l'euphorie de la vitesse, le sable qui collait aux vitres et entrait dans l'habitacle, le grincement des pneus… Mais surtout, la sensation de plénitude qui s'emparait de moi : plus rien d'autre n'avait d'importance, il n'y avait plus que la voiture et moi.

Quoi qu'il en soit, de l'eau avait coulé sous les ponts depuis. Ma mère m'avait interdit de m'approcher d'une voiture de course et, même si cela me manquait, j'avais dû me plier sa volonté.

Avec un soupir, je me redressai et je pris mon portable qui ne cessait de vibrer. Mes amis n'avaient pas du tout l'air de s'ennuyer sans moi. Ce soir, ils allaient à une fête et ils ne s'étaient pas rendu compte que j'étais toujours dans le fil de discussion et que je pouvais donc lire tous les détails concernant les boissons, les personnes et les vêtements qu'ils allaient porter.

Je ressentis un pincement au cœur. J'étais à la fois blessée et agacée. Dan ne m'avait toujours pas appelée. Pourtant, j'avais besoin d'entendre sa voix, de parler comme nous le faisions auparavant, pendant des heures et des heures. Pourquoi ne m'appelait-il pas ? M'avait-il oubliée ?

Avec ces pensées en tête, je sortis de ma chambre pour retrouver ma mère et Will dans le vestibule. Il portait un smoking et ressemblait à un acteur d'Hollywood tant il était élégant. Mais je dois dire que Nick n'était pas en reste, avec son costume noir et sa chemise blanche ; je dus réprimer l'envie de le prendre en photo. Il était si beau, j'étais bien forcée de le reconnaître, mais c'était la seule chose positive le concernant. Cependant, le fait qu'il soit impliqué dans des courses automobiles m'avait surprise. Nous partagions finalement quelque chose d'autre que notre tatouage.

Ma mère était superbe. Ce soir, elle accaparerait tous les regards, et à juste titre.

— Noah, comme tu es jolie, déclara-t-elle, le visage resplendissant.

Bien sûr, c'était ma mère, donc je serais toujours jolie à ses yeux.

Will m'observa longuement, le front plissé. Je me sentis immédiatement mal à l'aise.

— Il y a un problème ?

Il n'allait tout de même pas me dire de me couvrir davantage, non ? Que je le pense, moi, d'accord, mais qu'il me le dise, lui ! Je ne sais pas ce que je serais capable de lui répondre.

Ses traits se détendirent.

— Non, bien sûr, tu es très belle ! dit-il, les sourcils toujours froncés.

— Attends, juste une retouche, dit ma mère. (Elle fouilla dans son sac et en sortit un petit spray dont elle aspergea mes épaules nues et mon décolleté.) Tu brilleras encore plus, comme ça.

Je levai les yeux au ciel, mais je me laissai faire. Ma mère pensait toujours que j'étais une petite fille avec des tresses, comme l'avait dit Nicholas.

Dans la rue nous attendait une somptueuse limousine. J'écarquillai les yeux de surprise. Évidemment, quelle autre voiture aurait pu nous attendre ? Je ne sais pas pourquoi cela m'étonnait, c'est juste que je n'arrivais pas à m'habituer à cette vie de luxe.

Ma mère et Will se servirent une coupe de champagne et, à ma grande surprise et pour mon plus grand bonheur, m'en offrirent une également, que je vidai et remplis à nouveau presque instantanément sans qu'ils s'en rendent compte. Si je voulais supporter la soirée, il faudrait que j'en boive plusieurs.

Nicholas se rendait à la soirée par ses propres moyens et j'enviais la liberté dont il jouissait. Il faudrait que je me cherche vite un travail si je voulais m'acheter une voiture. Je n'avais pas l'intention de dépendre de quiconque pour me déplacer.

Je sortis mon portable de mon petit sac et constatai que je n'avais ni message ni appel manqué de Dan. Je respirai profondément en me disant qu'il appellerait, qu'il avait sûrement un problème de portable qui l'empêchait de me parler.

Mon humeur était donc au beau fixe quand on arriva à l'hôtel. À mon grand étonnement, de nombreux photographes étaient postés devant l'entrée à attendre William Leister, voulant immortaliser le moment où on fêtait à la fois l'essor de son entreprise et celui de sa vaste fortune. Je ne me sentais pas du tout à ma place, je me serais sûrement enfuie en courant si je n'avais pas porté ces talons infernaux.

— Nicholas devrait déjà être là, commenta William. Il sait que la photo de famille est prise en début de soirée, ajouta-t-il.

Pour la première fois depuis que je le connaissais, je vis qu'il était réellement en colère.

Nous restâmes à l'attendre au moins dix minutes à l'intérieur de la limousine, alors qu'on nous criait de sortir pour nous prendre en photo. C'était ridicule. Enfin, il était fort probable que les millionnaires se soucient peu de faire attendre des centaines de photographes et d'invités.

Puis un véritable tumulte se fit entendre. Les photographes se retournèrent et commencèrent à crier le nom de mon nouveau frère.

— Enfin, il est là ! s'exclama William, mi-soulagé, mi-irrité. Allons-y, ma chérie, dit-il à ma mère, et on nous ouvrit la portière.

Les flashs des appareils photo mitraillaient Nick et sa cavalière comme s'il s'agissait de célébrités, et ils en avaient réellement l'air.

Comment était-il possible que tant de gens sachent son nom ?

Nos yeux se croisèrent. Je lui lançai un regard froid, quoique son physique n'en finisse pas de m'étonner. Lui, en revanche, me foudroya de ses yeux clairs avant de se retourner vers sa petite amie, amie, maîtresse ou quoi qu'elle soit. Il l'embrassa sur les lèvres et ils furent mitraillés de plus belle.

Dès qu'ils se séparèrent, les journalistes recommencèrent à crier et à réclamer davantage de photos.

— Anna, comment vas-tu ? fit Will à l'amie de Nicholas tout en foudroyant son fils du regard. Si ça ne t'ennuie pas, nous devons faire des photos en famille, mais nous serons avec toi d'ici quelques minutes.

Il venait de lui faire comprendre, très courtoisement, qu'elle était de trop.

Anna m'observa un moment. Il était clair que cette fille me détestait, et c'était sûrement en raison des choses horribles que Nicholas lui avait racontées sur moi. Parce que moi, je n'avais pas encore eu le plaisir de la rencontrer.

Je l'ignorai et m'approchai de ma mère pour qu'on prenne cette maudite photo une bonne fois pour toutes. Les flashs crépitèrent et m'aveuglèrent momentanément.

Depuis que ma mère avait épousé l'un des entrepreneurs et juristes les plus en vue des États-Unis, je savais qu'on parlait de lui de temps à autre dans la presse, mais je ne m'attendais pas à cette folie. Leister Enterprises était écrit partout et plusieurs célébrités étaient présentes. J'hallucinais, je crus même apercevoir Johanna Mavis qui portait une adorable robe.

— Dis-moi que je rêve, ce n'est pas mon écrivaine préférée ? dis-je en m'agrippant à la personne qui se trouvait à côté de moi, croyant qu'il s'agissait de ma mère.

Ma main se referma sur un bras bien trop musclé pour lui appartenir.

— Tu veux que je te la présente ? me répondit Nicholas.

Je lâchai son bras tout en écarquillant les yeux, incrédule.

— Tu la connais ? demandai-je sans réussir à le croire.

— Oui. (Il hocha la tête comme si de rien n'était.) Mon père gère beaucoup d'affaires de célébrités d'Hollywood. Tout gamin, je connaissais déjà plus de stars que n'importe quel habitant de Los Angeles. Les gens célèbres se prennent d'affection pour les avocats qui les sauvent de la prison à plusieurs reprises.

Je saisis une coupe de champagne sur le plateau d'un serveur qui passait devant nous, l'angoisse me tenaillait de nouveau l'estomac.

— Et ta petite amie ? dis-je. Tu ne l'as tout de même pas laissée seule après cette démonstration d'amour, n'est-ce pas ?

Il fronça les sourcils, furieux, les yeux brillants.

— Tu veux que je te la présente, oui ou non ?

— Quelle question, bien sûr que oui, je suis une fan de Johanna depuis que j'ai l'âge de raison, elle a écrit les meilleurs livres de tous les temps !

— Viens, mais ne te mets pas à hurler comme une hystérique, s'il te plaît.

Je le foudroyai du regard tandis que nous nous approchions d'elle. Ah, mon Dieu. Le visage de

Johanna se fendit d'un large sourire lorsque Nick s'approcha pour la saluer.

— Quelle élégance, Nick ! s'exclama-t-elle en l'étreignant.

J'hallucinais déjà auparavant, mais maintenant j'en restais vraiment comme deux ronds de flan.

— Merci. Et toi, tu es incroyable, comme toujours. Tu as déjà vu mon père ?

Pendant ce temps, j'enregistrais chacun de ses gestes pour les graver dans ma mémoire. Ce que j'aurais donné pour avoir un appareil photo !

— Oui, et je l'ai félicité, rit-elle. On aurait besoin de plus d'avocats comme lui.

Après une brève conversation, Nicholas se tourna vers moi.

— Johanna, je te présente ta plus grande fan : Noah, la fille de ma belle-mère, mais tu peux l'appeler Éphélide, railla-t-il, ce qui, à dire vrai, m'était égal.

Elle me sourit gentiment et je dis la première chose qui me vint à l'esprit :

— Vous êtes incroyable, j'adore vos livres.

Génial, tant d'années à répéter mentalement des phrases que je pourrais lui dire, et c'était tout ce que je trouvais quand l'occasion se présentait.

À côté de moi, Nicholas faisait de son mieux pour ne pas rire.

— Merci, répondit-elle, puis elle me serra dans ses bras.

DANS SES BRAS, moi !!

— On fait une photo ? dit-elle en me prenant par le bras.

— Ah, mon Dieu ! Mais je n'ai pas d'appareil photo.

Nicholas eut un rire moqueur :

— Bon sang, Noah, à quoi servent les portables ?

Je souris, j'étais vraiment sur une autre planète.

Elle me passa un bras autour des épaules. Nick tendit son iPhone, et le meilleur moment de ma vie fut immortalisé.

— Merci beaucoup !

Je n'en revenais toujours pas.

— De rien, me répondit-elle.

Puis elle sourit et s'en alla avec son cavalier.

— Tu me dois un grand service, petite sœur, remarqua Nick tandis qu'il remettait son portable dans sa poche et se penchait pour me parler au creux de l'oreille : comme, par exemple, garder la bouche fermée.

Je sentis un frisson me parcourir l'épine dorsale lorsque son souffle se posa sur mon cou. Ça m'était bien égal de savoir dans quelles histoires il s'était fourré, je ne pouvais plus m'arrêter de sourire.

Puis mon portable vibra. J'ouvris le message en pensant que c'était la photo avec Johanna, et tout s'effondra.

J'eus l'impression que mon cœur s'arrêtait. Mes mains commencèrent à trembler et je sentis une chaleur intense se propager le long de mon dos. Cela ne pouvait pas être vrai.

Mais on m'avait bien envoyé une photo… une photo de Dan en train d'embrasser une fille, une fille que je connaissais mieux que moi-même.

— Ce n'est pas possible, murmurai-je.

Ma gorge se serra. Si j'avais été seule, j'aurais versé toutes les larmes que je gardais en moi depuis des années.

— Qu'est-ce qu'il y a ? entendis-je tout à coup.

Je réalisai que Nick se tenait toujours près de moi et qu'il avait sûrement vu la photo sur l'écran.

Respiration, trahison, douleur, mensonges. Tout tournait dans ma tête, j'avais besoin de sortir de là.

Je plaquai mon portable contre son torse et je sortis de la salle. J'avais besoin d'air frais, j'avais besoin d'être seule.

Comment pouvait-il me faire ça ? Comment pouvait-elle le faire ? C'était tellement humiliant, j'avais l'impression d'être la personne la plus stupide de la planète. C'était ma meilleure amie. Pourquoi avait-elle fait cela ? Que lui était-il passé par la tête ?

J'entrai dans les toilettes de l'hôtel et je m'approchai du miroir. Je m'appuyai contre la surface froide et je baissai la tête, les yeux fixés sur mes pieds.

Calme-toi… calme-toi… Ne t'effondre pas, pas maintenant, ne pleure pas, ils ne le méritent pas.

Puis j'observai mon reflet. Qu'est-ce qui me faisait le plus mal ? Que le premier garçon que j'avais aimé me trompe ou que la fille avec qui il le faisait soit ma meilleure amie ?

Beth… Beth !

J'avais envie de crier, de frapper quelqu'un, j'avais besoin de décharger toute cette colère accumulée, de faire quelque chose pour ne pas devenir folle. Juste au moment où mon monde s'écroulait peu à peu, au moment où j'étais complètement seule dans une ville inconnue, sans amis, sans personne qui me connaisse, sans personne qui ait de l'affection pour moi.

Salaud, fils de… Je pris plusieurs profondes inspirations pour essayer de me calmer. Il allait comprendre de quoi j'étais capable.

Puis je retournai dans la salle où tout le monde était en train de déguster des canapés et de bavarder joyeusement. Personne ne se rendait compte de mon chagrin, j'avais une terrible envie de le leur balancer au visage et d'envoyer valser toutes ces coupes de champagne.

Champagne… bonne idée. Je filai droit vers le comptoir.

Un jeune homme qui avait l'air mexicain, chargé de servir des cocktails, s'approcha de moi tout en s'essuyant les mains sur une serviette humide.

— Que puis-je vous servir, madame ?

J'éclatai d'un rire sarcastique :

— Je t'en prie, j'ai dix-sept ans et toi, à peine plus ; ne me parle pas comme si j'étais l'une de ces gosses de riches guindées.

À mon grand étonnement, il éclata de rire lui aussi.

— Tu as pourtant l'air de t'être bien intégrée, répliqua-t-il en regardant les multimillionnaires qui se distrayaient derrière moi.

— S'il te plaît, ne sous-entends pas que je leur ressemble. Si je suis là, c'est parce que mon insensée de mère a décidé d'épouser William Leister, et pas parce que c'est mon endroit préféré.

Puis j'avalai la coupe de champagne d'un seul trait et la rendis au serveur pour qu'il me la remplisse de nouveau.

— Attends un peu… dit-il en regardant la foule, puis en plongeant ses yeux dans les miens. Tu es la nouvelle sœur de Nick ?

— Elle-même, répondis-je.

Puis j'attendis impatiemment qu'il me serve pour m'enfoncer un peu plus dans mon chagrin.

— Je te plains, avoua-t-il en remplissant enfin ma coupe.

Mon humeur s'allégea un peu. N'importe quelle personne détestant Nick s'inscrivait directement sur la liste de mes personnes préférées au monde.

— Comment est-ce que tu le connais, en dehors de son indubitable renommée de salaud prétentieux ?

— Je ne crois pas que tu aimerais le savoir.

Il remplit une nouvelle fois ma coupe, sans que j'aie besoin de le lui demander.

À cette allure, je serais ivre avant minuit.

— Si tu fais allusion aux courses, je le sais déjà.

Alors, je sus que j'avais une envie démesurée d'y aller. Allais-je rester assise dans cette salle, entourée de gens que je ne connaissais pas et que je détestais de toutes mes forces ? Allais-je laisser tomber ce qui me plaisait le plus parce que ma mère me l'avait demandé ? Et elle, m'avait-elle demandé quoi que ce soit lorsqu'elle avait décidé de foutre notre vie en l'air ? Si je n'étais pas partie, j'aurais encore sûrement un petit copain et une meilleure amie… ou peut-être m'avait-il fallu cela pour découvrir la vérité.

— Je vais aller à ces courses, et c'est toi qui vas m'y emmener.

Je sentis alors ce picotement dans mon corps m'indiquant que je faisais quelque chose de mal, de risqué et de libérateur, m'indiquant que je n'allais pas être la fille sage que tout le monde voulait que je sois.

Cette nuit, j'allais faire ce que je voulais, et si, au passage, je pouvais prendre ma revanche, ce serait encore mieux.

10

NICK

Je l'observai qui s'éloignait, sans rien comprendre, puis je vis le message qui se trouvait sous la photo :

› Voilà ce qui arrive quand on part dans un autre pays.
Tu croyais vraiment que Dan allait t'attendre pour toujours ?

Qui donc était ce Dan ? Et qui était cette idiote qui lui avait envoyé ce message ?

Sans état d'âme, j'ouvris la galerie photos de son portable. Il y en avait un avec une fille brune qui, si je ne me trompais pas, était celle de la dernière photo ; et, sur les autres, on la voyait avec des amis, au lycée… Je finis par trouver ce que je cherchais.

Ce mec, Dan, tenait le visage de Noah à deux mains et l'embrassait tandis qu'elle riait aux éclats, sûrement parce qu'elle savait qu'on les prenait en photo. Dan l'avait trompée.

J'éteignis l'écran et je glissai le portable dans ma poche. J'ignorais pourquoi j'avais envie de jeter l'appareil à la mer, et pourquoi cette photo de Noah en train d'embrasser ce salaud me foutait en rogne. J'avais juste une terrible envie de cogner dans le premier mec qui me casserait les couilles ce soir.

Je me dirigeai vers notre table. Les étiquettes indiquaient que j'étais placé entre Noah et Anna. Mon père était face à moi, sa femme à côté de lui. Il y avait aussi deux autres couples dont j'avais oublié le nom, mais auxquels je devais montrer une version parfaite du fils de William Leister.

Je venais à peine de m'asseoir quand Anna apparut près de moi. J'étais en train de boire le vin rouge sang dont ils avaient rempli presque tous les verres, et je sentis son parfum dès qu'elle s'assit.

— Et ta petite sœur ? demanda-t-elle avec dédain.

— En train de pleurer parce qu'on lui a mis les cornes, répondis-je sèchement, sans réfléchir.

Anna s'esclaffa, ce qui ajouta à ma contrariété.

— Ça ne m'étonne pas, c'est une gamine.

Je l'observai quelques instants, réfléchissant à ce qu'elle venait de dire. Voir Noah me coller un coup de poing ne lui avait pas plu, elle semblait vraiment la détester alors qu'elle ne la connaissait pas.

— Tu pourrais parler d'autre chose ? C'est déjà assez pénible de la supporter chez moi.

Sans même m'en rendre compte, je cherchai Noah des yeux. La plupart des invités avaient déjà pris place à table lorsque je la repérai près du comptoir à l'autre bout de la salle. Un serveur s'approcha d'elle.

Je me levai aussitôt en voyant de qui il s'agissait. Je marchai vers eux d'un pas ferme, décidé à éviter à tout prix que Mario fasse sa connaissance. Mais, en arrivant auprès d'eux, j'entendis ses derniers mots :

— Près de la porte dans une heure…

— Dans cinq minutes, tu seras assise dans la limousine en train d'attendre qu'on te ramène à la maison, l'interrompis-je en me plaçant auprès d'elle et en foudroyant Mario du regard.

— Bonjour à toi également, Nick, sourit-il.

— Arrête tes conneries, lançai-je. À quoi tu joues ?

Mario appartenait à mon passé, je ne pouvais pas le laisser s'approcher de Noah : c'était trop risqué. Il savait exactement ce que je pensais, et c'est bien pour ça qu'il n'avait pas hésité une seconde à la baratiner.

— Tout ne tourne pas autour de toi, Nicholas, rétorqua Noah, et je dus me contrôler pour ne pas la faire taire. Tu peux me rendre mon portable ?

Je la dévisageai. Il ne restait aucune trace de larmes dans ses yeux. Elle était froide comme la glace.

— Aujourd'hui, pas l'année prochaine, ajouta-t-elle avec impatience.

J'étais à bout de nerfs. Mario éclata de rire tout en levant les mains comme pour signifier qu'il n'y était pour rien.

— Moi, je ne la fâcherais pas si j'étais toi, mec, lâcha-t-il comme s'il la connaissait depuis toujours.

— Noah, arrête tes conneries, tu ne le connais même pas !

Tout en parlant, je sortis son portable de ma poche et je le lui tendis d'un geste plus brusque qu'il n'était nécessaire.

— Et toi oui ? fit-elle en fronçant les sourcils, étonnée. D'ailleurs, pour info, je vais aller à ces courses dont tu veux tellement éviter de parler.

J'écarquillai les yeux, regardai d'un côté et de l'autre, puis fis un pas vers elle.

— Mais qu'est-ce que tu as fumé ? dis-je en perdant mon calme. Il est absolument hors de question que tu y ailles, tu m'entends ?

Noah ne se laissa pas intimider par mes paroles.

— Je peux y aller et ne rien dire à personne sur ce que *nous* ferons cette nuit, ou je peux rester ici et tout raconter à ton père, c'est toi qui décides.

Putain !

Je ne comprenais pas à quoi ça rimait : son copain la trompait, n'importe quelle fille aurait été effondrée, en larmes… Mais elle, sa réaction était de m'emmerder ?

J'en avais vraiment assez, il était hors de question qu'elle me tienne à sa merci. Je retournai à table. Ma plus grande crainte était que mon père finisse par apprendre ce que je faisais. J'avais toujours veillé à maintenir ma vie de famille à l'écart des autres sphères de ma vie, et à présent on m'imposait une gamine irascible qui non seulement se foutait de ce que je lui disais, mais qui, en plus, voulait se mêler de mes affaires.

Une heure plus tard, je me levai et me dirigeai vers le comptoir où mon père et sa nouvelle épouse prenaient un verre et bavardaient joyeusement avec un couple d'amis.

En me voyant, mon père sourit et m'asséna une petite tape sur l'épaule. Je n'aimais pas ces marques d'affection. J'avais besoin de garder mes distances, et il le savait.

— Vous partez déjà ?

Son ton était compréhensif, ce qui signifiait que je pouvais m'en aller sans problème.

— Eh bien, oui. (Je posai mon verre sur le comptoir.) Demain, il faut que je me lève tôt pour continuer à travailler sur l'affaire.

Mon père approuva d'un signe de tête.

— Noah est déjà rentrée, alors, si tu en as assez toi aussi, tu peux y aller.

J'acquiesçai, satisfait, et je m'éloignai avec Anna à mes côtés.

11

NOAH

J'étais complètement dans le coaltar. La seule chose qui me semblait importante était de lui rendre la monnaie de sa pièce, et au centuple. Je ne pouvais penser qu'aux lèvres de Dan unies à celles de Beth : c'était répugnant. Rien que d'y penser, je voyais rouge et j'avais envie de vomir. Ma vue se brouillait, j'étais aveuglée par un intense sentiment de haine et de chagrin, et un profond désir de vengeance.

J'étais dans mon dressing, en train de me changer. De l'autre côté du mur, un garçon que je connaissais depuis à peine deux heures m'attendait patiemment.

Je ne pouvais pas me rendre à ces courses en robe de soirée, et encore moins avec des talons de quinze centimètres de haut. J'enfilai un short en jean, un bustier noir et des sandales ordinaires. Je savais parfaitement que je ne pouvais pas me rendre à un tel endroit vêtue comme une sainte nitouche, c'est pourquoi j'étais contente de m'être laissé maquiller à l'excès ce soir, contrairement à mon habitude. J'enlevai le plus vite possible toutes ces horribles pinces qui me donnaient mal à la tête – j'en avais au moins cent ! – puis rassemblai mes cheveux en une queue-de-cheval.

Je n'avais qu'une seule idée en tête : embrasser le voyou le plus sexy que je puisse trouver. Comme ça, je me sentirais satisfaite, moins humiliée et surtout moins con. Pourtant, en mon for intérieur, je savais que rien de tout cela ne pourrait effacer la réalité : j'avais le cœur brisé, et ce serait dur d'en recoller les morceaux.

Beth avait-elle raconté à Dan tout ce que je lui avais confié ? S'étaient-ils moqués de moi, alors que j'avais voulu donner le meilleur de moi-même dans ce qui avait été ma première relation ?

Je respirai profondément pour essayer de faire taire ces pensées douloureuses.

Quand je sortis du dressing, je pus voir l'effet qu'avait ma tenue sur Mario, le serveur que je venais de rencontrer, et qui me regardait les yeux écarquillés.

— Tu es belle, me dit-il en souriant.

Je lui rendis son sourire sans grand enthousiasme. Cette nuit, peu m'importaient de stupides compliments.

— Merci, lui dis-je en prenant mon sac sur le lit et en me dirigeant vers la porte. On y va ?

Mario se leva en m'adressant un regard amusé. Peu après, nous étions dans sa voiture.

Une demi-heure plus tard, Mario prit une route secondaire bordée de terrains de sable rougeâtre desséchés par le soleil. Au fur et à mesure que nous nous éloignions de l'autoroute, une musique au rythme répétitif se faisait entendre, de plus en plus forte.

— Tu es déjà allée à ce genre d'événement ? voulut savoir Mario, qui conduisait avec une main sur le volant et l'autre confortablement posée sur le dossier de mon siège.

— J'ai assisté à pas mal de courses, oui.

Il m'observa quelques instants avant de fixer à nouveau son attention sur la route. J'aperçus alors de nombreuses personnes et des lumières, probablement des néons, qui éclairaient une zone déserte où s'amassaient des voitures garées n'importe comment. La musique était assourdissante et, en arrivant, je vis des jeunes entre vingt et trente ans qui buvaient, dansaient et se comportaient comme si c'était la dernière fête de leur vie.

Mario se gara et sortit de voiture. Je fis de même, sans cesser d'observer ce qui m'entourait.

— Où m'as-tu amenée ? ne pus-je éviter de lui demander.

Il éclata de rire.

— Ne t'inquiète pas, ceux-là sont des spectateurs. Ceux qui comptent vraiment sont là-bas.

Il m'indiqua un groupe de jeunes à gauche, appuyés contre les capots de voitures impressionnantes, customisées de mille manières. Une musique tout aussi horrible que celle qui retentissait près de moi sortait de leurs coffres.

Je vis qu'il y avait un grand nombre de vêtements fluorescents. La faible clarté – générée en majorité par les lumières blanches – les faisait luire dans l'obscurité. En outre, de nombreuses filles avaient dessiné sur leur corps et leur visage des motifs élaborés avec ce type de peinture.

— Tu as même pensé aux détails, hein ? dit alors Mario, et je le regardai sans comprendre.

Il désigna mon corps et je compris alors à quoi il faisait allusion. Ce produit que ma mère avait vaporisé sur mes bras, mon cou et mes cheveux brillait à présent, comme des milliers de petits points fluorescents sur ma peau claire. J'étais ridicule.

— Je n'en avais aucune idée, je t'assure.

Mario éclata de rire.

— Il valait mieux que tu ne sortes pas trop du lot ; tout le monde ne peut pas venir ici. Et ce n'est pas pour t'offenser, mais tu es un peu plus… discrète que la plupart des filles qui sont ici.

Ça oui, j'étais discrète par rapport à elles ! Les autres filles étaient presque nues, elles ne portaient souvent qu'une jupe exagérément courte et un haut de bikini plutôt qu'un T-shirt.

— Je ne sais pas si tu connais le contexte, mais ici il y a des bandes. Ton nouveau frère est le leader de l'une d'entre elles, et aujourd'hui c'est très important pour tout le monde qu'il gagne la course contre Ronnie.

Mario m'expliquait tout cela tandis que nous nous approchions des groupes qui se trouvaient près de voitures de luxe.

Nick, le leader d'une bande ? Voilà qui était complètement inattendu mais qui ne me surprenait pas outre mesure. Cela cadrait bien avec le peu que je savais de lui, un type violent, dur et effrayant. Mais, dans son environnement quotidien, rien n'aurait pu le laisser supposer ! C'était un gosse de riche, et il n'était pas censé participer à ce genre d'événement… Son père était l'un des avocats les plus en vue du pays. Comment donc avait-il pu tomber si bas et faire partie d'une bande comme celle que j'avais sous les yeux ?

Mario s'arrêta près de deux types à l'aspect cauchemardesque : les bras couverts de tatouages, ils portaient des vêtements amples avec, autour du cou, d'épaisses chaînes en or et en argent et un tas de crucifix. Les filles qui se trouvaient en leur compagnie étaient vêtues de façon très provocatrice, mais pas autant que celles que j'avais vues quand nous avions garé la voiture.

Mario se dirigea droit sur eux et, comme s'ils étaient amis depuis toujours, ils se saluèrent avec force bourrades amicales en riant. Cette camaraderie me surprenait car, vus de l'extérieur, ils inspiraient une véritable terreur. Ils avaient tous un détail en commun : ils portaient un ruban jaune fluo noué à leur avant-bras, à leur poignet ou dans leurs cheveux.

Je compris alors que tous étaient membres de la même bande, c'est-à-dire celle de Nick.

Dès qu'ils eurent fini de se saluer, ils portèrent leur attention sur moi.

— C'est qui, la petite fille sage ? s'exclama l'un d'entre eux, et tous s'esclaffèrent.

Les gens allaient et venaient, mais ceux qui restaient là ne me quittaient pas du regard.

Le commentaire ne me fit pas rire le moins du monde, mais je me contentai de lancer un regard mauvais à celui qui l'avait dit. Mario vint sur-le-champ à ma rescousse.

— Vous n'allez pas me croire, mais c'est la sœur de Nick, révéla-t-il, ce qui me contraria vivement : je voulais que personne ne l'apprenne.

J'aurais aimé passer inaperçue ou, au moins, pouvoir m'amuser sans qu'on me catalogue comme la « petite-fille-sage-qui-a-trouvé-le-bon-filon ».

Tout le monde s'esclaffa de plus belle, comme si c'était très amusant, tandis que les filles m'observaient avec un intérêt renouvelé.

— Apportez quelque chose à boire à notre nouvelle amie ! cria un Afro-Américain.

Il tenait un gobelet rouge d'une main, et de l'autre il agrippait une fille très belle par la taille. C'est elle qui se retourna, remplit un verre et s'approcha de moi. Les autres continuèrent à discuter et à danser au rythme de la musique stridente.

— Alors, c'est toi, la nouvelle meuf de notre pote ? me demanda-t-elle en m'observant de la tête aux pieds.

Je fis de même. Si elle était effrontée, moi aussi. Elle était noire, grande et très mince. Ses cheveux noirs étaient coiffés en mille petites tresses qui commençaient sur le crâne et lui descendaient jusqu'à la taille. Elle portait un short blanc et un T-shirt de marque bleu foncé.

— *Quasi-sœur*, dis-je. (Je saisis le gobelet de plastique, puis lui lançai un regard méfiant.) Tu n'as rien mis dedans, hein ?

Je n'avais pas confiance en ces gens, et je ne tenais pas à ce qu'on me drogue une nouvelle fois.

— Pour qui tu me prends ? répliqua-t-elle, offensée. C'est de la bière. Si tu voulais quelque chose de plus soft, tu n'es pas venue au bon endroit.

Elle se retourna d'un air furieux, et ses longues tresses me balayèrent le visage. Elle se dirigea droit sur le garçon noir en roulant des hanches, provoquant des regards lubriques de la part de plusieurs garçons.

Mario s'approcha de moi et m'observa, amusé.

— Ça ne fait pas une demi-heure que tu es là et il y a déjà des paris, s'esclaffa-t-il.

— Des paris sur quoi ?

— Sur combien de temps tu vas mettre à lâcher ton verre de bière et à rentrer au bercail.

Ah, ils voulaient jouer à ça ?

Je le fixai quelques instants, avant de foudroyer du regard tous les garçons qui m'observaient comme une source de divertissement. Je rejetai la tête en arrière et j'avalai le contenu de ce verre pourtant bien trop grand.

Au fur et à mesure que le verre se vidait, les cris se firent de plus en plus forts et, lorsque j'arrivai au bout, un peu nauséeuse, l'assistance applaudit et beugla de plus belle.

Je levai mon verre avec un sourire suffisant.

— Qui m'en sert un autre ? m'écriai-je.

Je me sentais complètement libérée.

Les garçons rirent une nouvelle fois, et la fille qui m'avait donné la bière s'approcha de moi en souriant.

— Je m'appelle Jenna, dit-elle en me donnant un autre verre. Et, si tu veux vraiment qu'ils t'aient à la bonne, lâche-toi les cheveux, bois ça et tape-toi le plus beau. Dans cet ordre.

Je ne pus m'empêcher de rire aux éclats. Le disait-elle sérieusement ? Et si oui, avais-je envie de le faire ? J'étais venue avec un seul objectif : me venger de ce mec répugnant qui était mon ex-petit copain et de mon ex-meilleure amie. Alors quel mal pouvait-il y avoir à me lâcher et à m'amuser, cette nuit ?

— Je crois que je vais suivre tes conseils à la lettre.

Je tirai sur mon élastique pour que mes boucles tombent pêle-mêle sur mes épaules, puis je m'attaquai à quelque chose de plus fort que la bière.

Jenna m'observait boire et danser, amusée. Seules les bandes jaune fluo étaient visibles dans la pénombre.

— Je m'appelle Noah, au fait.

Jenna me sourit, elle avait l'air plutôt sympa. Tout à coup, les garçons assis sur les capots en descendirent et se dirigèrent vers une voiture que je reconnus aussitôt : c'était le 4 × 4 de Nicholas.

— Et voilà celui qui est à la fois le rêve et le cauchemar de toute fille avec des yeux en état de marche, annonça Jenna, amusée.

Le 4 × 4 s'arrêta près des autres véhicules. Nick et son idiote de copine en sortirent. Tous les garçons accoururent à sa rencontre comme s'il s'agissait d'un dieu. Ils lui assénèrent des claques dans le dos et lui serrèrent la main tandis qu'il avançait vers l'endroit où se trouvaient les boissons.

Je continuai à boire sans le quitter des yeux. Je savais qu'il allait me parler, et je l'attendais de pied ferme.

Mais je me trompais. Il m'ignora délibérément durant plus d'une demi-heure. Au début, cela me surprit, puis j'en fus réellement contente en voyant à quel point je m'amusais avec Jenna. J'aimais sa façon énergique de parler et de danser au rythme de la musique heavy.

— Il faut que je te présente à mon copain, me dit-elle après m'avoir démontré que ses hanches bougeaient même mieux que celles de Beyoncé en personne.

Je la suivis jusqu'à l'endroit où la plupart des jeunes étaient réunis. Les autres filles buvaient ou bavardaient entre elles, deux ou trois se trémoussaient avec les quelques garçons disposés à danser.

Le copain de Jenna devait être celui avec qui elle était au début. Là, il était en pleine conversation avec Nick, à l'écart des autres.

J'étais un peu tendue en arrivant auprès d'eux.

— Lion ! cria Jenna.

Elle se jeta sur son dos et l'embrassa sur la joue. Lion et Nick nous regardèrent, et Nicholas planta ses yeux froids dans les miens.

— Je te présente Noah, dit Jenna en obligeant son copain à se tourner complètement.

Lion faisait la même taille que Nick et il était très beau. Ses yeux étaient verts comme la menthe des mojitos qu'on était en train de boire et son corps était parfaitement sculpté, avec des muscles bodybuildés impressionnants.

Jenna en avait, de la chance !

— Ça roule, Noah ? me répondit-il avec un sourire aimable, mais sans cesser d'observer Nick du coin de l'œil.

— Enchantée, dis-je avec un grand sourire.

Je trouvais Jenna vraiment sympa et je ne voulais pas que son copain me prenne en grippe à cause de ce que Nick avait dû lui raconter sur moi.

— Ça alors, tu peux aussi être sympa, en fait, dit Nicholas d'un ton railleur.

Je n'avais pas envie d'une nouvelle dispute, alors j'optai pour un geste universel : je lui tendis le majeur et je fis volte-face pour aller voir ailleurs.

Mais il m'empoigna le bras pour m'entraîner dans un coin sombre, entre deux superbes voitures. Jenna et son copain nous observèrent un moment, puis Jenna tourna son attention vers ce dernier et se mit à l'embrasser fougueusement. Je sentis un pincement au cœur en voyant le beau couple qu'ils formaient. Il y avait quatre heures seulement, moi aussi, je croyais avoir le meilleur petit copain du monde. Et maintenant…

— Tu peux m'expliquer à quoi tu joues ? m'écriai-je en déchargeant ma colère contre Nick.

Comme il m'avait poussée contre la voiture, je me trouvais maintenant prise au piège entre la portière d'une BMW grise et lui-même.

Il s'était changé et portait un jean qui laissait entrevoir son boxer Calvin Klein, ainsi qu'un T-shirt noir qui moulait ses bras musclés.

Sans me répondre, il m'observa quelques instants, avant de sortir mon iPhone de sa poche pour me mettre sous les yeux la photo qui m'avait brisé le cœur.

— C'est qui ?

Comme si ma vie privée pouvait l'intéresser !

Je tendis la main avec l'intention de lui prendre mon portable, mais il l'éloigna sans cesser de m'observer. Avec tout le mépris dont j'étais capable, je lui crachai :

— Qu'est-ce que ça peut te faire ?

— Moi ? fit-il calmement. Je n'en ai rien à foutre. Mais je suppose que c'est ton copain, ou que *c'était* ton copain, si tu as un peu d'amour-propre. Et, comme les filles font toutes la même chose, je suppose que ton objectif, ce soir, en plus de me les casser, est de te venger de ce con.

J'en restai momentanément muette. Comment le savait-il ? Était-ce si évident, que je voulais rendre à ce salaud la monnaie de sa pièce ?

— Alors je me porte volontaire. Je vais t'embrasser et on va faire dix mille photos si ça peut t'aider à foutre le camp et à rentrer te coucher. Je ne veux pas te voir ici, Noah, ajouta-t-il en regardant ce qui se passait derrière moi.

Il m'avait prise de court. Embrasser ce crétin ? Jamais ! Mais, en y réfléchissant bien… Il était tellement beau. Ce n'était pas que j'en avais envie, mais je savais que cela affecterait cet imbécile de Dan. Il était plein d'orgueil, se croyait le plus beau du lycée, et rien ne pourrait davantage le blesser qu'un mec encore plus beau que lui.

— D'accord, répondis-je. (Il plongea ses yeux dans les miens, clairement ahuri ; ce n'était apparemment pas la réponse qu'il attendait.) Je veux que ce crétin se sente le plus misérable possible, et si pour ça il faut que je t'embrasse… (Je haussai les épaules.) Je le ferai. Mais cette nuit, je n'irai nulle part, je m'amuse ici, alors voilà ce que je te propose : toi, tu me prêtes ton corps pour me venger de mon ex et de mon ex-meilleure amie et, moi, je promets de ne jamais revenir à une de tes petites fêtes.

Un sourire se dessina sur son visage et je le regardai, perplexe. Qu'y avait-il de si drôle ?

— Tu es vraiment folle, tu sais ? dit-il en secouant la tête, incrédule.

— Je suis écœurée, et la seule chose qui m'importe est que ce salaud souffre autant que moi.

Ma voix trahissait mon chagrin. Cette photo ne cessait de me tourmenter, elle n'arrêtait pas de s'imposer à mon esprit. Je n'en avais rien à faire que ce type soit le fils de mon beau-père et qu'il soit complètement idiot… je voulais juste me venger. Je savais aussi que les verres que j'avais bus tout au long de la soirée affectaient mon jugement, mais ça m'était égal. Je commençai à m'énerver :

— Tu vas m'embrasser, oui ou non ?

Nick secoua la tête d'un côté et de l'autre, sans cesser de rire.

Ça m'agaça, alors je fis ce que je voulais faire depuis que je le connaissais : je lui assénai un coup de pied dans le tibia. Il lâcha un cri de surprise plus que de douleur.

— Imbécile, arrête de rire ! Il y a des milliers de mecs ici… Si tu ne te décides pas, j'en cherche un autre.

Il redevint brusquement sérieux.

— Ça, sûrement pas. Je veux que tu disparaisses le plus tôt possible, alors viens, m'ordonna-t-il en m'entraînant jusqu'à l'avant de la voiture.

De là où on était, aucun de ceux qui se trouvaient à la fête ne pouvait nous voir et j'en fus soulagée. D'un bond, je m'assis sur le capot. Nicholas laissa courir son regard sur mes jambes, puis jusqu'à mes yeux.

— Tu dois être sacrément furieuse pour faire une chose comme ça, commenta-t-il en sortant l'iPhone et en mettant l'appareil photo.

— Et toi tu dois sacrément avoir envie de me voir disparaître, dis-je sans la moindre nervosité.

J'avais du mal à le supporter. Pire, je le méprisais. C'est pourquoi j'étais contente de savoir que je l'utilisais.

Il ne répondit pas, mit simplement ses mains sur mes genoux et se glissa entre mes jambes. Ses mains remontèrent le long de mes cuisses, l'une tenant le portable, l'autre caressant ma peau nue. Bien malgré moi, des sensations inattendues s'emparèrent de mon corps.

— Fais-le, une bonne fois pour toutes !

Il eut l'air contrarié et sa main gauche me saisit par la nuque tandis que ses lèvres s'écrasaient brutalement contre les miennes.

Ses lèvres étaient douces et son menton râpeux. Je ressentis un étrange fourmillement au creux du ventre pendant qu'il m'embrassait furieusement, comme s'il voulait me faire payer toutes nos disputes. Puis je me rendis compte qu'il n'avait pris aucune photo.

Je le repoussai brusquement.

— Et si tu prenais des photos ?

Je n'avais jamais été aussi proche de lui et je vis à quel point il avait des yeux clairs et de longs cils : il était vraiment beau… Dieu, plus que beau ! J'avais les jambes en coton, malgré tout le mépris qu'il m'inspirait.

— Et si tu ouvrais la bouche pour dire autre chose que des conneries ? Comme ça, on pourra en terminer.

Il leva le portable à la hauteur de nos têtes et j'humidifiai mes lèvres involontairement.

Puis il m'attira à lui et j'entendis le clic de l'appareil photo. Quand sa langue s'insinua entre mes lèvres et caressa la mienne, j'eus l'impression que des ailes de papillon effleuraient mon ventre. Nos lèvres continuèrent de remuer à l'unisson.

J'aimais cette sensation. Tout mon corps brûlait de passion et, au fond de moi, je savourais ma vengeance et ce baiser… Que Dan aille se faire foutre !

Nick posa une nouvelle fois ses mains sur mes jambes. Tout cela n'était que du désir pur et simple. Rien d'autre. Nous nous haïssions : pourquoi ne pas nous utiliser l'un l'autre ?

J'enfouis mes mains dans ses cheveux noirs. Au diable le bon sens !

Ses mains caressèrent le bas de mes cuisses, faisant brûler de désir d'innombrables parties de mon corps. Je me mordis la lèvre inférieure et je commençai à trembler.

— Ne t'arrête pas, murmurai-je quand ses mains remontèrent jusqu'à ma taille.

Je voulais qu'il continue, qu'il me fasse oublier ma tristesse et tous mes démons. Je voulais juste l'utiliser comme certains garçons utilisent les filles.

Il s'écarta brusquement.

Surprise, j'ouvris les yeux.

— Tu as ta photo, me dit-il en déposant le portable dans ma main.

Je l'observai, le souffle court, contrariée parce que, pour une fois qu'il faisait bien les choses, il s'interrompait et gâchait tout. Décidément, je ne le supportais pas et je détestais tout ce que lui, son père et leur vie de merde avaient réussi à faire de la mienne.

— C'est fini ? m'écriai-je.

J'avais les joues en feu et mon corps n'aspirait qu'à une chose : qu'il me touche encore.

— Arrange-toi pour ne plus croiser mon chemin cette nuit, m'avertit-il en me lançant un regard de véritable mépris.

Qu'avions-nous donc fait ?

Je le regardai s'éloigner avec une étrange sensation au creux du ventre.

12

NICK

J'avais l'impression que j'allais exploser. Chacune de mes terminaisons nerveuses était maintenant réveillée avec une intensité aussi incroyable qu'inquiétante. Tandis que je me dirigeais vers mes amis, ma colère grandissait.

Pourquoi donc l'avais-je embrassée ? Pourquoi diable étais-je entré dans son jeu ? Depuis quand laissais-je une fille m'allumer sans que ce soit moi qui tienne les rênes ? La réponse tenait en quatre lettres : Noah.

Depuis que je l'avais vue cette nuit, je n'avais plus réussi à me la sortir de l'esprit. Peut-être était-ce l'attrait du fruit défendu, après tout nous étions en quelque sorte frère et sœur, ou peut-être était-ce l'envie démesurée de sentir que je pouvais la contrôler, que je pouvais apaiser ce feu qui émanait d'elle, que je pouvais faire d'elle ce que je faisais des autres filles.

Noah était totalement différente de celles-ci. Elle ne succombait pas à mon charme, n'avait pas les genoux tremblants quand je la regardais, ne se laissait pas intimider quand je la défiais, et me répliquait même avec plus de hargne que moi-même. C'était terriblement frustrant… et excitant à la fois. Je ne cessais de me dire que c'était une morveuse mal élevée et insupportable, que je ne devais pas lui accorder d'importance, que je devais carrément l'ignorer… mais mon corps me trahissait et je ne savais plus quoi faire. Je l'avais embrassée, je le lui avais proposé non parce que ça m'intéressait de l'aider à se venger de son putain de mec ni pour pouvoir la chasser de la fête, mais simplement pour lui dévorer les lèvres. Dès que je l'avais vue ce soir, j'avais eu envie de me mettre entre ses jambes et de la posséder. Une sensation dérangeante et frustrante, étant donné que je ne la supportais pas. Mais pourquoi donc était-elle aussi diablement séduisante ?

Son short laissait ses longues jambes à découvert, invitant tout homme à la caresser du regard, à l'embrasser. Ses cheveux me rendaient fou, encore plus lorsqu'elle les portait ainsi, sur les épaules, encadrant son visage rosi par l'alcool. Mais le plus excitant, ça avait été ses lèvres… douces comme du velours, et blessantes lorsqu'elles me lançaient des mots de mépris. J'étais devenu fou quand sa bouche s'était ouverte, quand j'avais senti sa langue tourner contre la mienne sans honte, sans complexe, d'une manière complètement différente de celle des filles que j'avais embrassées jusqu'à présent. D'habitude, c'était moi qui menais le rythme, moi qui contrôlais tout. Je lui avais mordu la lèvre par pur plaisir charnel, pour le simple désir de la dévorer et de bien lui faire comprendre qui était aux commandes.

« C'est fini ? » m'avait-elle demandé, les joues roses et les yeux brillant de désir. Putain ! Que voulait-elle que je fasse ? Si elle n'était pas qui elle était, je l'aurais déjà emmenée sur le siège arrière de ma voiture. Si elle n'était pas aussi insupportablement chiante, je lui aurais offert la meilleure nuit de sa vie. Si elle ne foutait pas tout mon monde en l'air…

— Hé, Nick, où étais-tu ? La première course va commencer ! me cria Lion depuis l'endroit où on avait placé ma Ferrari noire, alignée avec l'Audi customisée de mon adversaire.

Voilà ce dont j'avais besoin : décharger toute la tension accumulée en courant à plus de cent soixante sur une route de sable au beau milieu de la nuit, et en battant l'un après l'autre tous ces crétins de la bande de Ronnie. J'avais besoin de me défouler, de sentir l'adrénaline courir dans mes veines : cela valait mieux que le désir, car cette nuit je savais que je n'obtiendrais pas ce que je voulais réellement.

— Dis à Kyle que c'est moi qui cours celle-ci, m'écriai-je en m'approchant de la voiture.

Mes amis s'amusaient en attendant la course, ils buvaient et dansaient au son de la musique, espérant que cette nuit on remporterait tout le fric. C'était ça, le marché. On jouait quinze mille dollars et la voiture de l'adversaire dans la course finale. J'avais différé cette course contre Ronnie pendant trop longtemps. Ce n'est pas que je craignais de perdre, au contraire. Le problème, c'était que ce type était un délinquant et qu'il n'aimait pas perdre. Chaque année, les paris étaient plus importants et la tension entre les deux bandes aussi. Je leur avais expliqué à tous ce qu'il fallait faire si jamais les choses dérapaient, ils connaissaient les règles.

Quatre bandes étaient en compétition cette nuit, avec leurs deux meilleurs pilotes. Les deux bandes qui devaient s'affronter étaient tirées au sort. Chacune des deux bandes faisait trois tours de course jusqu'à ce qu'il ne reste qu'un seul pilote en piste. Ce dernier courait contre le finaliste qui avait gagné dans l'autre groupe. Au total, il y avait six courses avant la finale, qui était donc la septième.

Et moi, je comptais bien être dans cette finale.

Depuis que je participais à ces courses, il y avait environ cinq ans, nous avions toujours gagné. Ronnie me respectait, mais je savais qu'à la moindre occasion il ne me raterait pas. J'étais un garçon de bonne famille, moi, je ne jouais pas pour l'argent, et il le savait. Lui, en revanche, en avait besoin pour acheter de la drogue et calmer les membres de sa bande. Jouer pour de l'argent était une chose, gagner l'unique objet de valeur que ce type semblait posséder en était une autre. S'il perdait sa voiture, il valait mieux que je sois prêt à tout.

Je m'approchai de ma Ferrari et je passai une main sur son toit. Bon Dieu ! J'adorais cette voiture, elle était parfaite, d'une rapidité incroyable, le meilleur achat que j'aie fait de toute ma vie. Seules des personnes à qui je faisais entièrement confiance avaient le droit de la conduire. Ma voiture. Mes règles. Aussi simple que ça. La conduire était un privilège, et les membres de ma bande le savaient.

— Kyle va être déçu, mon gars, sourit Lion, amusé.

C'était à nous de décider dans quel groupe on courait après le tirage au sort. En réalité, les quatre bandes avaient le même nombre de participants dans les deux groupes, alors, même si Kyle avait très envie d'affronter Greg, l'un des pilotes, j'avais bien l'intention de courir cette course moi-même.

Je jetai un coup d'œil à mon pote, content qu'il soit là cette nuit. Lion faisait partie de mes meilleurs amis. Je l'avais rencontré à l'un des pires moments de ma vie, et depuis nous étions inséparables. C'est moi qui lui avais présenté Jenna, sa copine actuelle. Fille d'un magnat du pétrole, elle avait grandi dans la même zone résidentielle que moi et nous nous connaissions depuis l'enfance. Elle était encore au lycée, mais elle n'était pas comme les autres filles de millionnaires, elle était spéciale et je l'aimais beaucoup. Lion était tombé sous son charme dès qu'il l'avait vue.

— Rien à foutre, répondis-je, de mauvaise humeur.

Lion leva les yeux au ciel mais ne dit rien.

Il me connaissait suffisamment pour savoir quand j'étais d'humeur à entendre des conneries et quand je ne l'étais pas. Et, en ce moment précis, j'étais d'une humeur massacrante.

— Le deuxième virage est plus étroit que le premier. Anticipe, sinon tu risques la sortie de route, me conseilla-t-il tandis que je pénétrais dans l'habitacle.

Plus loin, à cinq mètres de distance, les gens criaient, euphoriques, impatients que la course débute. Deux filles tenaient des fanions fluo, prêtes à donner le signal du départ.

— Compris. Ne perds pas Noah de vue, ne pus-je m'empêcher d'ajouter.

Je serrai le volant avec force en me rendant compte que je pensais encore à elle, mais j'avais besoin de savoir que quelqu'un la surveillait. Ces fêtes étaient dangereuses pour des filles comme elle, et Lion le savait parfaitement.

— Ne t'en fais pas, Jenna est collée à elle comme une ventouse.

Malgré moi, je regardai dans la même direction que lui. Là-bas, avec un bandana fluo autour de la tête, comme si elle appartenait à ma bande, se trouvait Noah, bras dessus bras dessous avec Jenna, un sourire radieux sur le visage. Elle était ivre et euphorique.

Putain.

— Je te vois au retour, lui dis-je, comme on se disait toujours quand c'était à nous de courir.

Je mis le moteur en marche, les fanions s'abaissèrent, puis le bruit de l'accélérateur et le vent dans la figure me firent oublier ces yeux couleur de miel et ce corps sulfureux.

Jusqu'à présent, j'avais remporté toutes les courses. Plus loin, sur une autre des pistes créées dans le désert, il ne restait que Ronnie, les autres coureurs ayant été éliminés. Ce n'était pas surprenant : même si mon pote Kyle était très doué, Ronnie était l'un des meilleurs.

La finale allait se jouer entre nous et l'issue me rendait nerveux.

Le départ aurait lieu dans vingt minutes et j'étais adossé à ma voiture, en train de boire une bière et de fumer une cigarette. Noah était dans un coin avec Jenna. Je les avais aperçues en train de se déchaîner, de danser, boire et s'amuser comme des folles. Je savais ce que faisait Noah : elle buvait pour tenter d'oublier son copain.

— Tu es bizarre, ce soir, affirma une voix familière derrière moi.

Je me retournai vers Anna dès que je sentis son souffle tiède dans mon cou. Elle aussi s'était changée : elle portait une robe très courte qui dévoilait un décolleté plongeant et ses jambes fuselées. Ses yeux étaient pleins de désir, comme chaque fois que nous étions ensemble.

— Ce n'est pas mon jour, répliquai-je, lui faisant comprendre que je ne serais pas particulièrement gentil ce soir.

— Je peux faire en sorte qu'il s'améliore nettement, répondit-elle. (Elle se colla à moi en m'offrant une superbe vue sur ses seins.) Tu n'as qu'à me suivre, ajouta-t-elle d'un ton séducteur.

Je réfléchis. La dernière course n'aurait pas lieu avant quinze minutes et ça ne me ferait pas de mal de me détendre avec Anna sur le siège arrière de mon 4 × 4.

— En vitesse, alors, lui dis-je en l'entraînant à l'intérieur.

Quinze minutes plus tard, nous étions de retour à l'endroit où tous attendaient anxieusement la finale. Coucher avec Anna m'avait éclairci les idées. Je pouvais avoir n'importe quelle fille, je n'allais pas laisser une ado de dix-sept ans bouleverser mon monde.

C'est alors que je la vis.

Tout le monde s'était déplacé vers la ligne d'arrivée. Les seuls qui restaient habituellement près de la ligne de départ, c'étaient Lion et Jenna. Mais il n'y avait aucune trace de Lion.

Je ne vis qu'une chose avant que ma Ferrari noire ne démarre : la chevelure de ma nouvelle sœur dans le rétroviseur.

13

NOAH

Après ce qui s'était passé avec Nick, je décidai de ne plus m'approcher de lui, exactement comme il me l'avait demandé. Ce qui s'était passé avait été étrange et agréable, jusqu'à ce qu'il parle et que je me rende compte à qui j'avais affaire.

Au moins, j'avais obtenu ce que je voulais ; d'une certaine manière, je m'étais vengée de Dan, même si dans le fond je savais que je ne pourrais pas vraiment me sentir mieux après la trahison de deux personnes aussi importantes.

La photo que Nick avait prise me déconcertait. Je n'avais jamais fait de photos avec Dan quand on était en train de s'embrasser. D'ailleurs, je crois qu'il ne m'avait jamais embrassée comme ça. En la regardant, j'eus la chair de poule. On y voyait nos profils unis, ses lèvres entrouvertes sur les miennes et nos yeux fermés en train de savourer l'instant. Mes joues étaient rouges alors que Nick avait un air dur, froid et complètement irrésistible. Rien qu'en voyant son profil, on comprenait à quel point il était séduisant. Dan allait être fou. Je le savais. Il était égoïste à ce point, sauf que je n'en avais jamais subi les conséquences jusqu'à présent.

J'écrivis un message sous la photo avant de la lui envoyer :

› Il m'a fallu moins de quatre heures pour trouver un mec plus homme que toi. Merci de m'avoir ouvert les yeux. Au fait, sur cette photo, tu as l'air d'un poisson hors de l'eau, apprends à embrasser, crétin !

Sous le message, on pouvait voir la photo de lui et Beth en train de s'embrasser, ainsi que celle de Nick et moi.

J'aurais adoré voir son visage, mais je savais qu'après ce message nous n'aurions plus rien à nous dire. Je n'avais pas l'intention de le revoir et, pour la première fois, je fus contente qu'une frontière nous sépare. Quant à Beth, je lui écrivis seulement trois mots dans le message que je lui envoyai juste après, avec la photo d'elle et Dan :

› Terminé, nous deux.

Je relâchai alors tout l'air que j'avais retenu dans mes poumons. J'en terminais ainsi avec neuf mois de relation amoureuse et sept ans d'amitié. Je sentis que mes yeux devenaient humides, mais je ne versai pas une seule larme ; non, ils ne le méritaient pas.

Je glissai mon portable dans la poche arrière de mon short, puis cherchai Nick du regard. Il était en train de boire une bière, adossé contre sa Ferrari noire. Je lui tournai le dos et je me dirigeai vers l'endroit où m'attendait ma nouvelle amie.

Je passai une partie de la nuit à danser, rire et m'amuser grâce aux folies de Jenna. À plusieurs reprises, elle se volatilisa pour aller embrasser son petit copain sexy, et, dans ces instants-là, tout ce qui s'était passé me revenait à l'esprit et mon moral tombait à zéro. J'essayais de me distraire en me focalisant sur les courses que j'adorais et qui me rappelaient des moments plus heureux, quand je les fréquentais au quotidien. Je ne pouvais m'empêcher d'observer comment chaque pilote conduisait. Le copain de Nick était plutôt bon, mais Nick avait été impressionnant à la première course.

Plus la nuit avançait, plus j'analysais la piste pour essayer de découvrir ce qui permettrait de gagner avec encore plus d'avance. Je finis par remarquer que le deuxième virage présentait un problème. Si on l'abordait trop lentement, on se faisait distancer, mais, si on le faisait trop vite, on risquait de sortir de la piste.

Je mourais d'envie de prouver que je pouvais y arriver mieux que les autres, sentir le vent sur mon visage, l'adrénaline provoquée par la vitesse, savoir que c'était moi qui conduisais la voiture, qui la manœuvrais et la dominais.

Puis je me rendis compte que la dernière course était sur le point de commencer. C'était à ce Ronnie de courir contre Nicholas, et j'étais sûre que, si on m'en donnait l'opportunité, je pouvais le vaincre les yeux fermés.

Tout le monde était monté en voiture et s'était déplacé jusqu'à la ligne d'arrivée. Jenna, Lion et moi devions rester là, mais le couple était parti chercher je ne sais quoi dans la voiture de mon amie. Nicholas avait disparu lui aussi : je l'avais vu partir avec cette idiote aux cheveux bruns en direction de son 4 × 4. J'étais donc seule, près d'une bagnole haut de gamme, en train d'attendre.

C'est alors que je vis Ronnie s'approcher de sa voiture customisée et m'observer avec intérêt. Ce type était vraiment effrayant : il avait davantage de muscles qu'un gladiateur, et des milliers de tatouages couvraient ses bras et une partie de son dos. Je l'observai sans émettre aucun son.

— Hé, mignonne ! (Il appuya ses avant-bras sur le haut de la voiture.) Qui es-tu ? fit-il d'un ton amusé.

Je le regardai d'abord sans dire un mot, puis je décidai qu'il valait mieux lui répondre.

— Noah, dis-je sèchement.

Il sourit sans que je sache pourquoi.

— Je t'ai observée, m'avoua-t-il en souriant. Je sais faire la différence entre les filles qui s'y connaissent et les autres. Toi, tu appartiens au premier groupe.

Je l'observai, sur mes gardes.

— Possible que j'aie couru un jour, dis-je en me demandant où étaient les autres.

Je n'aimais pas la manière dont ce type me regardait, ça faisait froid dans le dos.

— Je le savais, s'écria-t-il, amusé. Pourquoi ne cours-tu pas contre moi, chérie ?

Était-il vraiment en train de me demander ça ?

— Tu dois courir contre Nicholas.

— Nicholas n'est pas là, n'est-ce pas ? fit-il avec un geste de la main.

Je sentis l'adrénaline envahir mon corps tout entier. Mon Dieu… courir de nouveau… Voilà ce que je voulais, ce dont j'avais besoin… et c'était vrai que Nicholas avait disparu.

— Je ne crois pas que ce soit une bonne idée.

Je me mordis la lèvre en voyant que les clefs de la Ferrari étaient restées sur le contact.

Ronnie fit claquer sa langue sans me quitter des yeux et s'approcha lentement de moi.

— Tu fais partie de sa bande, non ? dit-il en indiquant le bandana fluo que Jenna m'avait mis dans les cheveux.

Pas vraiment, mais j'économisai ma salive.

— Nick a déjà couru cette nuit. Il est temps qu'il laisse courir une femme, tu ne crois pas ?

Les types comme Nicholas étaient la raison pour laquelle les filles comme moi n'étaient jamais prises au sérieux.

— Ou alors tu as peur ?

Mes yeux étincelèrent, et la résolution devait se lire sur mon visage quand j'ouvris la bouche une seconde plus tard :

— J'accepte.

— Génial, ma belle, me dit-il, les yeux brillant d'excitation. On se voit à l'arrivée, ajouta-t-il en montant dans sa voiture.

Je savais ce qu'il pensait. Il comptait gagner les yeux fermés. Bien, cher Ronnie. Je crois que j'ai oublié de te parler d'un détail : tu vas courir contre la fille d'un vainqueur de Nascar.

Cette voiture était géniale. Les sièges étaient en cuir, la carrosserie était impressionnante, et que dire du ronronnement du moteur. Quel plaisir, et quels souvenirs ! Je démarrai le moteur avec facilité et je m'approchai de la ligne de départ. Personne ne savait que c'était moi qui conduisais, personne, excepté mon adversaire.

Je souriais comme une gamine. Je ne voulais pas penser aux conséquences, je ne voulais pas penser que Nicholas allait m'étrangler, je voulais juste en profiter.

Allons-y, Ronnie, espèce de gros dur.

Dès que les fanions donnèrent le signal, j'appuyai sur l'accélérateur et, en moins d'une seconde, je laissai derrière moi la ligne de départ. Bon sang ! C'était impressionnant, libérateur, amusant, relaxant, ahurissant… La meilleure chose au monde. Cela faisait des années que je n'avais rien fait de tel et, enfin, je faisais quelque chose pour moi, quelque chose qui me plaisait et qui n'avait rien à voir ni avec ma mère, ni avec son mari, ni avec mon ex-petit copain, ni avec mon ex-meilleure amie. À cet instant, je me sentis libre comme un oiseau et euphorique comme jamais.

À côté de moi, Ronnie roulait à une vitesse vertigineuse. J'appuyai sur l'accélérateur et je criai comme une folle en passant le premier virage, laissant le gros dur derrière moi.

— Oui ! criai-je joyeusement.

Maintenant, le deuxième virage, celui qui était difficile, s'approchait. Devais-je l'aborder avec peu de vitesse, sans prendre de risque, ou accélérer jusqu'à la limite et risquer d'être projetée hors de la piste ?

La deuxième option était la plus enthousiasmante. J'appuyai fort tout en calculant quand je devrais décélérer pour passer le virage sans danger.

En le voyant de plus près, je remarquai qu'il était plus étroit que ce que j'avais pensé dans un premier temps. Merde… j'allais être projetée hors de la route. Je réduisis la vitesse en tournant le volant de toutes mes forces. Je sentais les grains de sable frapper la voiture et les pneus maltraités crisser.

Je serrai les mâchoires et laissai échapper un petit cri quand je réussis enfin à passer sans me tuer. Le bruit du moteur me réclamait plus de vitesse, et j'accélérai.

— Oui ! criai-je une nouvelle fois, en voyant Ronnie dans le rétroviseur.

Il me talonnait, et son capot heurtait presque l'arrière de ma voiture. Je l'observai : la rage de perdre décomposait ses traits.

Prends ça ! criai-je avec enthousiasme en mon for intérieur. *Les hommes, tous des machistes, des prétentieux et des cons !*

Le plus difficile était passé ; maintenant, c'était du gâteau. J'accélérai encore en voyant la ligne d'arrivée. Plus que quelques centaines de mètres et je gagnais. L'adrénaline courait dans mes veines, j'étais euphorique. Puis Ronnie me fonça dedans. Je fus projetée vers l'avant et la ceinture de sécurité me cisailla la poitrine.

— Mais quel… !

J'élevai la voix tout en serrant le volant avec plus de force. Ronnie semblait hors de lui, il décélérait et accélérait en essayant une nouvelle fois de me heurter. Je déviai un peu pour éviter un troisième coup, mais il continua. Le suivant vint par le côté droit. Putain, il était en train de bousiller la voiture !

Je tournai le volant vers la droite d'un geste rapide et brusque pour lui rendre la monnaie de sa pièce. Le rétroviseur latéral de sa voiture, presque arraché, resta suspendu dans le vide.

Plus que quelques mètres, trois, deux… je franchis la ligne d'arrivée.

Les gens se mirent à hurler et à agiter les mains et les foulards fluo dans les airs. C'était hallucinant :

l'émotion de gagner, l'euphorie d'avoir vaincu ce gros dur sur la piste…

Je décélérai et finis par freiner près de l'endroit où se trouvaient la plupart des spectateurs. Je regardai dans le rétro et je vis Ronnie sortir en furie de sa voiture. Il asséna un coup de pied à sa portière et j'éclatai de rire.

À ce moment, quelqu'un apparut à ma vitre, ouvrit la portière et me sortit d'un coup sec de l'habitacle, me projetant presque dans les airs.

Je fis face à un visage enragé.

— T'es complètement folle !!?

Merde, Nicholas !

Je ne l'avais jamais vu aussi furieux. Même pas lorsqu'il s'était battu la veille et avait distribué des coups de poing comme il aurait distribué des bonbons. Ses cheveux étaient en bataille comme s'il avait tiré dessus, et il me lança un regard assassin.

Je dis la première chose qui me passa par la tête, intimidée :

— J'ai gagné…

Ses yeux s'écarquillèrent, puis il me saisit par les épaules et approcha son visage du mien :

— Est-ce que tu as la moindre idée de ce que tu as fais ?!

Il me faisait peur, mais je ne me laissai pas faire et me débattis pour qu'il me lâche.

— Je t'interdis de me crier dessus, répondis-je sur le même ton.

Putain de gosse de riche ! Sa voiture n'était même pas cassée. Les coups avaient été donnés par ce crétin de mauvais joueur de Ronnie. En plus, j'avais gagné la course !

Jenna et Lion apparurent à ce moment, tandis que la foule devenait folle. Je commençai à discerner ce que les gens criaient :

— Tricheur ! Tricheur !

Au moins, j'avais le public de mon côté. Ronnie avait triché, oui, il m'avait heurtée par-derrière, ce qui, dans ce genre de courses, était interdit, encore plus quand on conduisait des voitures comme celles-ci, qui n'étaient pas faites pour recevoir de forts impacts.

— Nicholas, lâche-la, ordonna Lion.

Mais je vis qu'il me regardait plus ou moins de la même manière que son copain.

Jenna aussi me lança un regard noir, ce qui me surprit et me blessa en même temps.

— Voilà Ronnie, annonça Jenna.

Nicholas me lâcha et mon dos alla cogner contre la portière.

Que se passait-il, bon sang ? Quelle mouche les avait tous piqués ?

Nicholas me tourna le dos et se tourna vers Ronnie, les poings serrés.

— Vous avez enfreint les règles, Leister, et tu sais parfaitement ce que ça signifie, lâcha-t-il, furieux, mais avec un sourire sur son horrible visage piercé et tatoué.

— Putain de conneries, répliqua Nick.

Lion se tenait près de lui et les membres de leur bande s'approchèrent pour le soutenir. Les acolytes de Ronnie en firent autant. En moins d'une minute, un cercle se forma autour de nous et je n'y comprenais toujours rien.

— Ce n'est pas mon problème si quelqu'un prend ma voiture et va sur la piste, je n'ai pas l'intention d'en assumer la responsabilité, dit Nick, et je commençai à comprendre où ils voulaient en venir.

— Elle est membre de ta bande, Leister, alors, si, c'est de ta responsabilité, rétorqua Ronnie avec un sourire amusé.

— Elle n'est pas… commença Nicholas.

Puis il tourna la tête vers moi, et je vis ses yeux briller de surprise puis d'une colère décuplée.

— Elle porte le bandana, donc elle est membre.

À ce moment, je compris. Le bandana faisait de moi un membre de la bande ; mais je ne voyais pas en quoi le fait de courir à la place de Nicholas était un problème.

— Tu as enfreint les règles, Leister. La finale était entre toi et moi, alors on sait qui est le gagnant.

Des hurlements d'enthousiasme s'élevèrent de la foule de ses partisans massés derrière lui. Tous nous regardaient d'un air de défi.

— C'est ridicule, déclara Nicholas. (Il fit un pas en avant, Lion fit de même et je vis comment il serrait les poings contre son corps.) On n'a qu'à refaire la course, point barre, tu n'as rien gagné.

Toujours en souriant, et avant même que Nicholas ait terminé sa phrase, Ronnie fit « non » de la tête.

— Tu peux déjà me donner tes quinze mille dollars et les clefs de cette petite merveille, fit-il en regardant la Ferrari noire de Nick.

Non !

Je fis un pas en avant. Peu m'importait qui était ce type. À côté de moi, Nicholas se raidit mais, avant qu'il ne puisse m'en empêcher, je m'écriai, furieuse :

— C'est toi-même qui m'as demandé de faire la course. Et je t'ai vaincu, moi, une fille de dix-sept ans, pointai-je d'un ton moqueur. (Le visage de Ronnie se décomposa et il me lança un regard assassin. Je continuai sans me laisser impressionner.) J'ai blessé ton petit ego masculin, et maintenant tu veux nous faire croire à tous que, selon je ne sais quelle règle stupide, tu aurais le droit de prendre la voiture et l'argent…

J'aurais continué à parler, mais Nicholas s'interposa.

— Ferme ta putain de bouche et rentre dans la voiture, me dit-il entre ses dents. Maintenant ! ajouta-t-il plus fort.

— Non ! criai-je. (Je n'avais pas l'intention de laisser ce crétin retourner la situation à son avantage, et je ne lui permettrais pas non plus de prendre la voiture. C'est moi qui avais gagné la course, lui n'avait même pas réussi à me doubler une seule fois.) Apprends d'abord à courir, imbécile !

Les membres de la bande de Nick crièrent pour manifester leur approbation, et je me sentis mieux.

Quelqu'un me tira en arrière au moment où Nicholas avançait vers Ronnie avec les veines du cou sur le point d'exploser. En voyant le visage de Ronnie, je sus qu'ils allaient se cogner dessus.

— Ferme-la une bonne fois pour toutes, Noah, m'ordonna la voix de Jenna dans l'oreille. Si tu n'arrêtes pas, tout va se terminer bien plus mal que ce que tu peux imaginer.

Je ne lui répondis pas, occupée à regarder Nicholas qui s'arrêtait devant Ronnie.

Ils se défièrent du regard, et j'eus peur que tout cela ne se termine par une bagarre en règle. Puis Nicholas plongea la main dans sa poche, en sortit des clefs et les lui tendit.

Oh non !

— L'argent sera viré demain à la première heure, dit Nick, feignant le calme.

Le silence se fit autour de nous. Ronnie fit tourner les clefs entre ses doigts avec un sourire suffisant. Nicholas se retourna. Il respirait avec difficulté et semblait sur le point d'exploser.

— Essaie de garder cette salope à la maison, dit alors Ronnie, et le visage de Nicholas se décomposa.

Il se retourna si vite que personne ne le vit venir. Son poing s'écrasa contre la mâchoire de Ronnie avec une force telle qu'il le projeta contre le capot de sa voiture.

C'est alors que la folie se déchaîna.

Les poings commencèrent à voler autour de moi. Les deux bandes s'affrontaient et j'eus brusquement l'impression d'avoir plongé dans l'enfer. Quelqu'un me frappa par-derrière et je tombai à la renverse, m'égratignant les genoux et les mains.

— Noah ! cria Jenna, qui s'agenouilla près de moi pour m'aider à me relever.

Bon sang ! Ils se tapaient dessus comme si leur vie en dépendait. Je sentis la panique m'envahir en voyant que je m'étais vraiment fourrée au milieu d'une bagarre de cinquante types musclés et dangereux.

Quelqu'un m'attrapa par le bras et nous tira en arrière, Jenna et moi. C'était Lion, avec un air dur comme le roc et une détermination de fer. Sa lèvre était en sang et il cracha par terre tandis qu'il se hâtait de nous sortir de là.

— Mettez-vous là-dedans, fit-il quand on arriva au 4 × 4 de Nick.

Je ne pus m'empêcher de me retourner, cherchant celui-ci du regard.

Lion entra lui aussi dans la voiture et démarra en moins d'une seconde. Puis il s'approcha comme il le pouvait de l'endroit où Nick continuait à se battre avec un Ronnie à présent déchaîné.

— Nick ! cria Lion.

Il s'approcha encore plus de cette folle mêlée. Les types se frappaient et tombaient à la renverse.

Nicholas asséna un coup de poing dans l'estomac de Ronnie, puis se mit à courir dans notre direction. Je vis qu'il avait une lèvre fendue et une pommette qui était en train de passer du rouge au violet. Il bondit sur le siège du passager au moment où Lion opérait un virage et appuyait sur l'accélérateur.

Je jetai un coup d'œil en arrière.

Mon cœur bondit en voyant Ronnie qui levait une arme et la pointait sur nous.

— Baissez-vous ! hurlai-je au moment même où la vitre arrière volait en éclats.

Mon cœur s'arrêta de battre un instant puis s'emballa en une sorte de course effrénée qui me fit craindre de perdre la raison.

— Putain ! s'écrièrent Lion et Nick au moment où Jenna et moi lâchions un hurlement digne d'un film.

— Fils de… commença Nicholas, tandis que Lion filait à fond la caisse et débouchait sur la route. À cette heure de la nuit, il n'y avait pas une seule voiture en vue. J'en fus soulagée, car Lion continuait d'appuyer à fond sur l'accélérateur. En me retournant, je vis que plusieurs voitures faisaient de même, mais, du moment que je ne voyais pas Ronnie, c'était l'essentiel.

— Ça va ? nous demanda Nicholas.

Il se retourna et me regarda avant de regarder Jenna.

— Jenna, dis quelque chose, lança Lion, fou d'inquiétude, tout en la regardant dans le rétroviseur.

— Quel sale fils de pute ! cria Jenna, hystérique, au moment où je commençais à trembler de la tête aux pieds.

— Je vois que tu es en grande forme, dit Lion avant d'éclater d'un rire hystérique.

Nick me lança un autre coup d'œil, s'attarda sur mon visage, très certainement décomposé. Puis il se retourna, posa sa tête contre le dossier et s'adressa à Lion :

— Arrête-toi à une station-service.

Quant à moi, j'osais à peine respirer. J'étais complètement bouleversée, pétrifiée par la peur. Personne n'avait jamais pointé une arme sur moi auparavant. Et ce type m'avait regardée dans les yeux avant de tirer, un regard malsain qui me poursuivrait longtemps.

Je n'arrivais toujours pas à croire à ce qui s'était passé. Comment les choses avaient-elles pu déraper à ce point ?

J'avais l'impression que j'allais m'effondrer d'un moment à l'autre. Tout s'était succédé si vite : l'histoire de Dan et Beth, la poussée d'adrénaline que j'avais ressentie à courir pour la première fois depuis des années, les bons et les mauvais souvenirs que cela avait réveillés, l'impuissance et la culpabilité qui m'avaient envahie quand Nicholas avait donné sa voiture à ce sale type ; sans oublier mes genoux et mes mains ensanglantés par ma chute, qui me faisaient de plus en plus souffrir à présent que l'adrénaline se volatilisait.

Dix minutes plus tard, plongés dans un silence lourd, nous arrivâmes à une station-service ouverte vingt-quatre heures sur vingt-quatre.

Lion éteignit le moteur et s'empressa d'ouvrir la portière à Jenna et de la sortir de là pour la serrer contre lui en une étreinte passionnée.

Nick sortit de la voiture en même temps et se dirigea droit vers la boutique. Moi, je ne bougeai pas. Je ne pouvais ni ne voulais le regarder.

À présent, oui, je me sentais coupable, tout ce qui était arrivé était ma faute, cette bagarre aurait pu se terminer dix mille fois plus mal. Je n'avais pas la moindre idée de ce que faisait Ronnie avec une arme. Puis je compris sans l'ombre d'un doute que ces courses et ces gens étaient bien différents de ce que j'avais connu quand j'étais enfant : ces courses étaient dangereuses, on y pariait un max d'argent et ceux qui y participaient étaient des délinquants. Et moi, j'avais ridiculisé le chef d'une de ces bandes et provoqué une bagarre entre lui et mon nouveau frère.

Nicholas sortit de la boutique avec un sac plein. Il s'approcha de Jenna et Lion et leur tendit des bandes, de l'alcool et des antalgiques. Jenna avait une plaie sur le front, car elle avait reçu un coup, et Lion s'occupa d'elle en un quart de seconde, s'assurant que ce n'était rien de grave.

Nicholas s'adossa à la voiture. Il sortit de l'alcool et une bande stérile, et nettoya la blessure de sa lèvre sans m'adresser un seul regard. Puis, après avoir renversé une bouteille d'eau sur sa tête et avoir secoué ses cheveux mouillés, il s'approcha de moi.

Il ouvrit ma portière et me dévisagea un instant. Je me tournai vers lui avec l'intention de descendre de voiture et de me soigner seule, mais il m'en empêcha.

— Donne-moi tes mains, m'ordonna-t-il d'une voix blanche.

Je ne le fis pas, je restai simplement à le regarder. Sa lèvre était dans un état lamentable et il avait un hématome horrible sur la joue. Et tout cela était arrivé par ma faute. Mon estomac se noua.

— Je suis désolée, lui dis-je si bas qu'il ne l'entendit peut-être pas.

Il m'ignora, mais prit une de mes mains et, avec délicatesse, commença à nettoyer ma blessure ensanglantée.

Je ne savais ni que faire ni que dire. J'aurais préféré qu'il crie ou qu'il me dise combien j'étais stupide et irresponsable, mais il se contenta de soigner mes blessures. Celles de mes mains, puis de mes genoux. Derrière nous, Jenna et Lion se murmuraient des mots doux, tandis que Jenna s'occupait des blessures de Lion. Nicholas me regarda une fois seulement avant de s'écarter et de retourner sur le siège conducteur. Quelques minutes plus tard, nous étions à nouveau sur la route, toujours enveloppés d'un silence sépulcral. Même Jenna et Lion ne disaient rien.

Je réalisai alors que je venais de commettre la pire des conneries.

14

NICK

Quatre jours s'écoulèrent, au cours desquels je ne revins pas chez moi. Après ce qui s'était passé aux courses, je n'avais pas la moindre envie de m'y pointer. Je redoutais ma réaction lorsque je tomberais nez à nez avec Noah. Une partie de moi avait envie de l'étrangler et de lui faire payer ce que son stupide petit jeu m'avait coûté : ma voiture, ma Ferrari noire à plus de cent mille dollars, et la rupture définitive de la trêve entre ma bande et celle de Ronnie. Ce sale fils de pute nous avait tiré dans le dos, je me rappelais encore comment mon cœur avait bondi dans ma poitrine en entendant le tir et le cri de Noah sur le siège arrière. Je me rappelais avoir eu peur de me retourner, je me rappelais avoir eu la pire frayeur de ma vie, et tout ça à cause de la stupidité d'une fille incapable d'écouter une seule fois ce qu'on lui disait.

En la voyant courir, je m'étais senti complètement impuissant. Je ne savais toujours pas d'où elle tenait cette habileté à conduire, mais putain, comment elle avait battu ce crétin ! Une partie de moi avait admiré sa façon d'aborder le deuxième virage ; je n'avais pas eu les couilles de prendre autant de risques qu'elle, mais ça prouvait aussi son manque de jugeote.

Je ne pouvais pas non plus m'ôter de l'esprit le baiser que je lui avais donné et l'envie que j'avais de recommencer. Je ne pouvais oublier la saveur de ses lèvres pleines et douces, ce corps qui me rendait fou…

Merde.

Je ne pouvais pas rentrer chez moi, je ne savais pas comment j'allais réagir : une partie de moi, la plus perverse et celle qui clairement ne pensait pas avec la tête, voulait par-dessus tout sauter cette fille aux cheveux blonds et aux yeux couleur de miel, lui faire tout ce que mon imagination me dictait, et lui faire payer le fait de m'avoir fait perdre mon joyau le plus précieux ; l'autre voulait simplement lui faire redouter ma présence, faire en sorte qu'elle ose à peine respirer près de moi. Évidemment, la première option était celle qui m'attirait le plus, et je me maudissais pour cela.

Depuis quatre jours, j'allais de fête en fête, me couchant à des heures indues et me tapant une fille différente chaque nuit. Après ce qui s'était passé aux courses, Ronnie et moi en avions terminé à jamais. Et j'étais préoccupé par la réaction qu'il pourrait avoir si on se revoyait, ce qui arriverait tôt ou tard puisqu'on fréquentait les mêmes cercles.

C'était incroyable comment cette fille avait tout foutu en l'air en si peu de temps ; et, en plus, j'étais obligé de la voir chaque putain de matin.

J'arrivai donc chez moi d'une humeur de chien, avec une vitre arrière toute neuve. Je me garai, mis mes lunettes de soleil car j'avais une gueule de bois infernale et me dirigeai vers l'entrée avec l'intention de disparaître dans ma chambre pour la journée. Mais cela me fut impossible : je venais à peine de rentrer qu'un cri en provenance de la cuisine me fit jurer intérieurement et prier pour avoir la patience d'affronter ce qui m'attendait.

J'entrai lentement dans la cuisine, où ma belle-mère, sa fille et… Jenna ? étaient en train de petit-déjeuner devant l'îlot. Mes yeux s'attardèrent un peu plus sur mon cauchemar personnel. Noah sembla se décomposer en me voyant arriver. Je remarquai que sa peau était dorée par le soleil et que ses cheveux étaient plus blonds, et avec plus de mèches de couleur qu'auparavant. Elle portait un maillot de bain une pièce et une serviette enroulée autour de la taille. Ses cheveux mouillés dégoulinaient sur le plan de travail où était posé son bol de céréales. Près d'elle, Jenna avait plus ou moins la même tenue, sauf qu'elle était en bikini et arborait un sourire affable, celui qu'elle réservait à la famille et aux amis.

Elles étaient amies, maintenant ?

— Te voilà enfin, Nick. Ton père a essayé de te joindre toute la journée hier, me dit Raffaella d'un ton aimable.

Elle avait l'air d'être réveillée depuis des heures et, contrairement à sa fille, elle était tirée à quatre épingles, avec ses cheveux blond platine ramassés en chignon et un tailleur de lin blanc bien repassé.

Putain, avec quelle rapidité elle s'était transformée en Mme William Leister !

— J'étais occupé, répondis-je sèchement.

Je m'approchai du frigo pour y prendre une bière. Je n'en avais rien à foutre qu'il ne soit que dix heures du matin.

— Eh bien, Nick, tu ne nous dis pas bonjour ? fit Jenna en se tournant vers moi.

Je lui lançai un regard furieux. Jenna savait parfaitement que je n'avais pas la tête à ce genre de conneries. Elle aurait mieux fait de se taire et de rester le nez plongé dans son bol de céréales, comme Noah.

Je marmonnai un bonjour tout en portant la bière à mes lèvres. Noah tentait de garder son calme, comme si ma présence ne l'affectait pas le moins du monde.

— Nicholas, ton père voulait te parler, parce que ce soir nous partons à New York, annonça Raffaella. Il a un congrès et il veut que je l'accompagne. J'aimerais que tu restes là avec Noah, je ne veux pas qu'elle soit seule dans cette maison si grande et…

— Maman, je t'ai déjà dit que ça ira très bien, intervint alors ma quasi-sœur en la foudroyant du regard.

Je peux rester seule. En plus, Jenna sera là pour me tenir compagnie, hein, Jenna ?

Jenna haussa les épaules puis acquiesça, non sans m'avoir d'abord regardé. Noah ne voulait pas me voir, ne voulait pas m'avoir près d'elle… Mmh, intéressant !

— Je vais rester, annonçai-je alors, sans très bien savoir où je mettais les pieds.

Noah abandonna son air indifférent pour me regarder avec de grands yeux, semblant vouloir être ailleurs.

— Je serai beaucoup plus tranquille, merci, Nick, conclut Raffaella. (Elle se leva et prit une dernière gorgée de café.) Je vais faire mes valises. Je vous verrai plus tard, avant de partir.

Et elle sortit aussitôt.

— Pas besoin que tu restes, je sais très bien prendre soin de moi, me lâcha Noah, semblant prendre sur elle pour rester calme.

Je me rapprochai et m'assis sur la chaise qui se trouvait près d'elle.

— Je doute que tu saches le faire, mais ce n'est pas pour ça que je reste. (Je plongeai mon regard dans le sien.) Je suppose que tu me manquais, Effy. Aujourd'hui aussi tu as l'intention de me faire perdre cent mille dollars ?

Les yeux écarquillés sous l'effet de la surprise, Noah respira profondément à plusieurs reprises et, lorsqu'elle commença à balbutier une réponse, je décidai de mettre fin à sa torture.

— Du calme, je blaguais, je sais que tu ne pourrais pas me rembourser, même dans tes rêves les plus fous.

Tandis que ma colère grandissait, je sentais mon désir pour elle se raviver. Mes yeux se posèrent involontairement sur son décolleté trempé par l'eau de la piscine puis sur son tatouage, qui me rendait complètement fou.

— Tu es en train de dire que tu vas oublier toute l'affaire ? demanda-t-elle, incrédule.

— Je suppose que je pourrais obtenir un dédommagement d'une autre façon…

Je réalisai sur-le-champ que j'étais encore en train de flirter avec elle.

Troublée, elle battit des paupières.

Bon sang.

— Revenons-en au début, quand je t'ignorais, que tu m'ignorais, et que tout le monde était content.

Je me levai et priai pour ne plus faire de gaffe.

Mon regard croisa celui de Jenna, qui m'observait, intriguée, avec un petit sourire sur ses lèvres charnues.

Je leur tournai le dos et sortis dans le jardin en me demandant pourquoi diable ma colère avait disparu dès que je l'avais revue.

15

NOAH

Ça m'avait ébranlée de le revoir. Au cours des quatre derniers jours, j'avais plus ou moins oublié ce que j'avais provoqué aux courses, et surtout j'avais essayé d'éviter de penser à lui parce que, chaque fois que je le faisais, je sentais mon estomac se tordre. J'étais consciente de lui avoir fait perdre son joyau le plus précieux, j'étais consciente qu'on aurait pu se faire tuer cette nuit-là, mais ce n'était pas totalement ma faute. Si Dan ne m'avait pas trompée, je n'y serais jamais allée. Et puis, en plus, ce délinquant de Ronnie m'avait trahie.

J'avais cru qu'il faudrait des jours, des mois, des années pour que le gosse de riche me pardonne et oublie ce que j'avais fait et, là, il prétendait que l'histoire était oubliée ?

Je suppose que c'étaient des conneries, son histoire d'obtenir un dédommagement « d'une autre façon » ?

Je ne savais plus que penser, et je ne voulais pas non plus trop réfléchir à ce que voulait Nicholas Leister en compensation. Je me sentais soulagée et reconnaissante qu'il veuille bien me pardonner.

J'avais passé ces derniers jours dans cette maison à laquelle je tentais de m'habituer, tourmentée par les remords et par des pensées encore plus douloureuses et difficiles à supporter. La véritable cause de ma tristesse et de ma mauvaise humeur constantes, c'était de savoir que mon ex-petit copain m'avait trahie sans états d'âme. Mais ce n'était pas le pire : depuis, il m'appelait sans cesse et me laissait des milliers de messages pour que je lui pardonne et qu'on se remette ensemble.

Chaque fois que mon téléphone sonnait, mon cœur semblait s'arrêter pour ensuite se remettre à battre, lentement, à un rythme douloureux. Tandis que je me dorais au soleil, j'avais compris que tout ce qui m'attachait à ma ville, à ma maison, s'était brisé pour toujours, et c'est ce qui me faisait le plus mal. Ma meilleure amie avait décidé de détruire notre amitié pour un mec, *mon mec*, et par-dessus le marché elle avait le toupet de me demander de lui pardonner. Elle était folle !

Plus jamais je ne leur parlerais, plus jamais je ne serais stupide au point de succomber au charme d'un garçon.

— Tu dois être le cauchemar de Nick, me dit Jenna en sortant un paquet de cigarettes de son décolleté.

Je ne pus éviter de pencher la tête pour voir si ma mère était dans le coin.

Ma nouvelle amie était le seul point positif de cette nuit désastreuse. Sa bonne humeur et son sens de l'humour avaient rendu ces derniers jours plus supportables. Elle m'avait raconté qu'elle connaissait Nicholas depuis son enfance. C'est pourquoi elle le connaissait bien mieux que n'importe qui d'autre.

Selon elle, mon nouveau frère était un fieffé coureur de jupons et, tout ce qui l'intéressait, c'était de faire la fête, boire, s'amuser, baiser avec toutes les filles qui lui tombaient sous la main et vaincre Ronnie toutes les fois qu'il le fallait pour lui démontrer que c'était lui qui menait la danse dans le monde de la nuit.

Rien de ce qu'elle m'avait révélé ne m'avait surprise, sauf un détail dont elle-même ne savait pas grand-chose. Elle m'avait raconté qu'à dix-huit ans Nicholas avait quitté la maison de son père pour aller vivre chez Lion, dans un quartier mal famé, et qu'il s'était fourré dans des tas d'emmerdes. Voilà pourquoi il connaissait tant de types louches. Son amitié avec Lion datait de cette époque-là et avait perduré.

Cette révélation m'avait abasourdie. Ma mère n'en savait sûrement rien ; sinon, elle m'en aurait parlé. À présent, je comprenais comment un garçon de bonne famille comme Nick avait fini par se fourrer dans des histoires aussi dangereuses.

— Mais pour quelle raison ? demandai-je distraitement tout en faisant un sort à mes céréales.

Sans répondre à ma question, Jenna dit :

— Et toi, tu t'es vue ? Malgré tes apparences de petite fille modèle, tout à coup tu montes dans une voiture, tu gagnes une course et tu nous fourres tous dans une merde pas possible. Tu n'es pas ce qu'on appelle « prévisible », Noah… et hier tu as laissé plus d'un mec bouche bée. Je te parie ce que tu veux qu'en ce moment Nick ne pense qu'à une chose : te prendre sur cette table pour se défouler de la frustration d'avoir perdu sa voiture. C'est sa manière à lui d'apporter une solution aux choses, plutôt que de raconter des bobards en te disant qu'il va oublier cette histoire, acheva-t-elle en éclatant de rire.

En voyant ma tête, elle reprit :

— Allez, ne me dis pas que tu n'y as jamais pensé… Si je ne le connaissais pas depuis que je suis toute petite, je serais tombée à ses pieds, comme presque toutes les filles de cette ville.

Le baiser que nous nous étions donné sur le capot de sa voiture me revint à l'esprit. J'y repensais de temps à autre, et mon corps se mettait à trembler de haut en bas, avec une seule envie : que ses mains recommencent à me caresser. Mais cela signifiait juste que nous étions humains !

— Crois-moi, je ne le laisserai jamais me *prendre* nulle part, répondis-je sèchement. J'ai eu ma part de beaux gosses pour une éternité. Les mecs te trompent à la moindre occasion, il suffit de voir mon mec, Dan.

— Ex-mec, me corrigea-t-elle en aspirant une autre bouffée. Tu as raison, les mecs sont dangereux, mais ça ne te ferait pas de mal de profiter de ce qu'ils peuvent t'offrir ; comme ça, tu oublierais ce salaud de Dan. Qui a dit que les femmes ne pouvaient pas coucher avec un mec pour le simple fait de vouloir le faire ? Tu es célibataire, c'est l'été, tu es belle… profite, et ne réfléchis pas trop.

Je ne pus retenir un éclat de rire. Bon sang, Jenna était complètement folle ! Je n'étais pas ce genre de fille.

— Bon, et si on changeait de sujet ? Dis-moi juste que tu vas rester dormir ici ce soir.

Je la regardai avec des yeux suppliants. Si je devais passer trois jours seule avec Nicholas dans cette immense maison, je ne survivrais pas au week-end.

Jenna réfléchit.

— Nicholas va sûrement inviter les autres, ce qui signifie que Lion sera là, et si en plus il y a à boire et de la musique… Je reste, bien sûr !

Cette nouvelle acheva de me mettre de bonne humeur. Avec Jenna à mes côtés, les jours passaient nettement plus vite et c'était justement ce dont j'avais besoin : que les jours volent sans même savoir où ils m'emmenaient.

Comme Jenna l'avait prédit, quelques heures plus tard c'était la folie. Il n'était pas encore vingt et une heures quand un tas de jeunes commencèrent à sonner à la porte, avec des fûts de bière.

L'alcool commença à couler à flots et la musique résonna à travers des haut-parleurs invisibles. Avec mon short de survêt et mon chignon lâche, je me sentais complètement décalée. Jenna était allée chez elle pour se changer et n'était toujours pas revenue. Je montai donc dans ma chambre pour trouver une tenue plus en accord avec le ton de cette soirée. Je fouillai dans mon dressing à la recherche de quelque chose qui me permette d'être à l'aise et de me sentir belle en même temps.

Je trouvai un short noir qui me collait au corps comme une seconde peau et un haut orangé qui allait à merveille avec ma peau nouvellement bronzée. Satisfaite de ma tenue, je lâchai mes cheveux, enfilai des sandales plates – je n'allais pas mettre des talons pour rester chez moi – et sortis à toute vitesse en entendant de nouveau la sonnette de l'entrée, qui résonnait aussi fort que la musique.

Je n'eus pas le temps d'arriver jusqu'à la porte que Jenna était déjà entrée, accompagnée de son copain, Lion. Les voir ensemble était un véritable régal pour les yeux. Jenna avait opté pour des talons très hauts, mais elle était toujours un peu plus petite que Lion, qui portait un jean et un T-shirt ample noir.

Jenna s'approcha de moi, un sourire amusé aux lèvres.

— T'es canon, ma petite, me dit-elle. Tu as déjà repéré un mec qui te plaise ? Ce corps a besoin d'un peu de mambo !

Je rougis, puis j'éclatai de rire avec elle.

Jenna était un souffle d'air frais. J'avais beau ne la connaître que depuis quelques jours, je sentais que je pouvais lui faire confiance.

— Allons boire quelque chose, j'ai la gorge sèche, proposa Lion.

Dans la cuisine, Jenna alla droit au tonneau de bière et me tendit un verre rempli de liquide mousseux. C'était délicieux et rafraîchissant, et je fus heureuse de cette distraction qui me permettait de penser à autre chose qu'à mon ex.

À mesure que je buvais, je sentais les souvenirs remonter : Dan, si blond et si beau, ses mains qui me caressaient lorsqu'on était seuls, ses baisers sur le nez en hiver quand il se moquait de moi en me disant que je ressemblais à un renne de Noël. C'était idiot, mais ces souvenirs représentaient neuf mois de ma vie. Ce n'était pas énorme non plus, mais je les avais vécus avec intensité. Je l'aimais. Il avait été mon premier vrai petit copain, et le fait qu'il m'ait trompée avec quelqu'un d'aussi important pour moi… Non, le fait qu'il m'ait trompée, tout simplement…

Furieuse, je retournai me servir une autre bière. Je reçus un e-mail à cet instant. Je crus que c'était Dan, mais en le lisant je vis qu'il s'agissait de la même personne qui m'avait envoyé la photo de Dan et Beth en train de s'embrasser. Il était clair qu'elle aimait me tourmenter, étant donné que le mail avait comme objet : ENCORE DE NOUVELLES PREUVES D'INFIDÉLITÉ.

Juste au moment où j'allais ouvrir le dossier, le cœur battant à tout rompre, mon portable s'éteignit. Merde… je n'avais plus de batterie. Normal. Aujourd'hui, j'avais reçu un tas de messages et d'appels de Dan et j'avais fait de mon mieux pour les ignorer. Les nerfs à fleur de peau et poussée par un instinct masochiste, je lorgnai sur l'iPhone de Nick, qui était posé sur la petite table du salon. Personne ne me vit quand je le pris et me dirigeai dans un coin, à l'écart, près de la porte du bureau de Will. Mes mains tremblaient tant que j'eus du mal à taper : je dus effacer et écrire mon adresse de messagerie au moins cinq fois. Ma messagerie s'ouvrit enfin. En plus de la photo que j'avais déjà vue, il y avait un tas de clichés de Dan et Beth en train de s'embrasser à la fête où ils m'avaient soi-disant trompée pour la première fois, mais aussi d'autres photos, de jours différents, où ils s'embrassaient aussi, y compris des selfies où ils regardaient l'objectif les lèvres enflées et les yeux brillants. Je sentis une telle rage et tant de douleur en moi que je faillis laisser tomber le portable.

C'est à ce moment-là que quelqu'un s'approcha de moi par-derrière.

— Qu'est-ce que tu fous avec mon portable ?

Je sursautai et, avant que je n'aie le temps de fermer ma session, Nicholas me l'arracha des mains et se mit à regarder les photos, les sourcils légèrement froncés.

— Rends-le-moi, ordonnai-je.

Un sourire malin apparut sur ses lèvres :

— Il est à moi, tu te rappelles ?

Je me dis qu'il valait mieux m'en aller. Je savais que j'étais sur le point de m'effondrer, car j'avais les mains tremblantes et les yeux qui brûlaient, comme chaque fois que j'avais envie de pleurer.

Nick me saisit le bras et scruta mon visage.

— Pourquoi tu regardes cette merde ? Tu es masochiste ou quoi ?

D'un air dégoûté, il glissa le portable dans sa poche arrière sans me lâcher. Apparemment, nous étions deux à penser la même chose de moi.

— C'est possible. Mais en ce moment précis tu es vraiment la dernière personne que j'aie envie de voir, dis-je.

Je savais que j'allais faire payer ma mauvaise humeur à tout le monde, mais surtout à lui.

Il m'observa de façon étrange, comme si, d'une certaine manière, il avait voulu connaître mes pensées.

— Et pourquoi donc, Effy ?

Je ne pus m'empêcher de lever les yeux au ciel en entendant ce fichu surnom dont il avait décidé de m'affubler.

— Voyons, laisse-moi réfléchir, dis-je avec sarcasme et en comptant sur mes doigts. Depuis que je suis arrivée ici, tu n'as pas arrêté de me parler grossièrement, de me menacer, tu m'as abandonnée en plein milieu de la route, tu te comportes comme un véritable obsédé et… ah oui, j'avais oublié ! Tu as laissé quelqu'un me droguer.

— Donc c'est ma faute si ton salaud de copain te fait porter les cornes ! s'exclama-t-il.

Puis il me lâcha le bras et m'observa comme s'il me trouvait drôle.

— J'en ai simplement marre de la vie en général, alors fiche-moi la paix !

Je m'avançai avec l'intention de le contourner et d'aller dans ma chambre. Il me bloqua le passage et passa un bras autour de ma taille. Avant que je n'aie le temps de réaliser ce qu'il faisait, il me poussa dans le bureau de Will, ferma la porte et me regarda longuement. La pièce était plongée dans l'obscurité, malgré la lueur de la lune qui entrait par les fenêtres situées derrière le bureau et les fauteuils.

Je relâchai tout l'air que j'avais aspiré et reculai d'un pas, mais il m'accula contre la porte. Ses yeux plongèrent dans les miens, et c'est alors que je compris à quel point il était ivre. J'avais été tellement furieuse et triste que je ne m'en étais pas rendu compte ; mais, en voyant comment il se comportait, je n'avais plus aucun doute.

— Arrête de penser à ce crétin, m'ordonna-t-il.

Puis il écarta mes cheveux et commença à embrasser ma peau nue.

Ce fut aussi inattendu qu'intense. Ça me rappela le baiser que nous nous étions donné aux courses. Ce qui avait commencé comme une simple vengeance s'était transformé en un véritable baiser, agréable et excitant... et c'était la même chose à présent.

— Qu'est-ce que tu fais ? dis-je d'une voix rauque.

Ses lèvres remontèrent lentement le long de mon cou, y déposant de petits baisers brûlants, puis arrivèrent à l'oreille. Je fermai les yeux en sentant ses dents mordiller ma peau.

— Je te montre à quel point la vie peut être belle.

Sa respiration s'accéléra tandis qu'une de ses mains glissait sous mon chemisier et commençait à me caresser l'épaule, d'abord avec délicatesse, puis plus fort, en me serrant contre son corps musclé.

Il était clair qu'il ne savait pas ce qu'il faisait. Avait-il oublié qui il était en train d'embrasser ? On se détestait, encore plus maintenant que je lui avais fait perdre son jouet préféré et que son pire ennemi lui avait tiré dessus par ma faute. Et moi, pourquoi prenais-je autant de plaisir à ces caresses aussi brûlantes qu'inattendues ?

— Je me retiens... mais bon sang, je t'ai dans le crâne, je n'arrive pas à me débarrasser de toi, lança-t-il, furieux, tout en me soulevant aisément, m'obligeant à enrouler mes jambes autour de ses hanches.

Si j'avais été surprise de l'entendre s'exprimer ainsi, mes pensées, de même que les sentiments ou problèmes qui m'avaient affectée récemment, se trouvèrent vite relégués au second plan parce que, bon sang... ce garçon savait assurément ce qu'il faisait !

Tout à coup, ses lèvres étaient sur les miennes. Ardentes et possessives, elles m'embrassaient comme personne ne l'avait jamais fait.

Sa langue s'unit à la mienne sans me laisser respirer, et je sentis son souffle enivrant sur ma bouche. Sans réfléchir, je nouai mes mains autour de son cou et je l'attirai à moi, j'avais soudain besoin de lui comme de l'air qu'on respire. Une contradiction, étant donné que ses baisers me coupaient le souffle.

Je le tirai par les cheveux quand j'eus besoin de reprendre mon souffle. Il grogna de douleur quand je tirai encore plus fort en constatant qu'il ne s'écartait pas.

Nous dûmes tous deux reprendre notre respiration. Puis ses yeux bleus se plantèrent dans les miens, tandis que des vagues de plaisir ardent me parcouraient de la tête aux pieds. Bientôt, ses mains m'attirèrent encore davantage contre lui, comme s'il ne supportait pas qu'il y ait encore de l'espace entre nous deux.

— Tu n'es qu'une brute, dis-je en haletant.

Mais peu m'importait sa manière de me traiter : en cinq minutes, il avait fait en sorte que je sois disposée à lui donner tout ce qu'il voulait.

— Et toi, tu es insupportable.

Je n'eus pas le temps de répliquer, étant donné que ses lèvres étaient revenues à l'attaque.

Tout mon corps était parcouru d'intenses frissons. D'une main, il commença à déboutonner mon haut tandis que, de l'autre, il me serrait les hanches avec force. Le souffle court, il s'écarta vers la droite, sûrement avec l'intention de me poser sur la table qui se trouvait là, mais je le tirai en arrière et mon dos heurta le mur une nouvelle fois. On entendit un brusque clic, et la lumière inonda la pièce d'une clarté douloureuse.

J'eus l'impression de recevoir une douche froide. Nicholas s'arrêta, me regarda avec surprise, haletant lui aussi, et la réalité prit le pas sur l'attirance physique. Nicholas posa son front contre le mien et serra les paupières durant quelques secondes qui me parurent interminables.

— Merde ! s'exclama-t-il alors.

Puis il me déposa sur le sol et, sans même m'accorder un regard, se retourna et sortit de la pièce.

La réalité me frappa avec une intensité telle que mes jambes se dérobèrent et que je me retrouvai assise par terre contre le mur. J'entourai mes genoux de mes bras en réalisant ce que nous venions de faire.

Avoir une histoire avec Nicholas ne résoudrait absolument rien. Cela ne changerait rien au fait que mon copain m'avait trompée, ne rendrait pas ma solitude plus supportable et servirait encore moins à améliorer notre relation. Ce qui venait de se passer ne pouvait signifier qu'une seule chose : *des problèmes*.

16

NICK

Je brûlais intérieurement, dans tous les sens du terme. Depuis une semaine, je pensais constamment au baiser que nous avions échangé aux courses, et mon humeur empirait à chaque instant. La voir ainsi chez moi, me narguant sans cesse, était au-dessus de mes forces. Ce soir, elle était incroyable, et mes yeux restaient rivés à son corps, à ses jambes, à son décolleté et à ses cheveux incroyablement longs et brillants. Je ne supportais pas qu'elle danse avec mes amis ni de voir comment ils la dévoraient tous des yeux. J'avais déjà dû subir les obscénités que certains d'entre eux lâchaient sur elle, et j'étais surpris que cela m'affecte à ce point car j'étais habituellement le premier à dire ce genre de choses d'une fille canon. Mais entendre parler ainsi de Noah ? Cela me rendait tout simplement fou.

Quand je la vis regarder ces photos sur mon portable, je ressentis à la fois un peu de peine pour elle et de la colère envers la personne qui les lui envoyait et envers son ex-petit copain. Mais je n'avais clairement pas planifié de l'emmener dans le bureau de mon père et de lui sauter dessus. J'avais bu quelques verres de trop et je ne pris conscience de ce que j'étais en train de faire que lorsque la lumière s'alluma et que je la vis clairement, les joues rosies et les lèvres enflées par nos baisers… Putain, rien que d'y penser rallumait mon désir. Pourtant, je n'avais pas le droit de faire ça : elle était en quelque sorte ma sœur, pour l'amour de Dieu. De plus, c'est elle qui avait bouleversé mon monde et m'avait fait perdre ma voiture.

Je chassai ces pensées et je sortis dans le jardin. Il fallait que je me tienne à l'écart, je ne pouvais pas coucher avec quelqu'un qui vivait sous mon toit, que je voyais tous les jours et qui était la fille de la personne ayant pris la place de ma mère, quoique j'aie effacé cette dernière de ma vie il y avait bien longtemps déjà.

Je restai dehors jusqu'à ce qu'ils soient presque tous partis, laissant derrière eux des bouteilles de bière, des gobelets en plastique épars sur la pelouse… un carnage. Frustré, je me dirigeai vers la porte de la cuisine, non sans avoir remarqué qui était encore là. Parmi les rares retardataires se trouvaient Jenna et

Lion. Jenna était assise sur les genoux de Lion, et il l'embrassait dans le cou en la faisant rire.

Ça me donna presque envie de vomir. Qui aurait dit que ces deux-là termineraient ainsi. Lion était comme moi, il adorait les femmes, les fêtes, les courses, la drogue, et maintenant il était devenu le toutou d'une gamine comme Jenna.

Les femmes n'étaient bonnes qu'à une chose. Tout le reste ne causait que des problèmes, je l'avais constaté en personne.

— Hé, mon pote ! me cria Lion. Demain, il y a un barbecue chez Joe, on se voit là-bas ?

« Barbecue chez Joe », cela ne signifiait qu'une chose : la fête jusqu'au petit matin, un tas de filles canon et de la bonne musique. Mais j'avais déjà des plans pour le lendemain, des plans qui se trouvaient à plus de cinq heures de distance et que j'adorais et haïssais à la fois.

Je me retournai vers Lion :

— Demain, je vais à Las Vegas.

Je le regardai d'un air entendu et il acquiesça aussitôt.

— Passe une bonne journée et embrasse Maddie pour moi, sourit-il.

— Je vous verrai à mon retour, dis-je en guise d'au revoir.

Puis je traversai la maison et montai jusqu'à ma chambre. Une faible lueur filtrait sous la porte de Noah, et je me demandai si elle était réveillée, avant de me rappeler qu'elle avait peur du noir.

Un jour, lorsque les choses seraient plus calmes entre nous, je lui demanderais pourquoi. Cette nuit, j'avais juste besoin de me reposer ; une longue journée m'attendait demain.

L'alarme de mon portable sonna à six heures et demie. Je l'éteignis en grognant. Il fallait que je me secoue si je voulais être à Vegas vers midi. J'espérais que conduire m'aiderait à apaiser la mauvaise humeur que je ressentais depuis que je m'étais couché. Je sortis de mon lit et me douchai rapidement, enfilai mon jean et un T-shirt à manches courtes, conscient de la chaleur infernale qu'il ferait dans le Nevada, que je détestais depuis la première fois où j'y étais allé. Las Vegas était un endroit hallucinant, mais à condition d'être à l'intérieur d'un hôtel avec l'air climatisé. La chaleur humide du désert faisait qu'il était presque impossible de rester à l'extérieur plus d'une heure sans étouffer.

Les souvenirs de la nuit revinrent me hanter de plein fouet quand je passai devant la porte entrouverte de Noah. Comme si cela ne m'avait pas suffi de rêver d'elle toute cette putain de nuit !

Je descendis les escaliers et me dirigeai droit vers la cuisine pour une tasse de café. Prett n'arriverait pas avant dix heures passées, je me débrouillai donc au mieux pour me préparer un petit déjeuner correct. À sept heures, j'étais dans ma voiture, prêt à partir.

Avec la musique pour me distraire, je tentai d'ignorer la sensation qui m'assaillait toujours quand je devais aller voir Madison. Je me rappelais encore le jour où j'avais appris sa naissance. Cela m'horrifiait de penser que, si le hasard ne s'en était pas mêlé, ma sœur et moi ne nous serions jamais connus. À cette époque-là, ma vie était plutôt mal barrée : je ne vivais plus avec mon père mais chez Lion, et on se débrouillait toujours pour se fourrer dans les embrouilles. Un week-end, nous étions allés à Vegas. J'avais toujours détesté y aller, parce que je savais que c'était là que vivait ma mère avec son nouveau mari, Robert Grason.

Ça avait été très douloureux de la revoir après sept longues années, et encore plus avec un bébé entre les bras. Je fus pétrifié – elle aussi – et, durant quelques instants, nous restâmes simplement à nous regarder comme si nous avions tous les deux vu un fantôme. Ma mère m'avait abandonné quand je n'avais que douze ans. Un jour, elle n'était pas venue me chercher au collège, et mon père m'avait expliqué que, dès lors, il n'y aurait plus que nous deux.

Ma relation avec elle avait toujours été bonne. J'avais été élevé pratiquement sans mon père, car il était souvent absent, mais la présence de ma mère me suffisait. Je me rappelais encore la sensation de vide qui s'était emparée de moi quand j'avais compris que je ne la reverrais jamais.

Mais la tristesse n'avait pas tardé à se muer en haine, envers elle et envers les femmes en général : la seule personne qui aurait dû m'aimer par-dessus tout m'avait quitté pour un millionnaire, propriétaire d'un des hôtels les plus importants de Vegas, dont mon père avait blanchi le nom quand il avait été accusé de fraude sur une somme de plus de dix millions de dollars.

Quand je fus plus âgé, mon père me raconta toute la vérité : ma mère n'avait jamais été heureuse avec lui ; elle m'avait aimé, moi, mais c'était une éternelle insatisfaite qui n'aspirait qu'à avoir toujours plus de millions. Être mariée avec l'un des entrepreneurs et avocats les plus prestigieux du pays ne lui avait pas suffi, elle avait préféré coucher avec cet escroc de Grason. C'est lui qui lui avait interdit de me revoir ou d'avoir tout contact avec mon père, et elle avait donc fini par couper tout contact avec moi.

Les avocats de mon père obtinrent la garde complète, et ma mère renonça à tout droit sur moi. Mais tout changea le jour où nos chemins se recroisèrent. Je sus que cette fillette blonde aux yeux bleus était ma sœur, et, même si au début j'avais voulu faire comme si de rien n'était, le moment vint où je n'arrivai plus à me la sortir de l'esprit.

J'en parlai à mon père, qui fut peut-être encore plus surpris que moi. C'est lui qui me demanda ce que je comptais faire : si je voulais la connaître, il m'aiderait.

À cette époque-là, ma relation avec mon père était plutôt précaire. Il m'avait sorti de prison deux fois et n'avait aucun moyen de me contrôler. Sous le prétexte de m'aider avec Madison, il obtint ce qu'il voulait : m'attacher un fil à la patte.

Après des mois à lutter avec des avocats, le juge me concéda un permis pour voir ma sœur deux jours par semaine, à condition que je la ramène chez elle sans faute à sept heures du soir. Ma mère et moi n'aurions aucune sorte de contact, et une assistante sociale se chargerait d'aller chercher Madison pour que je puisse passer du temps avec elle. En raison de la distance qui nous séparait, je la voyais peu ; mais je l'emmenais se promener au moins deux fois par mois et je profitais de la compagnie de la seule fille à laquelle j'avais décidé d'ouvrir mon cœur.

Je dus renoncer à ma vie d'alors, rentrer chez mon père, retourner à la fac et promettre que je n'allais plus m'attirer de problèmes. Mon père fut catégorique : si je me foutais encore dans la merde, adieu les visites.

Je ne revis jamais ma mère après le jugement, mais il m'était désormais impossible de faire comme si elle n'existait pas. Ma sœur parlait d'elle tout le temps et lui parlait de moi. C'était ça qui faisait le plus mal, parce que, d'une certaine manière, je ne pouvais pas rompre complètement les liens. La douleur resterait là, enfouie tout au fond de moi. En fin de compte, elle serait toujours ma mère.

Quatre heures et demie plus tard, j'arrivai au parc où ma sœur m'attendait toujours avec l'assistante sociale. Je m'assurai que le cadeau que je lui avais apporté était bien caché sur le siège passager, puis je sortis de la voiture et me dirigeai vers la fontaine qui se trouvait au centre du parc. Des centaines de gamins gambadaient et jouaient tout autour. Je ne m'étais jamais intéressé aux jeunes enfants, je pensais qu'ils étaient insupportables et pleurnichards, mais j'étais finalement tombé sous le charme d'une de ces gamines insupportables et pleurnichardes.

Je ne pus m'empêcher de sourire quand j'aperçus au loin une petite tête blonde. Elle me tournait le dos, penchée au-dessus de la fontaine, sans aucune crainte d'y tomber.

— Hé, Maddie ! criai-je. (Je vis ses yeux s'écarquiller lorsqu'elle me vit.) Tu as l'intention de faire un plongeon ?

Un énorme sourire illumina son visage angélique et elle se précipita vers moi.

— Nick !

Je me penchai pour la prendre dans mes bras et la soulever dans les airs. Ses boucles d'or s'envolèrent et ses yeux bleus pareils aux miens me regardèrent, brillant d'émotion.

— Tu es venu ! s'écria-t-elle en enroulant ses petits bras autour de mon cou.

Je l'étreignis avec force. Cette gamine tenait mon cœur emprisonné dans son petit poing grassouillet.

— Bien sûr que je suis venu. On n'a pas cinq ans tous les jours. Qu'est-ce que tu croyais ? (Je la reposai sur le sol et posai ma main sur sa tête.) Mais tu es géante. Tu as grandi de combien ? Au moins dix mètres, lui dis-je, content de voir ses yeux briller de fierté.

— Plus que ça, au moins mille *centimètres* ! répliqua-t-elle en bondissant.

— Tout ça ! Bientôt, tu seras même plus grande que moi.

À ce moment-là, une femme grande et ronde, un dossier sous le bras, s'approcha de nous.

— Comment ça va, Anne ? dis-je à la femme que le gouvernement avait chargée de superviser mes visites à ma petite sœur.

— Ça peut aller, répondit-elle de son habituel ton sec. Aujourd'hui, j'ai beaucoup de travail, alors j'apprécierais que tu ramènes ta sœur à l'heure convenue, ni une minute plus tard ni une minute plus tôt, Nicholas. Tu ne veux pas que ça recommence comme la dernière fois, n'est-ce pas ? me prévint-elle d'un air peu amène.

La dernière fois, ma sœur avait tant pleuré quand je lui avais dit que je devais m'en aller que j'étais arrivé avec une heure et demie de retard au rendez-vous avec Anne. Et le chaos s'était déchaîné : elle avait appelé la police et les Affaires sociales, et il s'en était fallu d'un cheveu pour que je perde le droit de la voir seul.

— Ne vous en faites pas, je serai là à sept heures précises.

Puis, sans attendre, je pris Maddie dans mes bras et je l'emmenai jusqu'à ma voiture.

— Tu sais quoi, Nick ? fit-elle en passant ses petits doigts dans mes cheveux.

Depuis qu'elle était assez grande pour le faire, cela avait toujours été son passe-temps préféré : me décoiffer.

— Quoi donc ?

Je la regardai, amusé. Ma sœur était minuscule. Elle avait cinq ans, mais elle était plus petite que la normale parce qu'elle souffrait d'un diabète de type 1, une maladie due à un déficit en insuline du pancréas. Depuis deux ans déjà, on devait lui injecter de l'insuline trois fois par jour et elle devait faire très attention à ce qu'elle mangeait. C'était une maladie courante mais, si on ne respectait pas ces règles, elle pouvait se révéler très dangereuse. Madison devait toujours avoir sur elle un appareil électronique indiquant la quantité de glucose qu'elle avait dans le sang : s'il dépassait le niveau autorisé, elle devait recevoir une dose d'insuline.

— Maman m'a dit que je pouvais manger un hamburger aujourd'hui, m'annonça-t-elle avec un sourire radieux.

Je la dévisageai un instant, les sourcils froncés. Ma sœur n'avait pas l'habitude de mentir, mais je ne voulais pas prendre de risque, et je n'allais pas non plus appeler ma mère pour vérifier si c'était vrai. Les communications de ce type passaient par l'assistante sociale, et Anne ne m'avait rien dit.

— Maddie, Anne ne m'a pas parlé de ça, lui dis-je tandis qu'on arrivait à la voiture et que je la posais sur le sol près de moi.

Ma sœur écarquilla les yeux.

— Maman a dit oui, insista-t-elle. Elle a dit que c'était mon anniversaire et que je pouvais manger chez McDonald's, ajouta-t-elle en me suppliant du regard.

Je soupirai. Ça m'ennuyait qu'elle ne puisse pas manger ce que tous les gamins adoraient. Ça me contrariait déjà assez de savoir qu'elle n'aurait pas une vie entièrement normale. Je l'avais souvent piquée sur son petit ventre, et je détestais voir les hématomes que les piqûres continuelles laissaient sur sa peau blanche.

— Très bien, je vais appeler Anne pour voir ce qu'elle en dit, d'accord ? dis-je tout en ouvrant le coffre et en sortant le rehausseur.

— Nick, aujourd'hui tu joueras avec moi ? me demanda-t-elle, toute contente.

Je savais de source sûre que ma sœur était élevée par deux nounous peu enclines à jouer avec elle. Ma mère n'était pratiquement jamais à la maison, elle voyageait continuellement avec son salaud de mari. Et Madison passait d'innombrables journées seule, entourée de personnes qui ne l'aimaient pas comme elle le méritait.

— À propos de jouer, je t'ai apporté un cadeau, ma princesse. Tu veux le voir ? lui dis-je.

Je terminai de mettre le rehausseur bien en place sur le siège arrière et je me penchai pour attraper le cadeau.

— Oui ! s'exclama-t-elle en sautant sur son siège.

Je lui tendis le paquet en souriant.

Elle arracha le papier cadeau à une vitesse incroyable, et le ballon de football américain couleur fuchsia apparut.

— Il est beau ! Je l'adore, Nick ! Il est rose, mais c'est un joli rose, pas comme le rose de bébé qui plaît tant à maman… Et c'est un ballon de foot, maman ne veut pas que je joue, mais avec toi on va jouer, hein ? cria-t-elle de sa voix aiguë, capable de perforer les tympans.

Que pouvais-je dire ? Ma sœur adorait le football, et le préférait à toutes les poupées kitsch que ses parents lui achetaient sans cesse !

Je remarquai alors sa robe bleue, ses souliers vernis et son collant en dentelle.

— Mais qui t'a déguisée comme ça ? lui dis-je en la soulevant dans les airs.

C'était un poids plume, elle pesait moins que le ballon qu'elle tenait entre les mains. Elle ressemblait incroyablement à ma mère et, chaque fois que je la regardais, je ressentais un coup au cœur. D'une certaine manière, Madison était ma consolation d'avoir perdu ma mère si jeune. Sa ressemblance avec moi s'arrêtait aux yeux clairs, aux longs cils et aux fossettes !

Fâchée, Maddie répondit :

— Mlle Lillian n'a pas voulu que je mette les affaires de football. Je lui ai dit que j'allais jouer avec toi et elle m'a grondée, elle m'a dit que je ne devais pas faire d'exercice physique, sinon j'allais tomber malade. Mais ce n'est pas vrai : du moment que j'ai la piqûre, je peux jouer. Tu le sais, toi. On va jouer, hein, Nick ?

— Ne t'en fais pas, ma puce, bien sûr qu'on va jouer. Et tu peux dire à cette Lillian qu'avec moi on joue à tout ce qu'on veut, d'accord ? (Elle me sourit, ravie.) Je vais t'acheter d'autres vêtements pour qu'on puisse jouer sans que tu salisses cette robe.

Je déposai un baiser sur sa joue puis je la remis sur son siège, où elle commença à lancer le ballon encore et encore. Après avoir bouclé sa ceinture, je pris place sur mon siège.

Pendant le trajet, j'appelai Anne, et elle me confirma que ma sœur pouvait manger un hamburger. Une fois ce problème résolu, je savourai la conversation enfantine pendant notre trajet jusqu'au McDo le plus sympa de Vegas. Avant de quitter la voiture, j'ouvris le sac à dos de Madison et j'y pris la dose d'insuline que je devais sans faute lui injecter avant le repas.

— Prête ?

Je remontai sa robe, pinçai un bout de peau sous le nombril et approchai l'aiguille de sa peau translucide.

Ses yeux se remplissaient toujours de larmes, mais elle ne se plaignait jamais. Ma petite sœur était courageuse et, moi, je détestais le fait qu'elle soit malade. J'aurais voulu échanger nos places et prendre sa maladie, mais la vie est ainsi faite, injuste.

— Oui, murmura-t-elle.

Dix minutes plus tard, nous étions en train de manger, entourés de gamins hurlants et de gens riant aux éclats.

— C'est bon ? lui demandai-je, tandis que le ketchup dégoulinait sur son menton.

Elle hocha la tête et continua de manger, pour mon plus grand plaisir.

— Tu sais, bientôt je vais aller à l'école, commenta-t-elle en enfournant des frites. Maman dit que ce sera très amusant. Et je serai avec plein d'enfants. Maman dit que, quand tu as commencé l'école, tu te battais avec les filles, parce qu'elles voulaient que tu sois leur fiancé et toi tu ne voulais pas parce que tu disais qu'elles étaient bêtes.

Je fis de mon mieux pour dissimuler la colère que j'éprouvais à savoir que ma mère parlait de moi comme si elle avait été une bonne mère, comme si elle ne m'avait pas abandonné au moment où j'avais le plus besoin d'elle.

— C'est vrai, mais toi, tu ne feras pas ça, parce que tu es bien plus amusante que n'importe quelle autre fille, lui assurai-je en buvant mon Coca.

— Moi, je n'aurai jamais d'amoureux, assura-t-elle. (Je ne pus éviter de sourire.) Toi, tu as une amoureuse, Nick ?

Sans motif apparent, le visage de Noah apparut devant moi. Amoureuse, non, mais c'est sûr que j'aimerais lui faire certaines choses. Putain, mais à quoi est-ce que je pensais ?

— Non, je n'ai pas d'amoureuse. C'est toi la seule fille qui occupe mes pensées, lui dis-je, et je me penchai en avant pour tirer sur une boucle.

Maddie sourit et on continua de bavarder. C'était amusant de parler avec elle, je me sentais calme, je me sentais moi-même. D'une certaine manière, la compagnie d'une enfant de cinq ans m'apportait plus de paix intérieure que celle de n'importe quelle autre fille.

Ensuite, je l'emmenai faire l'une des mille promenades possibles à Vegas. Je lui achetai un équipement de football rose et blanc complet, y compris les chaussures, et on oublia la robe et les souliers de poupée dans des toilettes. Le reste de la journée passa à toute allure. Quand je regardai l'heure, il ne restait que dix minutes avant qu'Anne vienne la chercher. Nous étions déjà dans le parc, en train de faire des passes avec le ballon depuis une demi-heure, et je savais que le moment difficile s'approchait.

Ma sœur ne supportait pas qu'on se dise au revoir, elle ne comprenait pas pourquoi je devais m'en aller ni pourquoi je ne pouvais pas vivre avec elle comme le faisaient les frères et les sœurs de ses amies. Après chaque séparation, je repartais terriblement triste, et avec l'envie folle de l'emmener avec moi.

— Bon, Maddie, Anne va bientôt arriver, lui dis-je.

Je l'assis sur mes genoux. Nous étions dans l'herbe et elle était encore en train de m'ébouriffer les cheveux. Dès que je prononçai ces mots, elle s'interrompit et sa lèvre inférieure commença à trembler : exactement ce que je craignais.

— Pourquoi tu dois t'en aller ? protesta-t-elle, les yeux remplis de larmes.

Je sentis la douleur me déchirer le cœur.

— Pourquoi tu pleures ? On s'amuse drôlement quand je viens. Si j'étais toujours là, tu finirais par t'ennuyer, lui assurai-je tout en essuyant ses larmes d'un doigt.

— Je ne m'ennuierais pas, dit-elle d'une voix entrecoupée de sanglots : toi, tu m'aimes, tu joues avec moi et tu me laisses faire des choses amusantes. Maman ne me laisse presque rien faire.

— Maman s'inquiète juste pour toi. D'ailleurs, cette fois, je te promets que je viendrai plus souvent, lui dis-je. (Je me jurai à moi-même que je le ferais.) Ça te dirait que je sois là quand tu commenceras l'école ?

Ses yeux s'illuminèrent.

— Mais maman aussi sera là, commenta-t-elle, préoccupée.

— Ne t'en fais pas pour ça, la tranquillisai-je en voyant Anne s'approcher sur le chemin pavé derrière elle.

Je me levai en la tenant dans mes bras. Elle tourna la tête et vit la fonctionnaire.

— T'en va pas !

Maddie commença à crier et à sangloter, cachant sa petite tête dans mon cou.

— Allez, Madison, ne pleure pas. (Ça me fendait le cœur de la voir ainsi, je ne voulais pas la quitter.) Ça va aller, dis-je en lui passant une main dans le dos.

— Non ! Reste avec moi, on continue à jouer ! me supplia-t-elle tout en mouillant ma chemise de ses larmes.

Quand nous arrivâmes auprès d'Anne, celle-ci tendit automatiquement les bras pour me l'arracher. Je reculai d'un pas, je n'étais pas encore prêt à la lui confier.

— Si tu arrêtes de pleurer, la prochaine fois je t'apporterai un cadeau spécial. Qu'en dis-tu ?

Elle sanglotait à perdre haleine, ses petits bras fermement enroulés autour de mon cou. J'essayai de l'en détacher, mais elle s'agrippait de toutes ses forces.

— Allez, donne-la-moi, m'ordonna Anne, impatiente.

Cette femme était odieuse.

— Maddie, il faut y aller, dis-je en essayant de garder mon calme.

Elle s'accrocha encore plus fort. Je réussis enfin à la détacher. Son visage était rouge et trempé de larmes. Ses boucles blondes collaient à son front.

Anne me la prit, mais elle tendait toujours ses petits bras vers moi en criant mon nom.

— Va-t'en, Nicholas, m'ordonna Anne en la retenant.

J'aurais aimé la lui arracher des bras et l'emmener loin, prendre soin d'elle et lui donner l'affection qui, je le savais, lui faisait défaut.

— Je t'aime, ma princesse, on se voit bientôt.

Je m'approchai pour l'embrasser au sommet du crâne. Puis je me retournai sans regarder en arrière. Les pleurs de ma sœur accaparèrent toutes mes pensées durant les cinq heures de retour jusqu'à Los Angeles.

17

NOAH

Il était plus de vingt-trois heures trente quand je compris qu'il me serait impossible de dormir. Le souvenir des baisers de Nicholas et de ses mains caressant ma peau restait gravé dans mes pensées. En un sens, cette diversion était la bienvenue, car je ne voulais pas ruminer mes pensées noires et les souvenirs de mon ancienne vie.

Mais je n'aimais pas être seule dans une maison aussi grande. Je ne savais pas où était Nicholas. Je m'étais pourtant réveillée à huit heures du matin, mais il était déjà parti.

Cela n'aurait pas dû me préoccuper. Depuis quand cela avait-il de l'importance de savoir où il était ?

Sûrement en train de coucher avec quelques-unes des filles faciles de sa liste, sans même penser à ce qui s'était passé entre nous. Étais-je la seule à me dire que c'était une folie ? Pour l'amour de Dieu, on était presque frère et sœur ! Et, en plus, on s'entendait comme chien et chat !

Pourtant, j'avais besoin d'affection. Ma mère se trouvait à l'autre bout du pays, tout comme mes amis et les gens que je connaissais depuis toujours. Tout, ici, était nouveau pour moi. Je ne pouvais même pas me déplacer seule dans cette grande ville. Jenna étant toujours collée à son copain comme une sangsue, je ne pouvais pas exiger d'elle qu'elle soit avec moi tout le temps. Mais j'avais besoin que quelqu'un me tienne compagnie, pour bavarder ou au moins ne plus me sentir aussi seule.

Au moins avais-je réussi à apprivoiser le chien de Nick, Thor. Nous étions tous les deux étendus sur le canapé : sa tête noire et velue était posée sur mes genoux, et je lui caressais les oreilles. Ce chien n'était pas du tout comme me l'avait décrit cet imbécile de Nick, c'était même le contraire : il était très affectueux et facile à conquérir avec une boîte de biscuits pour chiens. Oui, ma vie était pathétique à ce point : mon plus grand soutien était un être à quatre pattes qui adorait qu'on lui caresse les oreilles et qu'on lui jette une balle.

J'étais en train de regarder un film à la télé quand j'entendis quelqu'un ouvrir la porte d'entrée. Thor dormait si profondément que seules ses oreilles remuèrent en direction de la silhouette qui apparut dans l'entrée.

Je sentis une sorte de fourmillement au creux du ventre en le voyant.

— Nick, m'écriai-je quand je vis qu'il allait monter.

Soit il ne s'était pas aperçu de ma présence, soit il n'avait tout simplement pas l'intention de me saluer. La deuxième option était la plus probable, et je regrettai aussitôt de l'avoir appelé.

Une seconde plus tard, il apparut sur le seuil du salon. À la faible lueur de la télé et de la petite lampe de l'entrée, je vis qu'il avait l'air épuisé. Adossé au chambranle, il me regardait, impassible.

— Qu'est-ce que tu fais encore debout ?

Je tardai à lui répondre parce que je l'observais, comme hypnotisée. Il avait l'air plus âgé et fatigué. Et tellement séduisant.

— Je n'arrivais pas à dormir, répondis-je prudemment.

C'était probablement la première fois que nous nous parlions d'une manière plus ou moins civilisée.

Il hocha la tête et ses yeux se posèrent sur Thor.

— Je vois que tu as réussi à gagner ses faveurs, dit-il, les sourcils froncés. Mon chien est un traître.

Je souris involontairement en constatant que ça l'ennuyait.

— Il faut dire que c'est difficile de résister à mon charme, plaisantai-je tandis que ses yeux plongeaient dans les miens.

Merde.

Après un silence gênant, il détourna son regard vers la télé.

— Sérieusement, tu regardes des dessins animés ?

Je fus soulagée qu'il change de sujet.

— *Mulan* est l'un de mes films préférés.

Une étrange sensation gagna le creux de mon ventre quand un sourire apparut sur ses lèvres.

— Pas de problème, Éphélide. C'était aussi mon film préféré quand j'avais quatre ans.

Il s'approcha du canapé et se laissa tomber près de moi. Il posa ses pieds sur la table, à côté des miens, et nous regardâmes tranquillement le film pendant quelques instants.

Cette situation était étrange, je me sentais de plus en plus embarrassée. Puis Nick se tourna vers moi et soutint mon regard. Je restai immobile, consciente de la très faible distance qui nous séparait. Le Nick qui se trouvait sous mes yeux n'avait rien à voir avec celui que j'avais connu depuis que j'étais arrivée. Il était détendu, n'avait l'air ni dédaigneux ni supérieur, et je crus voir de la tristesse dans ses yeux.

— Où étais-tu ? murmurai-je.

Je ne savais pas pourquoi j'avais parlé à voix basse, mais c'était bizarre de lui poser la question. Je ne voulais pas qu'il pense que j'attachais de l'importance à ce qu'il faisait.

Il me dévisagea et s'arrêta sur mes yeux.

— Avec quelqu'un qui avait besoin de moi. (À sa manière de le dire, je sus qu'il ne s'agissait pas d'une fille de sa liste.) Pourquoi ? Je t'ai manqué ?

J'étais consciente qu'il s'était rapproché, mais je ne voulais pas m'écarter. D'une certaine manière, sa présence me redonnait le sourire et m'avait enlevé le poids que je ressentais dans la poitrine, cette profonde tristesse qui m'avait accablée toute la journée.

— Je n'aime pas être seule dans une maison aussi grande, avouai-je à mi-voix.

Ma respiration s'affola quand je sentis ses doigts me caresser doucement les cheveux, puis l'oreille.

Nous étions les yeux dans les yeux et j'avais l'impression que le temps s'était arrêté. Je n'entendais plus le film, juste sa respiration et les battements affolés de mon cœur.

— Eh bien, heureusement que je suis là, commenta-t-il en se penchant pour presser ses lèvres sur les miennes.

Ce fut un baiser brûlant et fébrile. Je fermai les yeux pour me laisser emporter et, quelques secondes plus tard, mes mains remontèrent vers son visage, je sentis sa barbe naissante contre ma paume et je continuai jusqu'à ses cheveux. Ses lèvres se firent plus insistantes et entrouvrirent les miennes pour insinuer sa langue dans ma bouche. La chair de poule m'envahit lorsque sa main glissa le long de mon corps pour s'arrêter à ma taille.

Il se comportait de manière complètement différente de la dernière fois. Il me touchait avec passion et délicatesse, comme s'il craignait de me briser. Un gémissement presque inaudible m'échappa lorsque ses doigts remontèrent le long de mes épaules nues. Je me cambrai involontairement pour que mon corps se colle davantage au sien.

Puis je me redressai et passai une jambe par-dessus ses genoux pour m'asseoir à califourchon sur lui. Nick se pencha pour me serrer dans ses bras. Le baiser se fit plus profond, presque désespéré, ses mains semblaient vouloir être partout à la fois. Mais, juste au moment où je fondais littéralement de désir, il s'arrêta et me repoussa brusquement.

J'ouvris les yeux, surprise, encore dans les nuages. Avec lui, j'oubliais tout, et c'était exactement ce qu'il me fallait.

Ses yeux étaient fixés sur mes lèvres et je sentis à quel point j'avais envie qu'il m'embrasse encore.

— On ne peut pas faire ça, me dit-il, soudain sérieux. Ne me laisse pas recommencer. Tu es quasiment ma sœur et tu as dix-sept ans, ajouta-t-il comme si cela était important. Ça ne se reproduira plus.

Il se redressa.

Toujours assise sur le canapé, je l'observai, mi-irritée, mi-blessée.

Il m'embrassait, et ensuite il me balançait ces conneries ? Je voulais qu'il recommence, je voulais me sentir de nouveau bien, j'avais besoin de lui plus que tout, parce que cette journée avait été horrible, je m'étais sentie comme une merde, sans personne à qui parler ni personne à appeler. Toutes les personnes que j'aimais étaient occupées ou m'avaient trahie.

Je le regardai fixement.

— Si tu ne veux pas que ça arrive, arrête de me chercher. Jusqu'à présent, c'est toi qui me cherches chaque fois. (Je me levai et passai près de lui en le bousculant.) Thor, aux pieds ! criai-je au chien.

Je montai dans ma chambre, contrariée et déconcertée, et je claquai la porte derrière moi avant de me mettre au lit. Mais je finis par comprendre qu'il avait raison. Cela ne pouvait pas se reproduire.

Le lendemain matin, une voix familière me réveilla pendant que sa propriétaire me secouait.

— Allez, debout, il est plus de midi ! dit ma mère. (J'ouvris les yeux, encore à moitié endormie, et je la regardai : assise sur mon lit, elle avait l'air radieuse.) Je t'ai manqué ? me demanda-t-elle avec un grand sourire.

Je lui rendis son sourire et me penchai pour l'embrasser. Elle était enfin revenue. Bien sûr qu'elle m'avait manqué : c'était elle qui ramenait de la normalité dans ma vie.

— C'était comment, New York ?

— Incroyable ! C'est l'endroit rêvé pour faire du shopping. Je t'ai rapporté plein de cadeaux.

Je la regardai, les sourcils froncés, et sautai du lit pour aller vers la salle de bains.

— Génial, maman ! Comme si je n'avais pas déjà assez de vêtements à étrenner !

Tandis que je me débarbouillais et que je me brossais les dents, elle s'assit sur le siège des toilettes et commença à me parler des endroits merveilleux qu'elle avait visités.

— Je suis contente que tu te sois autant amusée, lui dis-je.

Puis je me mis à fouiller parmi les cintres. Lorsque j'avais moins de vêtements, il m'était beaucoup plus facile de me décider, et c'est pourquoi je continuais à en piocher dans ma valise, qui était restée entrouverte sur le sol. Une partie de moi refusait de la vider parce que cela voudrait dire que tout ceci était bien réel, que je resterais ici et qu'il n'y aurait jamais de retour en arrière.

— On a quelque chose de prévu aujourd'hui, Noah, c'est pour ça que je suis venue te réveiller, m'annonça-t-elle.

Et, à entendre le ton de sa voix, je sus que ce qu'elle allait me dire ne me plairait pas du tout.

— Quoi donc ?

Ma mère me rejoignit pour fouiller dans la penderie, passant les vêtements en revue.

— Nous avons un entretien au lycée Sainte-Marie, m'annonça-t-elle en se retournant pour me regarder.

— Entretien où ça ?

— Dans ton nouveau lycée, Noah. Je t'ai dit que c'était l'un des meilleurs du pays ; tout le monde ne peut pas y entrer. Mais, grâce aux contacts de Will et comme Nick est un ancien élève, ils veulent te rencontrer, m'expliqua-t-elle patiemment. C'est une simple formalité, rien de plus, mais c'est bien que tu voies l'établissement, il est impressionnant.

Une vague de nausée me submergea.

— Bon sang, maman ! Tu n'aurais pas pu me mettre dans un lycée banal ? (J'agitai les cintres d'un côté et de l'autre, brusquement nerveuse.) Je ne veux pas aller dans un lycée de millionnaires, je te l'ai dit. D'ailleurs, pourquoi un entretien ? Ce n'est pas pour un emploi, bon sang.

— Noah, ne commence pas. C'est une belle opportunité pour toi, les jeunes qui sortent de cette école peuvent fréquenter les meilleures universités et, toi, tu as la chance qu'on te laisse entrer en dernière année ; normalement, ce n'est pas possible.

— Alors, je vais être la bête curieuse qu'on laisse entrer par piston ? Génial, maman !

Ma mère croisa les bras. Lorsqu'elle était déterminée, elle faisait toujours ce geste, c'est pourquoi je sus qu'il était inutile de discuter.

— Plus tard, tu me remercieras. D'ailleurs, ton amie Jenna va à Sainte-Marie, elle aussi, donc tu ne seras pas seule.

Je fus contente de l'apprendre. C'était une consolation de savoir que je ne serais pas seule à l'heure du déjeuner.

— Maintenant, habille-toi, nous avons rendez-vous dans moins de deux heures.

Je soupirai, recommençai à fouiller et finis par trouver un jean skinny noir et un chemisier classique bleu ciel. Je n'avais pas l'intention de mettre une robe ou quoi que ce soit d'élégant. Rien que de penser à la manière dont s'habillaient les filles de cette école me donnait des frissons.

Le seul point positif de cette sortie fut qu'ensuite ma mère m'accompagna pour aller m'acheter une nouvelle voiture. Je conduisais depuis un an déjà et ça m'avait brisé le cœur de laisser ma camionnette au Canada. C'est pourquoi j'avais pris toutes mes économies et, avec un petit complément de la part de ma mère, j'allais m'acheter une voiture d'occasion pour pouvoir me déplacer à ma guise. William avait insisté pour m'acheter une voiture neuve en parfait état, il avait dit qu'il n'y avait aucun problème, mais j'avais refusé. Il pouvait bien acheter des affaires à ma mère, payer ma nouvelle école, mes vêtements et tout le reste, mais, la voiture, je voulais me la payer moi-même. J'avais aussi l'intention de travailler afin de couvrir mes frais. Ça me mettait mal à l'aise de penser que cet homme pourvoyait à mes besoins comme si j'avais douze ans. J'étais assez âgée et suffisamment capable pour trouver un emploi et me payer ce que je voulais.

Ma mère ne s'était pas opposée à mon idée, elle l'approuvait même, car j'avais commencé à travailler à quinze ans et, depuis, j'avais apprécié de ne pas avoir à lui demander de l'argent dès que j'en avais besoin. C'est pourquoi elle m'avait aidée à trouver un emploi de serveuse dans un établissement assez connu qui se trouvait à vingt minutes de voiture de notre maison. C'était une sorte de bar-restaurant, le Bar 48. Évidemment, il me serait impossible de servir de l'alcool, mais je serais tout de même serveuse. Je l'avais déjà été et je me débrouillais bien. Je devais commencer la semaine suivante par un service d'après-midi et de nuit.

Je voulais juste une voiture correcte, et on ne mit pas longtemps à la trouver, une Coccinelle en assez bon état. Je ne m'y connaissais pas trop en voitures, quoique que je les conduise *plutôt* bien, mais celle-ci était adorable et je tombai simplement amoureuse de sa couleur rouge. Je payai et signai les papiers, et je me sentis libre quand je pus rentrer chez moi en conduisant ma propre voiture.

Ça me fit plutôt rire de garer ma petite Coccinelle entre la Mercedes de Will et le 4 × 4 de Nick. En fait, c'était une sorte de métaphore concernant mon intégration dans cette famille. Je sortis de voiture d'excellente humeur, juste au moment où Nicholas sortait de la maison en faisant tourner les clefs de sa Range Rover. Il enleva ses lunettes de soleil pour mieux examiner ma nouvelle acquisition.

Son visage exprima autant d'amusement que d'horreur. Je haussai les épaules, prête à écouter ses commentaires.

— Je t'en prie, dis-moi que cette chose n'est pas une voiture.

Je n'avais pas l'intention de le laisser gâcher ma bonne humeur et je choisis de ravaler les insultes que j'avais sur le bout de la langue :

— C'est *ma* voiture, et j'aimerais que tu gardes tes réflexions pour toi.

J'essayai de rester calme. Ce n'était pas facile de le revoir après ce qui s'était passé cette nuit.

Il prit un air contrarié. Sans même me demander la permission, il ouvrit le capot pour examiner le moteur.

— Qu'est-ce que tu fais ?

Je tentai de refermer le capot, mais sa main tendue le maintint fermement ouvert, ignorant mes efforts pour le repousser.

— Tu l'as fait réviser ? (Il manipulait des pièces dont j'ignorais le nom.) Ce tas de ferraille va te lâcher au milieu de la route. C'est un vrai danger, je n'arrive pas à croire que ta mère t'ait laissée l'acheter.

— Si je reste en plan sur la route, je te rappelle que ce ne sera pas la première fois ; et je sais me débrouiller seule, affirmai-je.

J'enlevai ses doigts du capot l'un après l'autre. Il s'écarta enfin et je pus le refermer d'un coup sec.

Il se tourna vers moi, les bras croisés.

— Si tu avais eu ton portable, comme n'importe quelle personne normale, tu n'aurais pas été obligée de monter dans la voiture d'un étranger. Pourquoi n'arrives-tu pas à passer à autre chose ?

Mais il me sembla voir une trace de remords dans ses yeux.

— Tu m'as jetée dehors, mon portable n'avait plus de batterie. De toute façon, qu'est-ce que ça peut faire ? Oublie-moi ! ajoutai-je en espérant qu'il allait disparaître de ma vue.

Il me regarda comme si je l'exaspérais au plus haut point. « Bienvenue au club », me dis-je en mon for intérieur.

Alors que je me retournais pour m'en aller, sa main me saisit le bras et je me retrouvai face avec lui.

Il semblait être en conflit avec lui-même, comme s'il hésitait à parler. Tandis que je me perdais dans l'azur de ses yeux et que mon cœur s'accélérait, il se décida :

— Moi, je peux t'emmener où tu veux.

Je mis quelques secondes à répondre :

— Ce n'est pas la peine.

J'étais troublée. Nicholas Leister venait d'être aimable avec moi ? Impossible !

Un moment, nous restâmes silencieux, plongés dans le regard l'un de l'autre. Mon estomac était tellement noué que je respirais avec peine. Comment le simple fait d'être près de lui pouvait-il me mettre dans cet état ? Où était donc passée la haine que je lui vouais ? Pourquoi, quand il était près de moi, ne ressentais-je qu'un irrépressible désir de l'embrasser et de me blottir entre ses bras, comme la nuit de la fête, quand il était trop ivre pour se rendre compte de ce qu'il faisait ?

La main qui m'avait agrippé le bras me rapprocha de lui en un geste presque imperceptible. Ses lèvres, nom de Dieu ! Je ne pensais plus qu'à sa langue caressant la mienne et à ses bras me serrant contre lui.

Au moment précis où je croyais qu'on allait s'embrasser, le bruit d'un klaxon fit bondir mon cœur. Nicholas tourna la tête pour voir de qui il s'agissait.

Je fis un pas en arrière en essayant de reprendre mon souffle qui, à ma grande honte, s'était accéléré.

— Salut, Noah ! cria Jenna par la vitre de la voiture de Lion. (Ce dernier nous salua depuis le siège conducteur.) Nick, ça ne te fait rien que j'invite Noah, hein ?

Ce dernier se prit la tête entre les mains en un geste qui trahissait sa frustration, sa contrariété ou son agacement, je n'en étais pas sûre.

Il me regarda de nouveau durant quelques secondes qui me parurent interminables.

— Tu veux venir ? finit-il par me demander.

— Évidemment ! (Mon cœur continuait de battre violemment dans ma poitrine.) Mais… où ça ?

Nick regarda Lion d'un air mystérieux.

— Je ne sais pas si tu es prête à voir ce genre de chose, avoua alors Lion.

Puis il éclata de rire.

Nick se tourna vers moi avec un sourire irrésistible.

— Ça peut être marrant.

Vingt minutes plus tard, nous nous arrêtions devant ce qui ressemblait à un hangar abandonné. Il y avait foule au-dehors, rassemblée autour de nombreuses voitures. De la musique sortait des coffres ouverts. Ça me rappela le jour des courses, mais dans une ambiance différente. Dès que nous sortîmes de voiture, les amis de Lion et de Nick s'approchèrent et nous saluèrent bruyamment. Jenna se plaça près de moi et m'entoura les épaules de son bras. Contrairement à moi, elle portait une robe noire moulante qui découvrait ses épaules et une partie de son dos. Ses cheveux décoiffés tombaient en vagues gracieuses autour de son visage : elle était magnifique. Avec le jean et le chemisier que j'avais mis ce matin pour l'entretien au lycée, je me sentais vraiment négligée. Mais je ne pouvais plus y faire grand-chose.

— Aujourd'hui, tu vas voir mon homme en action, annonça Jenna avec un grand sourire, les yeux émus. Et aussi Nick, ajouta-t-elle.

Je la suivis pendant qu'elle nous frayait un passage parmi la foule des amis réunis autour de Nick et de Lion.

— Ronnie n'est pas là, il n'y a personne de sa bande, dit l'un de ceux que j'avais vus le jour des courses.

Nicholas était adossé contre la voiture, avec une cigarette à la main, et dès qu'il entendit le nom de Ronnie ses yeux plongèrent dans les miens. Cette fois, il ne me regardait pas avec rancune, mais plutôt comme s'il était déçu de ne pas avoir pu se confronter à son principal ennemi. Selon moi, il était fou de vouloir s'en prendre à quelqu'un qui portait une arme, mais, maintenant que je le connaissais mieux, cela ne me surprenait pas tant que ça.

— Il y a Greg et A. J. de toute façon, et les paris sont élevés, continua son ami.

Un sourire suffisant apparut sur le visage de Nick. Il se redressa, jeta sa cigarette au sol et, en lui donnant une claque sur l'épaule, dit :

— Alors, qu'est-ce qu'on attend ?

Les gens autour de nous manifestèrent leur enthousiasme. Je commençais à comprendre de quoi il s'agissait, et ça ne me plaisait pas du tout.

Tout le monde entra dans le hangar, dont les portes étaient ouvertes. La musique et le bruit des voix étaient assourdissants. Pourquoi ces gens ne se contentaient-ils pas d'aller boire un café ou voir un film ? Mais non. Nicholas n'était pas du genre à inviter une fille à un rendez-vous romantique. Nicholas vivait des aventures dangereuses et il aimait s'entourer de personnes qui recherchaient exactement la même chose. Alors, pourquoi diable étais-je présente ?

Lion s'approcha de Nick et je l'entendis lui dire :

— A. J. est pour moi. Tu sais que j'en ai envie depuis la dernière fois.

Nicholas acquiesça, avant d'ajouter, en s'approchant de moi :

— J'y vais en premier, comme toujours.

Il me poussa par la taille vers un endroit un peu à l'écart de Jenna et Lion. Je sentis un frisson à l'endroit où il m'avait touchée, et je me retournai pour le regarder :

— Qu'est-ce que tu vas faire ?

Il avait l'air ravi.

— Je vais me battre, Effy. Je suis plutôt doué, et les gens aiment nous voir lutter, Lion et moi. Je te préviens juste qu'il va y avoir beaucoup de monde, alors ne te sépare pas de Lion jusqu'à ce que j'aie terminé et que je vous rejoigne.

Il allait se battre… Échanger des coups avec un autre mec juste pour s'amuser. Enfin, il y avait de l'argent en jeu, mais moi je savais que Nicholas n'en avait pas besoin, il était millionnaire. Alors, pourquoi se plongeait-il dans une situation aussi dangereuse ?

— Pourquoi tu fais ça ? lui demandai-je en le regardant avec un mélange de désapprobation et de crainte.

— D'une certaine manière, j'ai besoin de me défouler, répondit-il en me lançant un regard bizarre.

Je restai là, les jambes tremblantes, redoutant le spectacle auquel j'allais assister.

18

NICK

Je la laissai là, en frissonnant de la tête aux pieds. Je crois qu'aucune autre fille ne me touchait autant que Noah, et ça me plaisait et me contrariait à la fois. J'avais toujours voulu tout contrôler, en particulier les filles. J'avais toujours su comment elles allaient réagir, ce qu'elles attendaient de quelqu'un comme moi, mais Noah était différente. Il n'y avait qu'à la regarder pour se rendre compte qu'elle était l'opposé des personnes de mon entourage. Je ne comprenais toujours pas pourquoi, alors qu'elle aurait pu profiter de l'argent de mon père, elle s'habillait toujours simplement, se contentait d'une horrible voiture ou voulait se trouver un travail. Je ne pouvais m'empêcher d'y penser chaque fois qu'elle était devant moi. Mais, ce qui me perturbait le plus, c'était l'attirance physique que je ressentais pour elle. Depuis que je l'avais embrassée, je n'avais plus qu'une idée en tête : recommencer. Avant que Jenna et Lion apparaissent, j'avais été sur le point de le faire et de rester avec elle toute la nuit. J'aurais sans hésiter laissé tomber ce combat si j'avais pu rester en sa compagnie à embrasser ses lèvres douces.

D'ailleurs, cela m'amusait de voir comment elle réagissait au contact de ma peau. La première fois, j'avais presque perdu le contrôle en entendant les gémissements qui sortaient de ses lèvres tandis que je l'embrassais. Et, à présent, je ne savais même pas pourquoi je l'avais invitée à assister à mon combat contre l'un des mecs les plus idiots que je connaissais. Et je pensais sans cesse à son visage horrifié quand elle avait enfin compris de quoi il retournait. D'une certaine manière, c'était amusant de la voir là. Elle n'était vraiment pas à sa place.

Je m'éloignai d'elle pour m'avancer dans le bâtiment abandonné dans lequel on faisait toujours les combats. Les bagarres avaient fait partie de ma vie depuis que je connaissais Lion. Il m'avait presque tout appris, il était incroyablement doué. Mais je me battais avec plus de rage que lui. C'est pour cette raison que personne ou presque n'arrivait à me vaincre. C'était même facile de gagner. Je me concentrais sur la victoire, rien d'autre n'avait d'importance, et cela m'aidait à me défouler, à décharger toutes mes frustrations. Ce jour-là, j'en avais particulièrement besoin : c'était si dur d'avoir quitté ma petite sœur, surtout après avoir appris qu'elle passerait la semaine seule parce que ses parents se barraient quelques jours en vacances à la Barbade. Je ne comprenais pas comment des parents pouvaient négliger ainsi leurs enfants. Et voir ma mère, qui m'avait abandonné sans aucune sorte de remords, de nouveau abandonner son enfant… tout cela me faisait simplement péter les plombs.

Ce milieu pouvait cependant devenir très pesant si on n'y prenait pas garde. C'est pourquoi je faisais en sorte de gagner le combat, prendre le fric et disparaître rapidement. La plupart des gens restaient ensuite à ce qui se transformait en une fête où l'alcool coulait à flots et la drogue circulait librement. Tout cela ne m'intéressait pas. Je gardai donc la tête froide quand j'ôtai mon T-shirt et pénétrai sur le ring.

Greg était un type costaud, qui travaillait comme un fou au gymnase, et on se détestait depuis la nuit des temps. Avant que j'arrive dans le coin, tous l'avaient mis sur un piédestal, et c'est pourquoi, quand il se battait contre moi, il y mettait toute son ardeur. Il manquait de technique, il était tout en force brute : chaque fois que son poing essayait de m'atteindre, je m'écartais sans grand effort. A. J., c'était autre chose, Lion et lui avaient une histoire commune. A. J. avait failli violer Jenna un soir en boîte. Grâce à Dieu, j'étais avec elle et j'avais pu l'écarter avant que ça ne dégénère. Lion ne connaissait pas Jenna à cette époque-là, mais plus tard, quand il avait appris ce qui s'était passé, il l'avait presque tué.

La foule était rassemblée autour de la petite plate-forme où nous devions nous battre. Les paris étaient ouverts pendant toute la durée du combat, alors les cris, les huées et toutes sortes d'exclamations étaient à l'ordre du jour. Je commençai à sautiller sur place pour m'échauffer un peu, tandis que Greg montait sur la plate-forme de l'autre côté. Ses yeux plongèrent dans les miens, pleins de haine et assoiffés de sang, et je dus réprimer un sourire suffisant, sachant que j'en aurais fini avec lui en moins de dix minutes.

Le type qui se chargeait, cette nuit, de récolter le fric cria mon nom et ensuite celui de Greg, et le spectacle commença. L'une des grandes erreurs de Greg était de donner des coups à tort et à travers, ce qui le fatiguait plus vite. Il fallait savoir quand faire un pas en avant et attaquer. Mon premier coup de poing alla droit au but, dans son estomac. Les gens crièrent, surexcités, quand je levai un genou et lui assénai un coup sec dans le nez, profitant du fait que le premier coup l'avait plié en deux. L'adrénaline courait dans mes veines, je me croyais capable de tout. Greg récupéra et essaya une nouvelle fois de me frapper, cette fois au visage. Je l'esquivai en souriant puis le frappai en plein dans l'œil droit une seconde plus tard.

Le coup de poing fut si fort qu'il tomba au sol, ce qui me fournit une autre opportunité de lui donner un coup de pied. Pourtant, je ne le fis pas ; ça n'avait rien de drôle de frapper quelqu'un à terre. Puis Greg se redressa et me poussa en arrière, effleurant ma pommette droite de son poing. Je le projetai de nouveau au sol, et alors il ne réussit pas à se relever.

L'euphorie de la victoire était un baume pour mon esprit troublé et je fus content d'avoir eu la force nécessaire pour en terminer avec ce type.

Tout le monde criait mon nom en essayant de me toucher lorsque je descendis enfin de la plate-forme pour aller directement récupérer mon fric. J'avais remporté cinq mille dollars, et, après les avoir glissés dans la poche de mon jean, je partis à la recherche de Lion. Je le trouvai à côté de Jenna, au dernier rang des spectateurs. C'était moins stressant qu'à l'avant, où on pouvait recevoir des coups.

En m'approchant, je vis que Noah n'était pas avec eux et mon cœur s'emballa.

— Où est-elle ? demandai-je anxieusement à Lion.

Il me sourit tandis que Jenna levait les yeux au ciel.

— Elle n'a pas pu en supporter davantage quand elle a vu qu'on te donnait ce coup de poing, me dit Jenna. Elle est sortie.

Puis elle se retourna vers Lion, qui était le suivant à entrer sur le ring.

— Je vais la chercher.

Je fis volte-face et je partis à sa recherche.

Je la trouvai près de la porte, assise contre le mur, les bras autour des genoux. L'expression de son visage ne me plut pas. Je m'empressai de remettre mon T-shirt avant de m'approcher.

— Pourquoi tu es venue ici ?

Une partie de moi était déçue, parce qu'elle ne m'avait pas vu vaincre mon adversaire.

— Ce que tu fais ici… (Elle respira à fond et ferma les yeux en frissonnant.) Ce n'est pas pour moi.

Elle avait l'air réellement effrayée. Je n'avais pas pensé que ça pouvait l'affecter de cette manière, n'importe quelle autre fille se serait jetée dans mes bras, rendue complètement folle par ma victoire, mais Noah…

— Les bagarres, ce n'est pas ton truc, j'ai pigé, dis-je.

Je posai délicatement ma main sur sa nuque. Noah semblait venir d'une autre planète : à certains moments, elle semblait forte comme un roc, capable de me donner un coup de poing sans états d'âme, et, à d'autres, elle avait l'air si fragile et si jeune que j'avais juste envie de la serrer dans mes bras.

Je caressai sa nuque et elle leva les yeux pour me regarder. Elle semblait sur le point de dire quelque chose, mais ce fut plus fort que moi : je me penchai pour l'embrasser.

Elle fondit entre mes bras, exactement comme je le voulais. J'adorais la manière dont son corps réagissait au contact du mien. Elle passa ses doigts dans mes cheveux humides et je dus contenir l'envie que j'avais de la caresser partout.

Quelques secondes plus tard, elle me repoussa et ses yeux se posèrent sur ma blessure. Ses doigts frôlèrent la petite bosse qui commençait déjà à enfler, et je sentis quelque chose d'étrange remuer en moi sous cette simple caresse.

— J'ai détesté chaque seconde où tu étais sur ce ring, avoua-t-elle alors.

Elle était sérieuse, ça se voyait dans ses yeux. D'une certaine manière, elle s'inquiétait pour moi, et c'était si nouveau et si étrange que je dus reculer d'un pas.

— Je suis comme ça, Noah, dis-je en retirant ma main de sa peau.

Elle remarqua mon changement d'humeur, enleva ses bras de mon cou et m'observa, le front plissé.

— Je ne comprends pas pourquoi tu fais ça. Tu as de l'argent plus qu'il ne t'en faut.

— Lion, lui, en a besoin, l'interrompis-je, sur la défensive.

La compréhension illumina ses traits, mais je m'empressai d'éclaircir un point :

— Je ne le fais pas seulement pour le fric : j'aime me battre, j'aime savoir que je peux en finir avec celui qui est en face de moi, que j'ai le contrôle de la situation. Je vois où tu veux en venir et, si tu crois que je vais arrêter de faire ce que je fais parce que toi et moi on…

— On quoi ? (Elle m'interrompit, furieuse.) Comment tu comptes terminer cette phrase ?

Je ne pouvais pas répondre à cette question. Je ne savais pas moi-même ce qui était en train de se passer, je savais juste que c'était une erreur. Noah venait d'une petite ville et recherchait une relation romantique que je ne pourrais jamais lui donner. Le seul fait d'y penser était ridicule. Je savais que je commettais une erreur en l'embrassant, en la touchant… mais je ne pouvais pas m'en empêcher. Elle avait raison : c'est moi qui la cherchais.

Il me fut impossible de lui répondre.

— Peu importe, ne dis rien, finit-elle par me dire. Je sais comment tu es, Nicholas. Je n'attends de toi rien de plus que ce que nous avons à présent.

Cela étant dit, elle me tourna le dos et entra dans le hangar, où le combat de Lion était en train de se dérouler.

Qu'avait-elle voulu dire ? Quoi que ce soit, cela ne m'amusait absolument pas. Je l'observai tandis qu'elle entrait dans le hangar et je sentis la colère m'envahir, sans savoir vraiment pourquoi.

19

NOAH

C'était une erreur, d'être venue ici ce soir avec Nicholas. C'est vrai, il me plaisait énormément et j'oubliais tout quand il me touchait et m'embrassait, mais je n'aimais pas ce qu'il était. Nicholas Leister évoluait dans un monde que j'avais rejeté toute ma vie : celui des bagarres, des fêtes où tout était permis, de la drogue et de l'alcool. J'avais déjà assez de mal à m'habituer à ma nouvelle vie (cela ne faisait que deux semaines que j'étais là), l'histoire de Dan me faisait toujours mal et entamer une relation avec Nicholas ne ferait qu'empirer les choses.

Parce que je savais exactement ce que quelqu'un comme lui attendait de quelqu'un comme moi. J'étais peut-être vieux jeu, ou bizarre, mais je voulais qu'un garçon me démontre chaque jour son amour pour moi, avec des mots doux, des gestes affectueux… et Nick était à l'opposé de tout cela. Je ne voulais pas avoir à nouveau le cœur brisé. J'essayais déjà tous les jours d'en recoller les morceaux.

Le mieux était donc d'avoir une relation normale avec Nick. Nous ne pouvions pas être en couple, mais ce n'était pas une raison pour nous haïr. Nos innombrables joutes, depuis notre rencontre, étaient épuisantes. Nous habitions sous le même toit, il valait donc mieux essayer d'être amis, même s'il est difficile d'être amie avec quelqu'un devant qui on a les jambes en coton.

Je restai près de la porte du hangar à attendre que Lion termine son combat. Je détestais les confrontations physiques et le fait que les gens y prennent du plaisir ; et qu'ils y gagnent de l'argent en pariant sur l'issue du combat me semblait encore plus détestable et humiliant.

Sans un regard pour moi, Nicholas alla retrouver Jenna et ses amis. Quinze minutes plus tard, Lion remporta son combat, mais, à la différence de Nick, lui, il avait reçu plusieurs coups au torse et présentait une plaie plutôt moche à l'œil gauche. Jenna se jeta dans ses bras et lui donna un long baiser pendant que les gens l'acclamaient vivement. Nicholas aurait-il aimé que je fasse la même chose ? Que je tombe à ses pieds en pâmoison parce qu'il était capable de laisser un type inconscient sur le sol ? Ridicule…

Nick vint vers moi lorsque la foule commença à sortir. Il devait y avoir aux moins deux cents personnes. Il me prit la main et m'entraîna à sa suite. C'était étrange de sentir ses doigts entrelacés aux miens, mais je le sentais distant, je savais que c'était juste pour ne pas me perdre dans la foule.

En arrivant à la voiture, je l'observai attentivement. Quelque chose avait changé depuis notre dernière conversation : il semblait m'en vouloir et faisait de son mieux pour m'ignorer. Son attitude me blessa, mais je n'attendais rien d'autre de lui.

Je regardais distraitement ses jointures meurtries, où avait séché un peu de sang de son adversaire. J'eus brusquement la nausée et l'air me manqua.

Pourquoi diable étais-je venue ?

Nicholas s'écarta de moi sans m'adresser la parole et s'approcha de son groupe d'amis. Je ne voyais Jenna nulle part et je me sentis soudain très seule, dans un environnement qui m'effrayait davantage que ce que je voulais bien reconnaître.

Je fouillai dans mon sac à la recherche de mon portable.

— Qu'est-ce que tu fais ? me demanda Nicholas, qui s'approcha au moment où je collais le portable contre mon oreille.

— J'appelle un taxi.

Avant que je ne puisse l'en empêcher, il m'avait arraché le portable de la main.

— Tu es folle ? Ce qu'on fait ici est illégal, tu ne peux pas révéler notre position, on pourrait nous dénoncer.

— Je veux m'en aller.

— Pourquoi ?

Je respirai à fond pour tenter de me calmer :

— Parce que je n'aime pas ton monde, Nicholas.

Ma réponse sembla le laisser indifférent.

— Tu n'es pas faite pour ça, je n'aurais pas dû t'emmener.

— C'est moi qui ai décidé de venir, et maintenant c'est moi qui décide de partir.

Nicholas éclata de rire.

— Je ne sais pas à quoi je m'attendais en t'amenant ici, mais sûrement pas à ça. Je te croyais plus forte, Éphélide. Tu n'as manifesté aucune sorte de peur quand tu as affronté Ronnie. Je n'aurais jamais cru que quelques coups de poing pourraient te mettre dans un état pareil.

Ses yeux parcoururent mon corps. Pouvait-il voir la sueur froide qui le recouvrait ? Le tremblement qui s'était emparé de mes mains ?

— Eh bien, je suppose que je ne suis pas toujours courageuse.

Je fis un pas en avant et tendis la main pour qu'il me rende mon portable.

Nick le fit tourner entre ses doigts, les yeux toujours fixés sur moi.

— Je suis plutôt curieux de savoir où tu as appris à courir comme tu l'as fait aux courses…

Je soutins son regard.

— La chance du débutant. Mon portable, s'il te plaît.

Un sourire tordu apparut sur ses lèvres.

— Tu caches plus de choses que je n'aurais imaginé, Effy.

Il fit un pas vers moi. Je reculai, affectée par sa présence toute proche, et me heurtai à la portière de la voiture.

— Nous avons tous nos secrets, répondis-je en baissant la voix et en sentant que mes jambes commençaient à trembler.

— Je te préviens, je suis un excellent détective.

Il se pencha vers moi pour m'embrasser, mais je l'arrêtai d'une bourrade, réussissant tout juste à le repousser.

— Reste loin de moi, Nicholas, le priai-je, plus sérieuse que jamais.

La dernière chose que je souhaitais était que quelqu'un comme lui découvre mon passé. Rien que d'y penser, la panique me gagnait. J'avais toujours réussi à garder mes démons profondément enfouis, personne n'était au courant. Mais, à présent que nous vivions sous le même toit, ce ne serait pas facile de dissimuler certaines choses. Le fait qu'il ait découvert en si peu de temps que j'avais des secrets me préoccupait.

— Que je reste loin de toi ? Ton corps semble demander le contraire, pourtant.

Qu'ils soient maudits, lui et le pouvoir d'attraction qu'il exerçait sur moi. Je me sentais comme un petit animal aux abois sur le point d'être capturé. Une sensation qui ne me plaisait pas.

Il me bloqua en plaçant ses mains de chaque côté de ma tête.

— De quoi as-tu peur ?

Sa bouche était proche de la mienne, son souffle me caressait le visage. Ses yeux étaient si bleus… Je voyais à présent que de petites paillettes couleur aigue-marine entouraient ses pupilles.

— De toi, répondis-je en un murmure à peine audible.

Nick eut un sourire en coin qui me fit l'effet d'une douche froide. Je réussis enfin à le repousser et à lui échapper.

— Tu es idiot, lançai-je.

Je m'en voulais d'avoir été sincère avec lui.

Nick éclata de rire.

— Pourquoi ? Parce que je savoure le fait que tu aies peur de moi ? Rien de plus normal, Éphélide.

— J'ai peur que tu ne m'attires des histoires, mentis-je, en une tentative désespérée pour effacer mes dernières paroles.

Je ne voulais pas qu'il se croie trop important.

— En général, je m'arrange pour éviter les histoires, tu n'as pas à t'inquiéter.

— C'est bien ça le problème, je ne veux pas devoir m'inquiéter. Maintenant, donne-moi mon portable pour que je puisse m'en aller.

Nicholas soupira, mais il avait toujours ce petit sourire amusé aux lèvres.

— Dommage que tu sois aussi coincée. Je pensais qu'on allait pouvoir s'amuser, toi et moi.

— Il n'y a pas de toi et moi… il n'y en aura jamais.

Vingt minutes plus tard, Jenna m'avait déposée à la maison. Je pus enfin respirer et je me jurai de ne jamais retomber dans les filets de Nicholas. Lui et moi devions rester éloignés l'un de l'autre.

Le lendemain, j'entrepris de nettoyer ma voiture. Nicholas était à l'intérieur, en train de faire je ne sais quoi, et je ne le croisai presque pas. Je lavai toute la saleté accumulée sur ma Coccinelle pendant le temps où elle avait été en vente. Cela m'amusa de voir mes nouveaux voisins, incroyablement bourges et habillés en Chanel, qui me regardaient d'un air stupéfait nettoyer ma voiture, vêtue d'un vieux T-shirt et d'un simple short, les cheveux rassemblés en un chignon lâche. J'avais sûrement un aspect désastreux, mais je me fichais complètement de savoir ce que pensaient cette blonde décolorée et son mari producteur de je ne sais quel programme télé.

Tandis que je soufflais sur une mèche de cheveux pour l'écarter de mon visage tout en m'acharnant sur une tache qui résistait sur le capot, j'entendis une voix que je n'aurais jamais cru entendre ici, la dernière voix que j'avais envie d'entendre :

— Je vois que tu détestes toujours autant le lavage automatique.

Je me figeai, muette. Cela ne pouvait pas être vrai.

Puis je fis volte-face vers celui qui venait d'arriver. Il se tenait près de la voiture de Nicholas, et son apparence était exactement la même que lorsqu'il m'avait dit au revoir deux semaines auparavant : des cheveux blonds décoiffés, des yeux couleur chocolat desquels émanait une assurance que j'avais toujours admirée, un corps de joueur de hockey... Je dus respirer plusieurs fois à fond.

Dan, le même Dan qui m'avait trompée avec ma meilleure amie, se trouvait devant moi.

Je restai pétrifiée, une main tenant l'éponge dégoulinante, l'autre pendant le long de mon corps. Le simple fait de l'avoir devant moi me faisait si mal. Les souvenirs de tous les moments partagés avec lui me revinrent à l'esprit : notre rencontre après l'un de ses matchs victorieux auquel j'avais assisté, quand il s'était approché de moi pour me dire qu'il n'avait pas réussi à se concentrer après m'avoir vue dans les tribunes ; notre premier rendez-vous, quand il m'avait invitée dans un resto indien et qu'on n'avait pas supporté le piment, à tel point qu'on avait été malades trois jours de suite ; notre premier baiser, si tendre et spécial qu'il avait été sur la liste de mes meilleurs souvenirs jusqu'à il y a peu ; la première fois qu'on avait parlé de moi comme de sa petite amie...

Puis l'image de Beth et lui en train de s'embrasser s'interposa, brouillant toutes ces images et me faisant terriblement souffrir.

D'une voix ferme, je dis :

— Qu'est-ce que tu fais là ?

Ses yeux ne quittèrent pas les miens lorsqu'il dit :

— Tu me manques.

Je ne pus m'empêcher d'éclater d'un rire sarcastique :

— Bien sûr que non… Tu étais plutôt bien accompagné dernièrement, lui dis-je en lui tournant le dos.

— Noah… je suis désolé.

Il avait toujours cette voix veloutée qu'il avait utilisée des milliers de fois pour me dire qu'il m'aimait plus que tout.

Je secouai la tête en priant pour que ce ne soit pas vrai. Je n'étais pas prête à affronter Dan, parce qu'une partie de moi voulait que tout redevienne comme avant, qu'il me serre dans ses bras, qu'il m'embrasse et me dise à quel point il m'aimait et combien je lui avais manqué. J'avais désespérément besoin d'être avec quelqu'un de ma vie antérieure. Même si ce n'était que pour quelques instants, je voulais être la Noah Morgan que j'avais été avant de quitter ma ville pour vivre une vie dont je ne voulais pas.

— Noah… je t'aime, déclara-t-il alors.

Il s'était approché, presque à me toucher.

Je fis volte-face, ses paroles déchiraient mon cœur déjà brisé.

— Ne dis plus jamais ça.

Il était maintenant si près de moi que je voyais les éclats dorés dans ses yeux marron, la cicatrice faite par une crosse de hockey sur sa joue (j'étais restée auprès de lui pendant qu'on lui faisait des points de suture, presque hystérique, car je détestais la vue du sang ou des blessures)… Tout en lui faisait remonter de nombreux souvenirs, et c'était douloureux.

Mais je le connaissais suffisamment pour savoir que cet aveu devait lui coûter.

— Je te le dis parce que c'est vrai, Noah. Je t'en prie, pardonne-moi, dit-il en me caressant les joues. Quand tu es partie, le monde s'est écroulé, je ne savais pas comment faire ni comment le supporter. (Ses mains descendirent jusqu'à mes épaules et les caressèrent doucement.) Il faut que tu me pardonnes… Noah, je t'en prie, dis quelque chose, j'ai besoin que tu dises que tu me pardonnes.

Je fermai les yeux et serrai les paupières. Cette situation n'aurait pas dû exister.

Pourquoi était-il venu jusqu'ici ? De toute façon, sa présence n'aurait jamais dû réveiller ma douleur. Mais le revoir, avoir de nouveau quelque chose de mon ancienne vie, était si… réconfortant.

C'est à ce moment que je sentis ses lèvres sur les miennes. C'était si inattendu, et en même temps si familier. C'était ce dont j'avais rêvé depuis mon départ.

Sa main se posa sur ma nuque et il m'attira vers lui. J'étais tellement stupéfaite, tellement parcourue par des milliers de sensations contradictoires que je fus incapable de resister.

— Je t'en prie, embrasse-moi, Noah, me supplia-t-il.

Puis il posa avec force ses lèvres sur les miennes. Il réussit à les entrouvrir et sa langue chercha la mienne… Une chaleur se répandit en moi, mais quelque chose avait changé, comme si mon corps attendait une réaction plus puissante, voulait s'embraser au lieu de se complaire dans la tiédeur.

À ce moment-là, quelqu'un fit un bruit pour attirer notre attention. J'eus l'impression de recevoir dans la figure le seau d'eau qui se trouvait encore à mes pieds. Je reculai d'un pas et Dan me regarda une seconde, une expression de joie sur le visage. Puis je me retournai pour voir qui nous avait interrompus.

Ma mère et William venaient d'arriver. J'étais si profondément plongée dans toutes ces pensées que je n'avais pas entendu leur voiture approcher.

Ma mère nous regardait, un large sourire aux lèvres, puis elle se retourna vers William, qui l'observait, les yeux brillant de satisfaction.

— Alors, tu aimes notre cadeau ? dit-elle en nous regardant chacun à tour de rôle.

Troublée, je me tournai vers Dan.

— Ta mère m'a envoyé le billet pour que je te fasse une surprise.

Il haussa les épaules, mais je crus voir une certaine culpabilité sur ses traits. Bien sûr, maintenant, je comprenais. Ma mère avait cru me faire le plus beau des cadeaux en invitant mon petit ami à la maison. Sauf qu'elle ignorait juste un petit détail : ce n'était plus mon petit ami.

— Tu étais si triste, Noah… expliqua ma mère, qui s'approcha pour m'embrasser. Je savais que le seul qui pouvait t'arracher un sourire était Dan, alors j'ai pensé : « Pourquoi ne pas l'inviter à venir passer quelques jours avec nous ? »

Ah, maman… tu as vraiment raté ton coup.

Je souris avec le plus grand mal, tandis que William tendait la main à Dan et la lui serrait fermement. Ma mère l'embrassa également, puis tous deux nous observèrent un moment. Nous étions l'un à côté de l'autre, et pourtant si distants.

— On vous laisse un peu tranquilles. Vous avez sûrement envie de passer un moment seuls, dit ma mère, émue. J'ai demandé à ce qu'on te prépare la chambre d'amis, Dan. Si tu as besoin de quoi que ce soit, n'hésite pas à me le demander.

Dan acquiesça poliment, et ma mère et Will entrèrent dans la maison.

Une fois qu'ils eurent disparu, je me retournai vers mon ex, furieuse.

— Je n'arrive pas à croire que tu aies eu le toupet de venir jusqu'ici.

Puis je lui tournai le dos et commençai à ramasser les affaires que j'avais sorties pour laver ma voiture. Cette tâche attendrait, j'avais quelque chose de nettement plus important à faire.

Ce n'était pas bien… Dan ne pouvait pas rester ici, je ne voulais pas de lui et je ne pouvais pas non plus le laisser m'embrasser.

— J'ai pensé que c'était l'occasion parfaite pour te demander pardon en personne, déclara-t-il en faisant un pas vers moi.

Je reculai avant qu'il ne me touche.

— Tu ne peux pas rester, Dan.

Il fronça les sourcils et se rapprocha un peu plus.

— Je sais que tu es encore fâchée et qu'il faudra longtemps avant que tu puisses me pardonner, mais laisse-moi rester avec toi quelques jours, Noah. Quoi qu'il arrive, nous trouverons une solution ensemble, s'il te plaît. Tu es à moi et je suis à toi, tu te rappelles ?

Cette phrase me fit l'effet d'un coup de poignard dans le cœur.

— J'ai cessé d'être à toi au moment même où tu as embrassé ma meilleure amie. (Je savais que le fait de l'avoir revu et de devoir me séparer définitivement de lui dans les prochains jours serait encore plus douloureux que ça ne l'était à présent.) Alors, tu peux rester, mais c'est surtout parce que je ne veux pas être désagréable avec William et ma mère. Et puis je ne veux pas qu'ils sachent ce que tu m'as fait. Mais ensuite, je ne veux plus jamais entendre parler de toi.

— Je sais que je t'ai fait du mal, Noah. Mais je t'aime, je t'ai toujours aimée et ma vie sans toi est un véritable désastre. Quand je te vois, tout reprend un sens. Quand tu m'as appris que tu partais, j'ai essayé de surmonter ma tristesse, mais ça n'a pas marché. Noah, l'histoire avec Beth ne signifie rien pour moi : j'avais juste besoin de son soutien, parce qu'elle me faisait penser à toi, vous étiez toujours ensemble, vous vous ressemblez même dans votre manière d'être. Je sais que j'ai été un vrai salaud, mais je ne peux pas supporter que ça se termine comme ça, nous deux. (Je baissai les yeux, essayant de retenir les larmes qui voulaient jaillir. Je ne pleurerais pas.) Tu n'es même pas capable de me regarder.

Ses mains se posèrent sur mon visage et ses yeux plongèrent dans les miens.

— Je t'en prie, dis-moi que tu me pardonnes, murmura-t-il, les lèvres presque collées aux miennes.

Je ne sais plus ce que je lui répondis, mais ses lèvres s'emparèrent des miennes et je le laissai faire, *une nouvelle fois*... Je ne pouvais pas m'en empêcher : j'en avais tout simplement besoin. Cependant, tandis qu'il m'embrassait, je ressentis une étrange sensation au creux du ventre, je me sentais coupable parce que je trompais quelqu'un de très important... moi-même.

Je m'écartai de lui.

— J'ai besoin que tu me laisses, parvins-je à articuler.

Et c'était vrai, j'avais besoin de réfléchir, besoin de ne plus l'avoir devant moi.

— Très bien. (Il fit un pas en arrière.) Est-ce que je peux au moins laisser mes affaires dans la chambre d'amis ?

J'acquiesçai et je l'y accompagnai. Je ne pouvais passer une minute de plus avec lui, alors je lui dis au revoir et pris la direction de ma chambre avec l'intention de me mettre au lit et de dormir jusqu'au lendemain. Il était tôt, mais ça m'était égal, j'avais besoin de prendre du recul et de mettre de l'ordre dans mes pensées. Malgré moi, je m'arrêtai devant une chambre qui n'était pas la mienne et, avant même de comprendre pourquoi, j'étais en train de frapper à la porte de Nicholas.

Je n'étais pas sûre qu'il m'ait répondu, mais j'entrai tout simplement.

Il était assis devant son ordinateur portable posé sur le bureau qui se trouvait dans un coin de la pièce, et il le referma en me voyant. Il fit tourner sa chaise pour se retrouver face à moi, et je contemplai chaque détail de son anatomie comme s'il s'agissait d'une œuvre d'art. Il ne portait qu'un pantalon de sport gris et était torse nu. Il n'attendait clairement pas de visite, et encore moins la mienne. Je crois que c'était la première fois, depuis que j'étais arrivée dans cette maison, que je frappais à sa porte. Une partie de moi m'avait poussée à chercher du réconfort auprès de lui, une autre ne comprenait pas comment je pouvais choisir de me torturer par sa présence.

Ses yeux bleus plongèrent dans les miens et il fronça les sourcils.

— Qu'est-ce qui t'arrive ?

Il se leva et s'approcha de moi, prudemment, comme s'il ne savait pas très bien comment réagir. Aussitôt, et comme chaque fois que nous nous trouvions seuls, une irrésistible attirance surgit entre nous. Une partie de moi se réjouit de constater que Dan était incapable de provoquer ce type de réaction dans mon corps, et je me sentis heureuse et troublée en même temps.

Sans rien dire, je m'approchai, le regard plongé dans ces yeux d'azur qui ne promettaient que des choses sombres, et, sans même y penser, je mis une main sur sa nuque et je l'embrassai, presque avec désespoir.

Cela le surprit, je suppose, mais la réponse de son corps fut immédiate. Ses mains me saisirent par la taille et m'attirèrent contre lui. Ses lèvres et sa langue prirent aussitôt le contrôle. Je sentis une sorte de vertige me gagner. Ses mains sur mon corps me firent simplement oublier la raison pour laquelle j'étais venue. Je dus bientôt m'écarter pour reprendre mon souffle et contrôler les tremblements qui s'étaient emparés de mon corps tout entier.

— Qu'est-ce que tu fais ? me demanda-t-il.

Puis ses dents prirent possession de mon oreille, en la mordillant d'une manière qui m'arracha un soupir. Mes mains s'agrippèrent à ses épaules quand il commença à m'embrasser dans le cou et sur la mâchoire… et tout sentiment de douleur, de perte ou de nostalgie s'évanouit, tout simplement.

Mais il s'interrompit.

— Que s'est-il passé ? insista-t-il alors en me regardant dans les yeux.

Pourquoi posait-il la question ? Pourquoi ne pouvait-il pas se contenter de m'embrasser et de me faire savourer ce qui était clairement l'un de ses talents ? Depuis quand Nicholas avait-il besoin de savoir pour quelle raison une fille voulait se jeter dans ses bras ?

À ce moment-là, Dan me revint à l'esprit… et le sentiment de trahison m'assaillit de nouveau, ainsi que le chagrin de savoir que je les avais perdus tous les deux à jamais, Beth et lui. Parce que je ne pourrais pas lui pardonner, il ne le méritait pas. Mais le pire était la peur… la peur de ne pas être suffisamment forte pour rester éloignée de lui.

J'appuyai mon front sur l'épaule nue de Nick et ses bras se refermèrent automatiquement sur moi. C'était une sensation étrange, parce que nous n'avions jamais rien partagé de tel. Je posai la tête sur son torse. Il sentait merveilleusement bon, sûrement une de ces eaux de toilette de marque utilisées par les mannequins à la télé ; mais ce qui me plut, surtout, fut la chaleur qui émanait de lui et la sensation de sécurité qui m'envahissait au fur et à mesure que cette chaleur me gagnait. Parce que, jusque-là, je me sentais glacée… glacée par les émotions et le chagrin qui me submergeaient.

— Ce n'est pas que je n'adore pas t'avoir dans mes bras, Effy, mais j'aimerais bien comprendre ce qui se passe.

Ses paroles réussirent à m'arracher un sourire.

Je m'écartai de lui, mais il ne me lâcha pas et s'assit sur la chaise de son bureau en me prenant sur ses genoux.

Ce fut encore très étrange, étrange et si agréable que je sentis de nouveau mon estomac se nouer.

— Je t'en prie, dis-moi que ce n'est pas parce que tu as fait quelque chose à mon autre voiture et que le remords te ronge que tu es là, parce que tous les baisers du monde n'y feront rien…

Je savais qu'il plaisantait, et ça me fit rire de voir ses efforts pour me remonter le moral. Je ne connaissais pas cette facette du Nicholas dur et désagréable que j'avais l'habitude de voir, et c'était plutôt sympa.

Alors, je décidai de lui expliquer pourquoi j'étais entrée dans sa chambre, parce que, même si c'était difficile à croire, je n'avais pas eu l'intention de me jeter dans ses bras.

— Dan est là, annonçai-je tout en l'observant.

Il mit un moment avant d'assimiler l'information.

— Le salaud qui t'a mis les cornes est ici ? Où, à Los Angeles ?

— Non, ici, à la maison.

Je savais combien cette situation était pathétique et ridicule.

Il m'observa quelques instants, comme s'il attendait que je lui dise que c'était une blague.

— Ma mère l'a invité, elle ne sait pas ce qu'il m'a fait, elle n'a aucune idée qu'on a cassé. Mais maintenant il est là, Nicholas, et ça me bouleverse, lui avouai-je en me levant et en commençant à faire les cent pas.

Pourquoi j'étais en train de raconter cela à Nick, c'était un mystère, mais j'avais besoin de me confier, et Nick était très doué pour me faire penser à autre chose.

Il me regarda d'une manière étrange, puis prit une cigarette sur sa table et la porta à ses lèvres. Il avait l'air en colère, ou peut-être déçu.

— Pourquoi tu me racontes tout ça ?

Il tira brusquement sur sa cigarette. Je voyais à présent dans ses yeux une froideur que je connaissais bien… celle avec laquelle il me regardait la plupart du temps, celle qui nous poussait à nous insulter et à nous détester mutuellement. Nicholas avait deux facettes très différentes et je ne savais jamais laquelle allait apparaître.

Je ressentis un pincement au cœur.

Je tentai de mettre de côté ce que je ressentais pour lui, des choses que je ne comprenais pas moi-même, et je lui dis le strict nécessaire :

— Dan va savoir qui tu es dès qu'il te verra. Il te reconnaîtra à cause de la photo de nous que je lui ai envoyée… quand… on s'embrassait, dis-je enfin.

Qui aurait pu penser qu'embrasser Nick allait me causer tant de soucis ? Si j'avais su qu'après cela une partie de moi ne penserait qu'à recommencer, je me serais abstenue dès le début.

Nicholas posa sa cigarette dans un cendrier qui se trouvait sur son bureau et me regarda avec dédain.

— Qu'est-ce que tu veux exactement, Noah ?

Je respirai profondément.

— Je veux juste qu'il s'en aille et ne plus jamais le revoir.

Je savais, en prononçant ces paroles, que c'était vrai. C'était ce que je souhaitais, peu importait le chagrin que cela me causerait. Je ne voulais pas avoir à mes côtés celui qui m'avait trompée.

Les traits de Nicholas parurent se détendre légèrement.

— Mais je ne vois pas comment je pourrais y arriver, ajoutai-je en portant nerveusement une main à mon front. Il est venu juste pour obtenir mon pardon ; et une partie de moi le souhaite, mais ce n'est pas ce que je veux.

— Et c'est là que j'entre en scène ?

Je hochai la tête en voyant qu'il comprenait où je voulais en venir.

— Ce serait juste pour quelques jours, ajoutai-je d'une voix tremblante. S'il voit que je suis passée à autre chose, qu'il ne m'intéresse pas... il y a une chance pour qu'il me laisse tranquille.

Il acquiesça en portant la cigarette à ses lèvres. Bien que je n'approuve pas du tout les gens qui fument, chez lui, c'était vraiment sexy.

— On doit donc se rouler une pelle devant lui, conclut Nicholas.

J'avais honte de ce que je lui demandais... et, même s'il m'avait déjà aidée en me proposant de faire la photo avec moi, à présent c'était un peu étrange, parce qu'on s'était embrassés plusieurs fois ces derniers jours.

— Pour qu'il croie qu'on est ensemble, expliquai-je, et je me raidis quand il se leva et s'approcha de moi.

— Je pourrais aussi lui casser la gueule, pour en finir le plus vite possible, non ?

Il saisit mon menton dans l'une de ses mains et planta son regard dans le mien : un regard furieux, qui dissimulait un autre sentiment que je ne sus interpréter.

— Il ne faut pas que ma mère le sache, murmurai-je.

Je me sentais prise au piège par cette main qui m'immobilisait, son contact me rendait nerveuse. Un de ses doigts effleura doucement ma lèvre inférieure.

— Tu me dois un fier service, dit-il, l'air irrité.

Puis il posa brusquement ses lèvres sur les miennes. Il m'embrassa avec force, sans douceur, et je ne pus m'empêcher de le comparer à Dan. Alors que mon ex était délicat et affectueux – enfin même si, dans le fond, c'était un salaud –, Nicholas était froid et dominateur. Je ne savais jamais ce qu'il pensait. Par exemple, en ce moment, ses mains ne me touchaient même pas. Il finit par s'écarter.

— J'espère que tu ne seras pas stupide au point de laisser ce crétin te remettre la main dessus.

Cela dit, il fit volte-face, attrapa un T-shirt et les clefs de sa voiture puis me planta là, frustrée et à bout de souffle.

20

NICK

J'étais incroyablement furieux… Jamais je n'avais ressenti une telle colère. Je ne comprenais même pas comment j'avais laissé Noah me dire ce que je devais ou ne devais pas faire. Le fait que je brûle de désir dès que je la voyais n'était pas une raison suffisante pour accepter de l'aider à mettre en œuvre cette farce ridicule pour se débarrasser de son ex. J'avais dépassé le stade des conneries du lycée et, pour être sincère, cette histoire pouvait se résoudre d'une manière bien plus rapide et efficace : en défonçant la tronche de ce con et en le virant de chez moi, par exemple. Noah aurait ce qu'elle voulait et je me sentirais mieux.

Je m'assis au volant et claquai la portière. Je ne m'appesantis pas sur le fait que Noah était seule chez nous avec ce crétin. Après ce qu'elle m'avait dit, je ne croyais pas qu'il puisse se passer quoi que ce soit entre eux. Le seul fait de les imaginer ensemble m'agaçait tellement que j'enfonçai le pied sur l'accélérateur pour m'éloigner de cette image insupportable qui risquait de me rendre fou.

Depuis la première fois où je l'avais embrassée, tout avait changé entre nous. L'irritation avait fait place à un désir irrépressible, qui me plaçait dans une situation très compliquée. Je ne savais pas ce que je voulais, mais j'étais certain qu'une relation avec Noah n'était pas ce qu'il fallait à quelqu'un comme moi. Noah était une fille sérieuse, et je n'avais jamais été monogame. J'aimais le changement, et je fuyais les engagements à toutes jambes. Aucune fille ne méritait davantage d'attention que ce que j'étais disposé à lui donner, et je n'avais pas l'intention que l'une d'entre elles exerce le moindre contrôle sur moi ou sur mes décisions. Je faisais ce que *je* voulais et avec qui *je* voulais. Noah Morgan m'attirait plus que n'importe quelle fille, je devais bien l'admettre, je la désirais avec tant de force que je souffrais lorsque nous étions loin l'un de l'autre. Elle me faisait tellement fantasmer que, dès que j'étais en sa compagnie, j'oubliais tout et je laissais mon corps prendre le contrôle. Avec elle, tout était différent, et c'était bien pour cela que je devais faire attention.

Je me garai devant chez Anna et l'appelai de mon portable :

— Je suis devant chez toi.

Il était déjà vingt-trois heures, mais deux minutes plus tard elle sortit de chez elle et vint jusqu'à ma voiture avec un sourire prometteur.

Je baissai la vitre en voyant qu'elle n'ouvrait pas la portière pour monter.

— Mes parents ne sont pas là, tu veux entrer ? me demanda-t-elle d'un air entendu.

Je sortis de la voiture sans hésiter. Avant que je n'aie le temps de dire quoi que ce soit, elle avait déjà collé ses lèvres aux miennes. Elle portait toujours un rouge à lèvres avec une saveur caractéristique, et cela ne m'avait jamais déplu… jusqu'à aujourd'hui. Je m'écartai d'elle et nous entrâmes dans la maison.

— Ça faisait longtemps que tu n'étais pas venu.

— J'étais très occupé, répondis-je un peu sèchement.

Je n'arrivais pas à m'ôter de l'esprit que Noah dormait dans le même couloir que son ex.

Je me dirigeai vers le salon, qui se trouvait à ma droite ; pour une raison inexplicable, je n'avais pas envie de monter dans sa chambre.

— Tu me manques, Nick, me dit Anna en s'asseyant près de moi.

Je remarquai qu'elle avait les joues rosies et les lèvres brillantes. Je posai une main sur son genou nu et lui caressai la peau comme elle aimait.

— Tu ne devrais pas me dire ça, Anna, lui dis-je en remarquant à quel point ses yeux étaient noirs. Nous ne sommes rien l'un pour l'autre.

Elle se raidit, mais ne se laissa pas affecter. Nous savions tous les deux ce qu'était notre relation. Anna avait droit à un traitement spécial de ma part, mais depuis le début elle savait que nous ne serions jamais plus que ce que nous étions maintenant. Je n'appartiendrais jamais à une femme, je ne laisserais jamais personne me faire de nouveau mal.

Ses lèvres se posèrent sur les miennes et je lui rendis son baiser, plus par habitude que par véritable désir. Ça m'agaça. Anna était vraiment belle, très séduisante, il y avait toujours eu de l'alchimie entre nous, plus même qu'avec n'importe quelle autre, mais cette fois je n'éprouvais rien… et ça me contrariait.

De ma main libre, je la pris par la nuque et je l'obligeai à approfondir le baiser. Anna était futée, elle savait ce que j'aimais et comment je voulais qu'elle se comporte. Ses mains tirèrent sur mon T-shirt, et nous nous collâmes l'un à l'autre… mais ce n'était pas ce que je voulais.

Je m'écartai un instant plus tard. Elle m'observa, ses yeux brûlant d'envie d'aller plus loin.

— Pourquoi est-ce qu'on ne monte pas dans ma chambre ?

En détachant ses mains de mon T-shirt, je me tournai vers la télé allumée :

— Je n'ai pas envie.

Anna soupira et prit son sac posé sur la table.

— Tu veux ? dit-elle en me montrant le joint qu'elle tenait à présent entre ses doigts.

Je sortis mon briquet de la poche de mon jean et je me penchai pour allumer le joint qu'elle avait mis entre ses lèvres.

— Ça va te mettre de meilleure humeur, m'assura-t-elle en me le tendant.

Et je laissai mes problèmes s'envoler.

Je rentrai chez moi vers trois heures du matin. J'avais mal partout et l'impression d'avoir été roué de coups.

En passant près de la chambre de Noah et en voyant la lumière qui filtrait sous sa porte, je sentis une bouffée de colère me submerger. Noah dormait-elle ou était-elle bien réveillée et accompagnée ? J'ouvris la porte sans hésiter, prêt à cogner le crétin qui dormait maintenant sous mon toit.

Je m'arrêtai net en voyant la silhouette endormie de Noah. Elle était blottie sous un fin drap blanc, ses cheveux blonds épars sur l'oreiller, ses paupières closes, tranquille. La lampe de sa table de chevet illuminait d'une faible lueur tout ce qui se trouvait dans la pièce… et aucune trace de Dan.

Noah avait peur du noir, je l'avais découvert la première nuit où elle avait dormi dans cette maison, et une vague de chaleur m'envahit au moment où je m'en souvins.

Je l'observai en plein sommeil. Elle avait l'air serein, sa respiration était régulière et paisible. Je n'avais jamais pris le temps d'observer une fille qui dormait : c'était fascinant. Je m'approchai, voulant vérifier une théorie. Mon cœur s'emballa sans aucune logique, une sensation étrange et inconnue parcourut tout mon corps et je me sentis mieux… mal à l'aise, mais pourtant mieux. J'avais envie de caresser ces lèvres rouges, douces et charnues, de coller mon corps tout entier à ce corps. Et je compris. Je pouvais bien baiser Anna ou n'importe quelle autre fille… rien n'atteindrait jamais l'intensité de mes sentiments envers la fille qui dormait sous mes yeux.

21

NOAH

Ce matin-là, je me réveillai plus tard que d'habitude. J'étais troublée par un tourbillon de pensées contradictoires et j'appréhendais la journée à venir. Je sus aussitôt que je n'aurais jamais dû demander de service à Nicholas, ni laisser mon ex rester dormir chez moi. Tout en enfilant mon maillot et une robe de plage, je me dis que je n'avais qu'à tenir jusqu'à dix-neuf heures, heure de début de mon nouvel emploi. Je pourrais alors disparaître et fuir Dan.

J'avais eu le temps de réfléchir avant de m'endormir : les seuls sentiments que j'éprouvais à présent envers Dan, lui qui avait été tout pour moi, étaient la rancune et la colère. J'étais furieuse contre lui. En outre, je me sentais stupide de l'avoir laissé m'embrasser. Peut-être était-ce plus facile de réfléchir à tout cela lorsqu'il ne se trouvait pas devant moi. Ce matin, je n'avais pas la moindre envie de le voir.

Lorsque j'entrai dans la cuisine et que je le vis assis à table, une tasse de café à la main et les yeux fixés sur son portable, j'eus envie de l'étrangler. Il me regarda passer près de lui pour aller au frigo et en sortir le jus d'orange.

— J'attendais que tu descendes…

Il se leva et s'adossa au plan de travail, près de moi. En l'ignorant, je me coupai une tartine et je la mis dans le grille-pain.

— … tes parents sont partis.

— Ma mère, précisai-je, agacée.

Dan soupira et je me décidai enfin à le regarder. Ses cheveux blonds étaient bien coiffés et il portait son plus beau jean et un T-shirt avec une inscription ridicule.

— Tu ne veux pas me parler ? dit-il, les yeux plongés dans les miens. Je veux qu'on recommence, Noah, je n'ai pas traversé un pays tout entier juste pour prendre des vacances : je suis venu pour obtenir ton pardon.

— Il n'y a rien à pardonner, Dan, rétorquai-je sèchement. Tu m'as trompée, et plus d'une fois ; j'ai reçu des photos, des photos envoyées par je ne sais qui, d'ailleurs, mais je suppose que c'est l'une de tes petites copines. Elles n'ont jamais accepté que toi et moi on sorte ensemble, et apparemment ma meilleure amie non plus.

Avant que Dan ne puisse répondre, Nick apparut dans la cuisine, vêtu seulement d'un pantalon de pyjama qui lui tombait sur les hanches. Il était pieds nus, avec les cheveux en bataille. Je ne pus m'empêcher de le comparer avec le garçon qui se trouvait près de moi. Mon cœur s'emballa en le voyant, et Dan tourna les yeux pour voir qui avait attiré mon attention.

Nick s'arrêta à la porte, analysant la situation. Je me mordis nerveusement la lèvre. Qu'allait-il faire, maintenant ?

Dan serra les mâchoires en réalisant de qui il s'agissait, et moi, pour la première fois depuis qu'il était arrivé, je me sentis la force de lui faire face.

— Salut, on ne nous a pas présentés, dit Nick.

Il s'approcha et lui tendit la main. Dan mit une seconde à réagir, et je vis les veines du bras de Nick se tendre quand il serra sa main avec force. Dan dissimula du mieux possible une expression de douleur.

— Nicholas.

— Dan, dit mon ex sans le quitter des yeux.

Ce qui se passa ensuite laissa Dan abasourdi : Nick s'approcha de moi et se pencha pour m'embrasser tendrement sur les lèvres.

— Bonjour, princesse, me dit-il, les yeux brillant d'une émotion indescriptible.

Puis il se servit une tasse de café et sortit en direction du jardin.

D'accord. Merci pour le soutien, Nick.

— Tu peux m'expliquer ce que ça signifie, Noah ? demanda Dan, le regard furieux.

Je haussai les épaules sans le regarder en face.

— Ça signifie que je suis passée à autre chose.

— Tu n'as même pas mis deux semaines à me remplacer par un crétin bodybuildé.

— Toi, tu as mis vingt-quatre heures.

Dan se rapprocha et agrippa avec force le dossier de la chaise qui se trouvait devant lui.

— Je sais ce que tu es en train de faire. J'ai pigé, tu me rends la monnaie de ma pièce, mais ça ne change rien, Noah : toi et moi, on a une relation.

— On avait une relation, précisai-je en me levant et en haussant le ton.

— Que puis-je faire de plus pour que tu me pardonnes ?

J'éclatai de rire.

— Que peux-tu faire ? répliquai-je sans arriver à croire à ses derniers mots. Parce que tu as fait quelque chose pour te faire pardonner, Dan ? Accepter un billet d'avion ? Tu es pathétique !

Sans lui laisser le temps de répondre, je sortis de la cuisine et me dirigeai vers le jardin. Nick était allongé sur l'un des transats. Je m'installai à côté de lui. Il ôta ses lunettes de soleil et m'observa, imperturbable.

— Je peux lui casser la gueule, maintenant ? demanda-t-il, les yeux fixés sur mes lèvres.

— Je crois que tu n'as convaincu personne, dis-je sans pouvoir éviter de contempler son torse musclé et bronzé.

— Je t'ai appelée « princesse »... Pour moi, c'est comme si je t'avais demandée en mariage, Éphélide, lança-t-il. (Il leva la main et replaça une mèche de cheveux derrière mon oreille.) Ton ex est en train de nous regarder par la fenêtre, ajouta-t-il à voix basse.

— Et que veux-tu que je fasse ? demandai-je, perdue dans ses yeux.

— Tout ce que je vais te dire, murmura-t-il, et il s'inclina pour me parler à l'oreille. Caresse-moi. *(Quoi ?)* Allez, fais-le, insista-t-il, et je sentis un frisson quand son souffle effleura mon oreille.

Je levai une main et je fis ce qu'il m'avait demandé. Sa peau était chaude, presque fiévreuse sous mes mains froides. Ses muscles se tendirent sous ma caresse, quand je suivis des doigts les lignes bien dessinées de ses abdominaux.

Ses lèvres s'enfouirent dans mon cou, et je frissonnai quand je sentis ses dents érafler ma peau douce.

— Maintenant, penche-toi et fais exactement ce que je te dis.

Mes doigts s'étaient arrêtés juste au-dessus de la toison sombre de son nombril, sa main m'avait empêchée de continuer.

— Tu veux que je t'embrasse dans le cou ?

— Exact, Effy, répondit-il sur mes lèvres.

Nous étions si proches à présent que je sentis mon cœur s'arrêter pour ensuite accélérer jusqu'à atteindre une vitesse vertigineuse.

Je glissai ma main sous sa nuque et tournai la tête pour commencer à déposer de doux baisers dans le creux qui se trouvait entre son épaule et sa clavicule. Sa main, pendant ce temps, s'était glissée sous mon T-shirt et me caressait l'épaule. Je lui mordillai l'oreille, en savourant bien trop ce qui n'était qu'un mensonge.

Mon Dieu… pourquoi n'avais-je plus envie de m'arrêter, tout à coup ?

Nick se raidit sous les caresses de mes lèvres. Il tira alors sur ma queue-de-cheval pour approcher ma bouche de la sienne. Mon corps se cambra contre le sien, recherchant désespérément ce contact, et, lorsque sa langue s'insinua dans ma bouche, je jure que je crus fondre de plaisir.

D'une main sur ma nuque, il m'immobilisa tandis que sa langue faisait des cercles autour de la mienne et l'explorait sans repos. J'avais brusquement besoin de le toucher une nouvelle fois, mais non parce qu'il me l'ordonnait ni pour rendre Dan jaloux : j'en avais besoin comme de l'air qu'on respire. Je descendis mes mains le long de ses bras musclés, puis de ses pectoraux. Lorsqu'il m'agrippa pour m'allonger sur lui et que je sentis son érection se planter dans mon ventre, je décidai de m'écarter.

Nick ouvrit les yeux, et je vis que ses pupilles étaient dilatées. L'azur de ses yeux avait disparu pour laisser place à un regard sauvage qui m'avertissait du danger.

— Il est toujours en train de nous regarder ? demandai-je, le souffle court.

Nick sourit, amusé.

— Qui t'a dit qu'il était en train de le faire ?

J'écarquillai les yeux et me tournai vers la cuisine. Il n'y avait personne.

— Tu m'as dit qu'il était à la fenêtre !

— Vraiment ? dit-il d'un air innocent.

Je me levai en le foudroyant du regard.

— Tu t'es suffisamment amusé ? lâchai-je entre mes dents.

— Loin de là, princesse.

— Arrête de faire semblant, Nicholas... Comme tu peux le constater, il n'y a personne pour te voir.

Nick remua la tête de droite à gauche et m'observa en souriant.

— Qui a dit que je faisais semblant ?

Sa réponse me déconcerta.

Bon sang. Dans quel merdier m'étais-je donc fourrée ?

Je ne savais que faire. La maison avait beau être vaste, il m'était impossible d'ignorer que Dan était là, ainsi que Nicholas.

J'avais besoin de m'échapper, de gagner du temps jusqu'à l'heure de travailler. J'enfilai donc un short de sport, un débardeur et mes Nike, et je sortis dans le couloir avec l'intention d'aller courir sur la plage.

Au moment précis où je quittais ma chambre, la porte de la chambre d'amis s'ouvrit et Dan en sortit pour venir me rejoindre.

Je l'ignorai délibérément et me dirigeai vers les escaliers.

— Noah, attends, s'écria-t-il en me rejoignant sur le palier.

— Qu'est-ce que tu veux, Dan ?

Dan sembla hésiter quelques secondes.

— Si tu ne veux même pas me parler, je ne sais vraiment pas ce que je fais ici, avoua-t-il en serrant les mâchoires.

— Il aurait fallu que tu y penses avant de te pointer ici pour me mettre au pied du mur.

Puis je lui tournai le dos et descendis les escaliers. Il me suivit, évidemment.

— Qu'est-ce que tu veux que je fasse, alors ?

— Sincèrement ? (Je me tournai vers lui, des éclairs dans les yeux.) Je veux que tu te barres.

Dan serra les lèvres.

— Je croyais qu'après neuf mois ensemble on pouvait au moins essayer de trouver une solution.

Sérieusement, il était blessé par mes paroles ?

— Je ne serai pas ce type de fille, Dan. C'est hors de question.

— Quel type de fille ?

— Le type de fille qui laisse son copain la tromper et qui, après trois excuses à la con, décide de faire comme s'il ne s'était rien passé. Je croyais que tu me connaissais mieux que ça, mais il est clair que moi aussi je me trompais en ce qui te concerne.

— Et à quoi est-ce que tu t'attendais ?! s'écria-t-il alors à ma grande surprise. Qu'on continue comme avant ? Mais, putain, tu es partie !

Ma lèvre commença à trembler dangereusement. Je le savais déjà, il était inutile qu'on me le rappelle à grands cris.

— Exact, je suis partie. Alors qu'est-ce que tu fous ici ?

— Je ne voulais pas que les choses se terminent comme ça. Je ne veux pas que tu sortes avec le premier venu pour me faire du mal. Mais c'est déjà fait, j'ai pigé le message.

Je lâchai un rire ironique :

— C'est si difficile de croire que je suis avec Nick simplement parce que je veux être avec lui ?

— Arrête, Noah… je ne suis pas idiot. Tout ce petit numéro avec lui, le baiser dans la cuisine… Tu crois que je ne me rends pas compte de ce que tu fais ?

Je me sentis rougir et ça me rendit encore plus furieuse.

— Tu veux que je te dise vraiment ce que je fais ? le défiai-je, et je fis un pas vers lui. Tout ce qu'on a fait toi et moi… je le fais avec lui maintenant.

Je savais que je marchais sur un terrain dangereux. Dan était très jaloux. Pourtant, j'étais certaine que la seule raison qui l'avait amené ici, c'était de s'assurer que j'allais lui manger dans la main. Il ne pouvait pas supporter que j'aie tourné la page aussi vite, c'était un coup de poignard dans son ego masculin.

La colère éclaira ses yeux bruns et je sus que j'avais tapé dans le mille.

Avant que je ne puisse entendre ce qu'il s'apprêtait à dire, Nick apparut à la porte et, en voyant à quel point l'ambiance était tendue, vint se placer devant moi.

— Pourquoi est-ce que tu ne disparais pas de ma vue ? dit-il à Dan d'une voix posée.

— Tu couches avec ma copine ? lança Dan en lui faisant face.

Je vis les muscles de Nick se tendre et la veine de son cou enfler.

— Ce que je fais avec Noah, ça ne te regarde pas, crétin.

Dan semblait réfléchir à ce qu'il allait faire. Je comprenais ses réticences, Nick était effrayant, et encore plus lorsqu'il parlait de cette manière froide et posée. En outre, il était plus âgé, plus fort et plus grand. Je ressentis même de la peine pour Dan, quoique… très peu.

— Dan, tu ferais mieux de partir, déclarai-je en avançant d'un pas.

Il n'y avait plus rien à dire. Cette situation était devenue ridicule et gênante pour nous deux. Non seulement parce que j'avais feint une relation qui n'existait pas entre Nicholas et moi, mais surtout parce que j'étais arrivée à un point de non-retour. Il l'avait dit lui-même : j'étais partie et il m'avait trompée, il n'y avait rien à ajouter.

Dan me regarda un instant, tentant d'ignorer la présence de Nick :

— Je regrette que ça se passe comme ça, Noah.

Je mordis ma lèvre, qui commençait à trembler. Je n'aurais jamais cru que les choses pourraient se terminer ainsi entre nous.

— Je suppose que nous sommes le parfait exemple que les relations à distance ne fonctionnent jamais.

Dan acquiesça, les lèvres serrées, avant de monter les escaliers, probablement pour aller prendre ses affaires.

Je l'observai en silence.

— Je m'assurerai qu'il monte dans un avion, dit Nick près de moi.

J'avais oublié qu'il était là à m'observer.

Je tentai de me calmer, je ne voulais pas qu'il me voie ainsi, je ne voulais pas éprouver de la tristesse pour quelqu'un qui ne le méritait pas.

— Je vais aller courir, annonçai-je sans lui répondre.

Ce qui était certain, c'est qu'en ce moment j'avais besoin de m'éloigner de lui, de Dan, de cette maison, de tout le monde.

Je me dirigeai vers la porte, mais il me saisit le bras et m'arrêta.

— Ça va ? dit-il en me levant le menton pour pouvoir me regarder dans les yeux.

Nick s'inquiétait pour moi ?

— Ça ira, répondis-je.

Je passai une heure et demie à courir sur la plage, à réfléchir ou plutôt à essayer de ne pas le faire. Je ne pouvais nier à quel point c'était douloureux de sentir que je ne reverrais probablement jamais ni Dan, ni Beth, ni personne, en réalité. Je n'avais maintenant plus aucune raison de retourner dans ma ville, et ça me bouleversait. Mon copain, mes amis avaient été le prétexte parfait pour y retourner, et maintenant…

Je courus encore et encore, jusqu'à ce que mon corps m'oblige à me jeter sur le sable, épuisée. J'observai le ciel nuageux, me demandant comment tout pouvait changer aussi vite, comment, d'un moment à l'autre, on pouvait devenir une autre personne.

Sur le chemin du retour, je pris un bain de mer pour rafraîchir mon corps en sueur. Alors que je marchais sur la rive pour me sécher, je rencontrai Mario, le serveur de la bande de Nick qui m'avait emmenée aux courses.

— Salut, petite sœur de Nick ! s'exclama-t-il avec un sourire parfait, tandis que son chien, un superbe berger allemand, tirait sur sa laisse.

— Salut ! dis-je à mon tour, véritablement heureuse de le voir.

Je me penchai pour caresser le chien derrière les oreilles.

— Fatiguée de la famille Leister ? s'enquit-il, l'air amusé.

Il avait les dents très blanches et un sourire contagieux.

— Fatiguée de tout en général. J'essaie toujours de m'adapter à ma nouvelle vie, répondis-je calmement.

Je ne voulais pas ennuyer le pauvre garçon avec mes problèmes.

Nous commençâmes à marcher l'un à côté de l'autre.

— Quand tu voudras, je pourrai te montrer la ville, je crois que tu aimerais beaucoup certains endroits, proposa-t-il aimablement.

Je lui souris en retour, reconnaissante, mais je craignais tout de même que Mario n'ait autre chose à l'esprit en ce qui nous concernait. Ce n'était pas qu'il ne me plaisait pas, mais je ne voulais pas encore me fourrer dans le pétrin. J'avais déjà eu ma part de problèmes avec les garçons.

— C'est vrai que je n'ai pas eu beaucoup le temps de faire des visites, et j'en aurai encore moins maintenant que je vais commencer à travailler.

Mario tourna la tête vers moi.

— Ça alors, mais c'est génial ! Où ça ?

— Au Bar 48, près de la promenade maritime. Je commence ce soir.

Mario acquiesça, l'air pensif.

— Je connais du monde là-bas, c'est un endroit agréable, dit-il.

Juste à ce moment, nous arrivâmes aux escaliers qui montaient directement dans mon jardin.

— Passe quand tu veux. Je ne peux pas t'offrir de boisson alcoolisée, mais je ne crois pas qu'il y ait de problème si je t'offre un soda, dis-je en souriant.

Mario éclata de rire.

— Je viendrai, affirma-t-il, avec un éclat spécial dans ses yeux bruns. Et souviens-toi que mon offre est toujours valable, ajouta-t-il en faisant allusion à sa proposition de me faire visiter la ville.

Je hochai la tête sans vouloir m'engager et je pris congé d'un geste de la main.

En montant dans ma chambre, je ne pus m'empêcher d'aller jeter un coup d'œil à la chambre d'amis. Il n'y avait plus aucune trace de Dan ni de ses affaires. Étais-je stupide de ressentir de la tristesse devant le départ de quelqu'un qui m'avait fait autant de mal ? De toute façon, je décidai que je ne devais plus y penser. Je rentrai dans ma chambre, me douchai et m'habillai pour aller au travail.

Après avoir garé ma voiture sur le parking du Bar 48, j'entrai dans l'établissement. C'était un endroit assez agréable, avec des photos encadrées de rockeurs aux murs et, dans un coin, une estrade installée pour des groupes musicaux. Des fauteuils noirs étaient éparpillés dans tout l'établissement. Le comptoir, derrière lequel se trouvaient les boissons alcoolisées, était imposant. Dès mon arrivée, la responsable, une femme bien en chair, entreprit de m'expliquer ce que je devais faire :

— On se change tous là, je vais te donner un T-shirt dans un moment. (Elle m'indiqua une porte qui donnait accès à un petit entrepôt qui faisait office de vestiaire.) Tu devras pointer en arrivant et en partant. Si quelqu'un te demande de l'alcool, tu me préviens, moi ou une de tes collègues.

J'acquiesçai. J'étais contente car, en réalité, le travail était très semblable à mon emploi précédent au Canada. Je me présentai aux trois autres serveuses qui travailleraient avec moi pendant mon service, de dix-neuf à vingt-deux heures. Ce n'était pas très long mais, avec les pourboires, j'arriverais à m'en sortir.

Je me mis tout de suite au travail, prenant les commandes et servant les clients. Les trois heures s'écoulèrent rapidement. J'étais heureuse de me changer les idées. Dix minutes avant la fin de mon service, Mario apparut à la porte.

Je lui souris, surprise qu'il ait finalement décidé de venir. Il regarda mon uniforme – un T-shirt noir avec le logo du bar et un tablier blanc attaché à la taille – et commenta :

— Tu as bonne mine.

— Merci. Tu veux boire quelque chose ? lui dis-je aimablement.

— Un Coca, ce serait bien, répondit-il avec un sourire un peu trop large.

— Qu'est-ce qui te fait rire ? lançai-je tandis que j'ouvrais la bouteille et que je lui servais son verre.

— Je me demandais simplement pourquoi tu travailles comme serveuse alors que je sais parfaitement que tu n'en as pas besoin.

— Je n'aime pas qu'on m'achète mes affaires, je préfère le faire moi-même, déclarai-je en regardant derrière lui pour voir si quelqu'un avait besoin de moi.

Tout était tranquille, je supposai donc que ce n'était pas un problème que je reste un moment à bavarder. J'aimais bien Mario.

— Tu termines à quelle heure ? dit-il après quelques minutes à me faire rire.

Je regardai ma montre.

— Eh bien… maintenant.

Je pris son verre et le lavai.

— Ça te dit si je t'invite au ciné ?

Étant donné ce qui s'était passé ce jour-là, la seule chose que j'avais envie de faire était de rentrer chez moi et de me mettre au lit. Mario était beau, sympa… Ce serait bien de sortir avec quelqu'un qui ne m'attire pas de problèmes, qui ne soit ni mon ex ni mon quasi-frère.

— Aujourd'hui n'est pas un bon jour, mais on pourrait se voir un week-end si ça te dit ?

Mario descendit du tabouret en souriant.

— Je te prends au mot.

Nous sortîmes ensemble du bar.

Je m'immobilisai quand je vis Nick adossé à ma voiture. Ses yeux passèrent de moi à la personne qui se trouvait à mes côtés. Tout son corps sembla se tendre et, malgré la distance, je vis ses yeux furieux lancer des éclairs. Puis il se força à sourire et s'approcha de nous.

Avant que je ne puisse réagir, il passa un bras autour de mes épaules, m'attira à lui et m'emprisonna dans une solide étreinte.

— Bonjour, princesse.

Je ne pus m'empêcher de lever les yeux au ciel.

Mario nous observait avec curiosité.

Je voulus lui dire que ce n'était pas ce qu'il pensait, mais Nick fit demi-tour et m'entraîna avec lui vers sa voiture, prenant congé de Mario d'un geste de la main.

— Désolé, mec, mais *ma nana* et moi on a des plans.

— Tu peux m'expliquer à quoi tu joues ? m'écriai-je. (Je me dégageai comme je pus et je vis que Mario nous avait tourné le dos.) Tu es devenu fou ?!

— Fou de toi, princesse.

Puis il sortit une cigarette et l'alluma, comme s'il ne s'était rien passé.

— Arrête avec ton « princesse », ça ne te va pas, lançai-je en croisant les bras.

Nick s'esclaffa sans me quitter des yeux.

— Non, hein ? Moi je suis plus du genre « poupée », je crois, dit-il avec un air pensif.

— Pourquoi as-tu fait ça ?

— Ce n'était pas ce que tu voulais ? Que je fasse semblant d'être ton copain ?

Je respirai profondément pour essayer de me calmer.

— Devant Dan, Nicholas.

— Ah ! Explique-toi un peu mieux, Effy, ce n'est pas clair, tout ça.

Les lèvres pincées, je le regardai fixement :

— Maintenant, il va s'imaginer des choses.

— Des choses comme… ?

— Le fait qu'on soit ensemble.

— Et qu'est-ce que ça peut te faire, ce que pense ce crétin ?

Le ton de sa voix était descendu de deux octaves.

— Je n'aimerais pas que quelqu'un croie que toi et moi on est ensemble. Pour Dan, c'était nécessaire, mais maintenant qu'il est parti…

— Il n'est pas encore parti, répliqua-t-il. (Il fit un pas vers moi et jeta sa cigarette par terre.) Je lui ai acheté un billet, son avion décolle dans treize heures. Ça va être le voyage le plus long de l'histoire.

Je ressentis un peu de peine pour Dan. Treize heures à l'aéroport plus encore cinq de vol.

— Tu ne crois pas que j'ai bien fait ? fit Nick en se rapprochant encore. Si tu veux, je vais le chercher et on va manger ensemble tous les trois.

Cela me fit sourire.

— Merci de m'avoir aidée à me débarrasser de lui. Tu n'avais pas à le faire.

— Eh bien, je n'arrête pas de te rendre service. À ce rythme, je pourrai faire de toi mon esclave avant mes vingt-deux ans.

Sa réponse ne me fit pas rire, mais tout à coup, je ne pus penser qu'à sa bouche embrassant la mienne, qu'à Nick faisant de moi ce qu'il voulait.

Comment pouvait-il être aussi incroyablement séduisant ?

— Tu ne peux pas rendre service de manière désintéressée ?

Ça me rendait nerveuse qu'il soit aussi proche. Il était tellement collé à moi que je dus pencher la tête en arrière pour le regarder dans les yeux.

Nick s'esclaffa, le regard fixé sur mes lèvres :

— Sache que je ne fais jamais rien de manière désintéressée, chérie.

J'eus presque un arrêt cardiaque en entendant ce dernier mot, mais ce fut pire lorsqu'il s'inclina et m'embrassa. Je restai sans voix, l'esprit vide.

Je me vis lever les mains et l'attirer à moi, une nouvelle fois coincée entre lui et la voiture. Son autre main serra ma taille contre son corps, et je sentis la fermeté de ses muscles contre mon corps souple. Nos respirations devinrent plus rapides, hachées. Nick éveillait en moi des sensations jusqu'à présent endormies.

Je sentis la pression de son genou entre mes jambes et une exquise chaleur me parcourir tout entière.

Juste au moment où je croyais avoir été télétransportée dans un monde parallèle, le portable de Nick se mit à sonner, nous sortant tous les deux de notre transe, surpris qu'un simple baiser soit devenu aussi intense.

Nick s'écarta et colla le portable à son oreille. Je pris alors conscience de la réalité, et de combien il avait été facile de me laisser embarquer par ses caresses. Putain ! On était sur un parking public !

— Je serai là dans un instant, dit-il alors au téléphone d'un ton de voix très différent de celui qu'il avait utilisé l'instant précédent.

Quand il raccrocha, l'ambiance s'était dégradée.

— Il faut que j'y aille… J'ai rendez-vous. On se verra à la maison, ajouta-t-il.

Que s'était-il passé pour qu'il me parle maintenant d'une voix aussi distante ?

— Salut, Nicholas, dis-je en montant dans ma voiture sans un regard en arrière.

Je ne comprenais pas pourquoi, étant donné tout ce qui s'était passé ce jour-là, c'était son attitude qui me foutait le plus en rogne.

22

NICK

Je n'avais pas l'intention de l'embrasser sur le parking du bar, bien au contraire : la conversation que j'avais eue avec ce crétin de Dan dans ma voiture sur le chemin de l'aéroport m'avait plutôt contrarié.

— Tu ne sais pas dans quoi tu te fourres, m'avait-il dit après un profond silence pendant lequel j'avais juste envie de lui taper dessus. Noah est peut-être canon, mais y a plus de bordel dans sa tête que chez toi et moi réunis.

Je respirai profondément, je ne voulais pas entrer dans son jeu, mais j'avais envie de savoir à quoi il faisait référence. Je ne voulais pas avoir une relation avec Noah, mais elle m'attirait, c'était plus fort que moi.

Je me contentai donc de serrer le volant avec force.

— Je parle d'expérience… Cette fille cache plus de choses que ce qu'on pourrait croire et…

— Et c'est pour ça que tu as décidé de venir ici, hein ?

— Je suppose que les filles qui ne nous donnent pas tout dès le début nous semblent irrésistibles.

Je réfléchissais à ses paroles. Je ne connaissais pas beaucoup de filles « qui ne donnent pas tout dès le début ». Il reprit :

— Ce n'est pas pour te gâcher la fête, mais je ne crois pas que tu sois du genre à bien vouloir attendre… je ne sais pas si tu vois ce que je veux dire.

Je continuai de regarder droit devant moi.

— Je peux être très patient… ou tout le contraire, comme en ce moment, par exemple : je meurs d'envie de te casser la gueule, et pourtant je me retiens.

Dan sourit et j'eus un mal fou à ne pas me laisser dominer par la colère. Ce crétin était à côté de moi, en train de parler de celle qui avait été sa petite copine sans le moindre respect !

Moi, je n'étais pas un chevalier servant, c'est vrai, mais au moins je n'essayais pas d'en avoir l'air. Avec moi, les choses étaient claires dès le début, alors que ce con n'était qu'un dissimulateur.

— Je te donne seulement un conseil. Une fois qu'elle t'a mis la main dessus, il est très difficile de se débarrasser d'elle… Comme tu le dis toi-même, je suis là, non ? Sans t'en rendre compte, tu feras bientôt ses quatre volontés et tu ne sauras même pas ce qui s'est passé.

J'arrêtai la voiture devant l'aéroport.

— Allez, fous le camp, ordonnai-je, les mâchoires serrées.

Dan attrapa sa valise, puis descendit non sans avoir ajouté :

— Je voulais qu'on se réconcilie. Beth ne lui arrive pas à la cheville.

Je passai le reste de la journée à la plage. Je ne parvenais pas à m'ôter de l'esprit les paroles de Dan, et je détestais sentir que, malgré ce qu'il m'avait dit, je n'avais envie que d'une seule chose : voir Noah et m'assurer qu'elle allait bien. Je ne savais vraiment pas comment gérer les sentiments que j'avais pour elle.

Je pris ma planche de surf et je plongeai dans la mer. Que pouvais-je faire ? L'avoir à la maison était une véritable torture. Je la désirais comme un fou. Chaque fois que je la voyais, mon imagination s'envolait. Si mon père venait à l'apprendre, il me tuerait ! Je ne devais pas oublier que Noah avait cinq ans de moins que moi !

Malgré tout, je décidai d'aller la chercher au bar où, par entêtement, elle avait décidé de travailler. Je ne comprenais pas pourquoi elle voulait le faire, surtout en tant que serveuse. Mes amis et moi allions souvent au Bar 48, car plusieurs groupes y jouaient : de plus, les shots et autres boissons y étaient bradés. C'est pourquoi ce bar attirait une clientèle très variée. Ça ne m'amusait pas du tout que Noah y travaille de nuit. Je fus encore plus mécontent quand je la vis sortir en compagnie de Mario.

Lui et moi avions un passé commun, et je ne voulais en aucun cas que Noah l'apprenne. Ce que j'avais fait quand j'étais parti de chez moi, la manière dont je m'étais comporté après le départ de ma mère… Mario avait partagé chacune des phases que j'avais vécues jusqu'à maintenant. Ça me rendait nerveux de penser que mes secrets puissent être révélés, encore plus à quelqu'un qui vivait maintenant sous mon toit.

C'est pourquoi je n'avais pas hésité à m'approcher et à tirer parti de la farce que nous avions commencée un peu plus tôt dans la journée. Si Mario croyait que j'étais intéressé par Noah, il était fort probable qu'il déciderait de garder ses distances.

Je n'avais pas pu rester éloigné, mes jambes avaient parcouru seules l'espace qui nous séparait. Soit je l'embrassais, soit je devenais fou. Je ne savais même pas de quoi on parlait.

Tout mon corps se raidit en l'imaginant à ma merci. Il fallait que je l'embrasse, même si je savais que c'était mal, ma bouche avait besoin d'elle comme j'avais besoin d'air pour respirer.

J'enfouis mes doigts dans sa longue chevelure et je l'attirai contre moi, presque avec désespoir.

Ses mains se nouèrent sous ma nuque et nos corps entrèrent en collision. Je sentis la douce saveur de sa bouche, je caressai sa langue de la mienne et je crus défaillir : il n'y avait rien de semblable à cette sensation. Je voulais la faire trembler entre mes bras, lui faire découvrir des choses que personne, et encore moins ce crétin de Dan, ne lui avait jamais fait ressentir. Lui donner du plaisir devint brusquement mon objectif numéro un. Je me collai à elle et la poussai contre la portière tout en pressant mon genou entre ses jambes.

Le soupir qui sortit de ses lèvres me donna un frisson qui parcourut tout mon corps et se prolongea jusqu'à ce que mon portable sonne et interrompe ce que nous avions commencé en pleine rue.

En la regardant, je sus que j'étais perdu.

« Sans t'en rendre compte, tu feras bientôt ses quatre volontés et tu ne sauras même pas ce qui s'est passé. »

Je détournai les yeux de ses joues rosies et de ses lèvres gonflées et je me concentrai sur ce que mon interlocuteur était en train de me dire.

J'avais besoin de partir d'ici, de mettre de la distance entre nous deux. Je ne pouvais pas laisser Noah s'approprier mes pensées, ma vie.

— Il faut que j'y aille… J'ai rendez-vous.

Je fis de mon mieux pour qu'elle ne remarque pas à quel point j'étais troublé.

— On se verra à la maison, ajoutai-je en voyant qu'elle restait muette.

Les lèvres serrées, Noah monta dans sa voiture.

Je la regardai s'éloigner avec une sensation très désagréable dans l'estomac.

Était-ce déjà trop tard ?

23

NOAH

Il s'était écoulé une semaine entière depuis la dernière fois où j'avais parlé avec Nicholas. Une semaine entière que je travaillais et la première semaine où je ne recevais aucun message de mon ex, Dan, ce qui était un point positif. Depuis ce qui s'était passé sur le parking du bar, Nick m'évitait de manière presque insultante. Il était déjà parti quand je me levais et, quand je rentrais du travail, vers vingt-deux heures, ma mère m'informait qu'il était parti peu de temps auparavant. C'était comme si, brusquement, il n'avait plus envie de me voir. Et le pire, c'était que je souffrais de cet éloignement comme je ne l'aurais jamais cru possible. Mon corps réclamait ses baisers, ses étreintes. Et je devenais folle à me demander ce que j'avais fait de mal, ou pour quelle raison il se montrait aussi froid avec moi après avoir partagé des moments aussi excitants.

Je savais qu'il passait à la maison, parce que ma mère le voyait presque tous les jours, sauf qu'il était là quand je n'y étais pas. C'est pourquoi, ce jour-là, lorsque mon chef m'annonça que ce samedi je ne travaillerais pas parce qu'ils fermaient le bar pendant trois jours, je décidai de me confronter à lui une bonne fois pour toutes. Je ne savais pas avec certitude s'il allait venir, et je n'étais pas non plus absolument sûre de vouloir le revoir.

En faisant de mon mieux pour apaiser mes émotions, je m'installai dans la cuisine pour préparer le dîner. Ce jour-là, ma mère et moi avions prévu de dîner dans le salon en regardant des films. Au Canada, on le faisait presque tous les soirs et, depuis notre déménagement, on ne passait pratiquement plus de temps ensemble. Ma mère était presque tout le temps avec William, à l'accompagner durant ses voyages d'affaires ou à faire du shopping ou même à organiser les nombreux événements et fêtes de Leister Enterprises. Mais, ce soir, nous serions toutes les deux : William resterait tard au bureau et, profitant du fait que je ne travaillais pas, nous avions arrangé cette petite soirée.

Il était plus de vingt heures, et je savais que j'avais encore le temps avant le retour de ma mère. Je commençai donc à préparer une viande au four et des pommes de terre rôties. J'aimais cuisiner. Je n'étais pas au niveau d'un chef professionnel, mais je me débrouillais plutôt bien. J'étais en train de couper les pommes de terre avec un couteau digne du télé-achat lorsque j'entendis la porte d'entrée se refermer. Je me raidis aussitôt. Je ne savais pas si c'était lui, mais mon cœur se mit à battre la chamade quand j'entendis des pas lourds s'approcher de la cuisine.

Nous restâmes tous deux silencieux quand nos regards se croisèrent. Il sembla d'abord étonné, et prit ensuite un air délibérément indifférent. Je n'eus pas le temps d'être contrariée par son attitude, car j'étais hypnotisée par sa tenue impeccable, son costume noir, sa chemise blanche entrouverte et ses cheveux soigneusement décoiffés encadrant ces yeux qui faisaient trembler mes genoux.

— Tu ne devrais pas être au travail ? finit-il par me demander.

Il entra dans la cuisine, fit le tour de la table où je préparais le repas et se dirigea vers le frigo, l'air distant.

— On m'a donné la journée, marmonnai-je, encore stupéfaite par l'incroyable attirance qu'il exerçait sur moi.

Ça me démangeait de le dépeigner encore plus et de froisser cette chemise parfaitement repassée.

— Bien content pour toi, dit-il poliment.

— Tu étais où ? lui demandai-je un instant plus tard.

J'appuyai le couteau un peu trop fortement, la pomme de terre se coupa net et, sans le vouloir, je laissai une marque sur la table, dans un bruit sec de métal contre le bois.

— Dans le coin, répondit-il dans mon dos.

Je ne pouvais pas me retourner, parce qu'il se rendrait compte à quel point j'étais fâchée. Je ne voulais pas que Nicholas soit au courant de la terrible obsession qui s'était emparée de moi ces derniers jours. J'étais nerveuse de le sentir qui m'observasit, appuyé sur l'autre plan de travail.

— Tu as un coup de soleil dans le dos, dit-il après un profond et gênant silence.

Son regard fixé sur ma peau me rendit encore plus nerveuse.

— Je me suis endormie à la piscine, lui expliquai-je en coupant des pommes de terre.

Tout à coup, je le sentis derrière moi, sa respiration sur ma nuque, et un de ses doigts glissa sur ma peau brûlée d'une omoplate à l'autre. J'en eus la chair de poule et je restai immobile, le couteau en l'air.

— Tu devrais faire plus attention, me conseilla-t-il.

Puis je sentis ses lèvres chaudes se poser juste au milieu de mes épaules, sous ma nuque.

J'en fus bouleversée à tel point que je faillis me couper un doigt. Les réflexes de Nick furent plus rapides que les miens : il arrêta mon geste avant que je ne me fasse mal. Je tressaillis quand je sentis sa main agripper la mienne avec force. Je laissai échapper le couteau et je me retournai pour lui faire face.

— Pourquoi m'as-tu évitée toute cette semaine ?

Il se raidit et la chaleur irradiée par son corps me submergea.

— Je ne t'ai pas évitée.

— Bien sûr que si. Cela fait une semaine que je ne te vois pas, alors qu'on vit dans la même maison.

Je détournai les yeux. Pourquoi voulais-je le savoir ? J'en avais eu assez avec Dan. Pourquoi vouloir m'impliquer dans une autre relation s'il était clair que rien de bon ne pouvait en sortir ?

— Je n'ai pas de comptes à te rendre, j'avais des choses à faire.

Puis il recula d'un pas, laissant un espace entre nous deux, un espace que j'appréciai autant que je le détestai.

Mon sang commençait à bouillir.

— Ah oui ? Eh bien, j'espère que tu resteras occupé pendant longtemps.

Je fis mine de m'en aller, mais il m'en empêcha en agrippant fermement mon bras.

— Qu'est-ce que tu insinues ?

Sa réaction était exactement celle qu'il n'aurait pas dû avoir. Nous nous étions embrassés plusieurs fois, il m'attirait énormément et il m'avait manqué, mais cela n'enlevait rien à son côté mauvais garçon.

— Rien, répondis-je, les yeux fixés sur sa chemise.

Pourquoi me laissais-je prendre au piège ?

— Tu devrais rester loin de moi, Noah.

— C'est ce que tu veux ?

— Oui, c'est ce que je veux.

Je mentirais en disant que ses mots ne me firent pas mal. Il n'y avait plus rien à dire. Je m'éloignai de lui en me promettant de ne pas retomber dans ses filets.

Comme j'eus du mal à tenir cette promesse…

À suivre…

Du même auteur, en grand format,
un extrait de la nouveauté :

Face à face

PROLOGUE

Si quelqu'un m'avait demandé ce que je foutais là, j'aurais pu donner trente-six mille réponses différentes, mais aucune n'aurait été correcte. Ou réelle, pour être exact.

Mon travail exigeait tant de moi qu'il m'arrivait parfois de me demander pourquoi je continuais à le faire, pourquoi je ne le quittais pas. Et alors, en pensant à ce que cela impliquait (je devrais jeter tous mes efforts par-dessus bord, alors que je m'étais tellement investi), je faisais simplement taire ma conscience et je continuais sur ma lancée.

Les hommes qui étaient là m'auraient tué sans hésiter s'ils avaient pu entendre mes pensées, mais depuis des années mon esprit était le seul refuge où je me trouvais en sécurité. Quoique, de temps à autre, je doive tout de même contrôler mes pensées pour que personne ne puisse lire dans mes yeux les doutes qui m'envahissaient.

Quand on faisait ce que je faisais… hésiter pouvait signifier la mort.

J'ajustai mon tir, m'assurant qu'il serait précis à cette distance. Personne ne me couvrait, j'étais seul… même s'il y avait plus de quinze hommes autour de moi.

Dès que les coups de feu retentirent, je sus que tout allait foirer. Mais l'un d'entre eux… un coup de feu en particulier, allait absolument tout changer.

1- IVORY

Deux mois plus tard

J'observai la pièce de deux cents pesos colombiens que je tenais entre les doigts. En attendant Liam, je ne pouvais penser qu'à une seule chose : ces deux faces formaient un tout et on ne pourrait jamais les voir en même temps. Cela semblait une sottise ; après tout, une pièce de monnaie est une pièce de monnaie, mais à cet instant je ne pus éviter de m'identifier à elle. Avais-je moi-même deux faces complètement opposées qui n'arriveraient jamais à se fondre en une seule ? Parfois, j'avais du mal à me comprendre. Si je m'étais vue depuis l'extérieur, dans la plupart des situations de ma vie, j'étais certaine que la seule chose qui me passerait par la tête serait : mais qu'est-ce que tu fous ?

Ma sœur Gabriella affirmait souvent que le fait d'avoir passé toute notre enfance et notre adolescence enfermées dans un internat à sept mille kilomètres de distance nous laisserait des séquelles. Heureusement, j'avais déjà laissé cette étape derrière moi, à l'inverse de Gabriella, qui avait encore deux intenses années de normes strictes et de grisaille devant elle. Elle aurait seize ans dans à peine quelques mois et ses uniques préoccupations étaient de ne jamais avoir embrassé de garçon et la crainte de terminer lesbienne si elle continuait à n'être entourée que de femmes. Le seul fait d'imaginer la tête de mon père à cette simple idée arrivait à me faire sourire.

Des séquelles… j'aurais pu en parler durant des heures. La plus grave parvenait toujours à me réveiller la nuit avec le cœur serré et les larmes qui coulaient sur mes joues comme si j'avais quatre ans et non vingt. C'est incroyable comme certains souvenirs peuvent rester gravés à jamais dans ta mémoire, alors que d'autres peuvent disparaître sans laisser de traces. Selon Pixar – oui, je veux bien parler des studios d'animation qui ont fait le film *Vice-Versa (Inside Out)* –, notre cerveau élimine les souvenirs qui ne servent à rien et retient ceux qu'il considère comme les plus importants. Et là je me demande : est-ce que ça sert à quelque chose de me rappeler comment on a tué ma mère sous mes yeux ?

Il est clair que, quoi qu'en dise Pixar, le cerveau agit juste comme il en a envie.

Pendant que mon esprit divaguait, je pris conscience que le groupe de mecs qui se tenait au comptoir à ma droite ne me quittait pas des yeux. Sans hésiter, je levai la tête et les regardai tous sans ciller. Mon intention avait été de les intimider, ou tout au moins de faire en sorte qu'ils soient moins effrontés, mais deux d'entre eux se mirent à rire, et le troisième, grand, avec des cheveux châtains, soutint mon regard sans se troubler.

Je détestais être la première à détourner les yeux, peu m'importait de qui il s'agissait. Une seule personne sur cette planète réussissait à m'intimider suffisamment pour me faire baisser la tête. Et cette personne se trouvait bien trop loin de l'endroit où je me tenais pour que je puisse penser à elle.

La bataille de regards la plus épique de l'histoire commença alors. Bon, ce ne fut pas non plus si extraordinaire que ça, j'aime bien les effets dramatiques, mais en tout cas elle fut intense. Plus je le regardais, plus je ressentais de curiosité, et plus lui me regardait, plus j'étais sûre de ce qui lui passait par la tête. Pourrais-je faire avec lui la même chose qu'avec les autres ? Ce serait amusant…

— Eh, Ivy, dit une voix grave derrière moi.

Mais, en réalité, c'est en sentant sa main sur mon épaule que je sursautai et détournai le regard.

Merde ! Je venais de perdre.

Je me retournai pour accueillir mon meilleur ami, et la frustration s'évapora dès que mes yeux se fixèrent sur les siens. Liam Michaelson mesurait pratiquement un mètre quatre-vingt-dix, avait les cheveux noirs comme la nuit, des yeux azur… un véritable don Juan. Et, non, il n'était pas gay. Et, oui, il était mon meilleur ami. Il existe des choses plus étranges.

— Ça fait longtemps que tu attends ? demanda-t-il en regardant par-dessus ma tête les types qui se trouvaient au bout du comptoir.

— Juste assez pour que ce soit à toi de me payer un verre.

Techniquement, je ne pouvais pas encore boire d'alcool et encore moins l'acheter, mais il était devenu tellement courant d'avoir une fausse pièce d'identité que ça me semblait ridicule que la loi soit toujours en vigueur.

Liam me sourit avec tendresse et héla la serveuse pour qu'on nous serve un verre.

— Et pour quelle raison m'as-tu fait poireauter ici pendant une demi-heure ? dis-je en faisant tournoyer les olives de mon martini.

Liam porta sa bière à ses lèvres et leva les yeux au ciel.

— Il vaut mieux que tu ne le saches pas.

— Virginia ? Ou non, attends… Rose ?

— Tessi, dit-il, et je ne pus m'empêcher de rire.

— Tessi ? Tu l'appelles ainsi pour une raison que je ne connais pas ou… ?

— C'est elle qui veut que je l'appelle comme ça. Quelle femme insupportable, putain.

Liam était un mec qui, enfin… c'était un mec. Point. En règle générale, les mecs veulent juste passer un bon moment et, également en règle générale, les femmes aiment ça, quoique je ne m'inclue pas moi-même là-dedans… Mais je comprenais que Virginia, Rose et… Tessi veuillent quelque chose de plus de mon meilleur ami. C'était un sacré beau parti… si on faisait abstraction de cette manie de sauter sur tout ce qui bouge, évidemment.

J'avais connu Liam pendant ma première année à la faculté. À cette époque-là, j'étais une novice de la tête aux pieds, pas seulement en ce qui concernait l'université mais en ce qui concernait la vic en général. Je venais de passer huit ans à étudier à l'étranger, entourée de filles et de bonnes sœurs. Je passais juste deux mois de vacances l'été dans ma maison de Louisiane. Nous étudiions tous deux l'économie à l'Université Columbia, ici, à New York. Il avait trois ans de plus que moi, ce qui signifiait qu'il était déjà en dernière année.

J'avais dû batailler contre mon père pour qu'il me laisse emménager à New York seule et, bien que ce soit difficile à croire, cela faisait déjà deux ans que je vivais ainsi. On peut dire que j'avais un peu dépassé les bornes quand je m'étais retrouvée aussi libre. Le fait d'avoir été réprimée pendant tant d'années ne m'avait pas du tout été salutaire et je dois dire que j'avais profité à fond de cette nouvelle liberté. Enfin, j'aimais penser que cette époque était maintenant derrière moi… en tout cas, plus ou moins.

Liam avait été le premier garçon que j'avais embrassé. J'avais dix-huit ans depuis peu et, avec lui, j'avais découvert de quoi j'étais capable lorsqu'il s'agissait de conquérir un homme. Mon père m'avait toujours gardée plutôt cachée et me traitait comme si j'étais son petit trésor auquel personne ne pouvait accéder. Mais Liam y avait accédé… et en profondeur.

Nous n'allâmes pas jusqu'à coucher ensemble, mais nous fîmes tout de même certaines choses jusqu'à ce qu'on se rende compte qu'en réalité nous allions mieux ensemble en tant qu'amis. Pour autant que je sois sympa avec lui et pour autant qu'il soit sympa avec moi et le monde entier.

Après Liam, j'avais essayé d'avoir une relation plus sérieuse avec un garçon qui s'appelait Regan, jusqu'à ce que j'apprenne que lui et ses amis avaient parié dix mille dollars sur qui serait le premier à me mettre dans son lit. Oui oui, dix mille dollars. Ridicule. À partir de ce moment-là, je devins une Ivory que personne ne connaissait encore, pas même moi. Le fait que ce que mon père me répétait sur les garçons depuis que j'avais l'âge de raison ait fini par être vrai m'avait rendue bien plus furieuse que ce que vous pouvez imaginer. Je pris les cartes en main et depuis lors on faisait ce que, moi, je disais : il n'y avait pas de place pour les demi-mesures.

— Le mec du comptoir vient par ici, dit Liam, une demi-heure et trois martinis plus tard. Je me fais passer pour ton petit ami ?

— Ce serait marrant, mais non, dis-je en attendant de voir ce qu'il allait faire.

J'entendis quelqu'un derrière moi, mais je me fis un peu désirer. Liam, en revanche, se retourna pour le regarder.

— Tu veux quelque chose, mon pote ?

— En réalité, j'ai juste un truc rapide à dire à ton amie.

Je me tournai vers lui avec un sourire amusé. Il était assez beau, plus que je ne l'avais tout d'abord pensé.

Il cligna des yeux deux ou trois fois quand on se regarda face à face.

— Putain… tu es encore plus belle de près.

Je sus que Liam levait une nouvelle fois les yeux au ciel sans même avoir à me retourner pour le vérifier.

— Tu voulais quelque chose ? dis-je posément.

Les compliments ne signifient rien pour moi.

Le garçon bredouilla un ou deux mots, puis sortit une carte de la poche de sa chemise et me la tendit.

— Je serais ravi de t'inviter à dîner, dit-il, à présent plus calme et déterminé.

Je lus sa carte.

HARRY WILSON – ARCHITECTE

Il ne se doutait sûrement pas que j'avais vingt ans. Voilà ce qui arrivait quand on sortait boire un verre à Wall Street.

— Je vais y réfléchir, répondis-je.

Harry me sourit et je vis qu'il avait une fossette dans la joue gauche. Je lui rendis son sourire et il prit congé d'un geste de la main. Il ne m'avait même pas demandé mon prénom…

Je rangeai la carte dans mon sac et me tournai vers mon ami, qui me regardait d'un air mi-amusé, mi-contrarié.

— Parfois, cela m'horrifie que tu me ressembles autant.

Je souris en secouant la tête.

— Tu sais parfaitement qu'on ne se ressemble pas le moins du monde.

Liam fit de nouveau « non » de la tête.

— Le type qui finira par te baiser sera vraiment un mec chanceux.

Je lui lançai un regard de reproche.

— Tais-toi ou tu vas faire tomber ma couverture.

— Tu es comme une mante religieuse, tu le sais, non ?

— Moi, je ne dévore personne. Je prends simplement ce que je veux et c'est terminé.

— Et ça ne te dérange pas qu'on dise à la ronde qu'on t'a baisée sans relâche ?

Si. Ça me dérangeait.

— S'ils sont obligés de mentir pour se sentir plus virils, eh bien, qu'ils mentent. Si quelqu'un veut savoir la vérité, qu'il vienne et me demande.

Liam éclata de rire.

— Parfois, je crois que tu n'as aucune putain d'idée de là où tu te fourres. Un beau jour, un type te rendra folle et, quand cela arrivera, tu ravaleras toutes ces idées féministes que tu affectionnes tant.

— Ça n'a rien à voir avec le féminisme. Les hommes utilisent les femmes depuis le début des temps. Ils prennent ce qu'ils veulent d'elles et s'en vont. Qu'est-ce que ça a de mal que je fasse la même chose ? Je ne veux pas qu'ils prennent du plaisir avec mon corps, je veux juste prendre du plaisir, moi.

Liam me regarda comme si j'étais naïve.

— N'importe quel homme de la terre prendrait du plaisir juste à te regarder, Ivory. Même si tu ne les laisses que te toucher, pour eux, c'est comme s'ils avaient gagné à la loterie, crois-moi.

Je restai silencieuse quelques instants.

— La seule personne avec qui je serais disposée à le faire, ce serait toi, mais parce que nous sommes amis.

Liam avala de travers sa gorgée de bière.

— C'est quand tu lâches des trucs pareils que je me rends compte que tu es toujours une gamine. Allez, viens, je te ramène chez toi.

Je ne mentais pas quand je disais que Liam était le seul homme à qui j'étais disposée à offrir mon corps. Comme il le disait, il était le seul de toute la planète en qui j'avais suffisamment confiance. Je l'avais envisagé de nombreuses fois parce que, même si je me débrouillais plutôt bien avec les préliminaires, je craignais d'aller jusqu'au bout. Depuis que j'avais l'âge de raison, mon père m'avait inculqué que la vertu d'une femme est tout. Les religieuses à l'internat ne s'étaient pas privées pour détailler ce qui nous arriverait si nous cédions à la luxure. La virginité semblait être quelque chose qui affolait les gens de mon entourage et, bien que dans le fond de mon âme j'aie envie de me révéler et de le faire à ma manière, j'étais encore incapable de franchir ce pas.

Liam me raccompagna chez moi dans son Audi grise. Il venait de se l'acheter et les sièges avaient encore l'odeur du neuf. Pour ma part, à l'inverse de la plupart des étudiants, je ne vivais pas sur le campus de la faculté. Mon père m'avait permis d'emménager à New York et d'aller à l'université à condition que ce soit lui et lui seul qui me procure un logement.

Mon appartement, que je ne partageais avec personne, était situé dans l'un des quartiers les plus chers de la ville, à quinze minutes de la faculté, dans ce que tout le monde connaissait comme l'Upper East Side. Cela peut avoir l'air arrogant, mais le fait de vivre dans l'un des meilleurs immeubles de New York ne m'importait absolument pas. Toute ma vie, j'avais été entourée de luxe et, bien que nombre de personnes pensent que j'étais stupide de vouloir étudier alors qu'il était clair que mon père me laisserait une fortune, j'avais toujours voulu essayer de tracer ma route par moi-même.

J'étais très douée avec les nombres, alors étudier l'économie avait toujours été le plan B. Durant presque toute mon adolescence, j'avais supplié mon père d'intégrer l'école de ballet de New York. Sa réponse avait toujours été un « non » catégorique, et j'avais décidé un jour de lui tenir tête. Par la suite, je m'étais juré que cela n'arriverait plus jamais. Je tremblais encore en me rappelant sa colère. De toute façon, je continuais à danser chez moi. Avoir un appart pour moi toute seule était au moins utile pour une chose, c'était que je pouvais y danser autant que j'en avais envie.

Je pris congé de Liam avec un baiser sur la joue et je lui promis qu'on se verrait avant le week-end.

J'entrai dans l'immeuble, saluai Norman, le concierge, et traversai le hall pour atteindre l'ascenseur. Vivre seule à New York pouvait être dangereux, surtout pour une femme, mais dans ce quartier les gens étaient très calmes. Il s'agissait pour la plupart de familles avec leurs enfants ; les parents travaillaient à Wall Street et gagnaient des quantités obscènes d'argent. Mon père était l'un d'entre eux.

J'avais décoré mon appartement de manière plutôt simple, si l'on ne tenait pas compte des coussins rose vif. Ma devise était « Moins tu en as, moins tu auras à ranger » et je la suivais au pied de la lettre. L'appartement n'était pas très grand : il avait deux chambres, deux salles de bains et un salon avec cuisine américaine. Au bout d'un long couloir, il y avait une zone réservée aux employés de maison et, comme je n'en avais pas, j'y avais monté mon petit studio de danse, où je passais pratiquement tout mon temps quand j'étais chez moi. J'y avais fait installer une barre pour pouvoir danser et de grands miroirs qui me renvoyaient mon regard chaque fois que j'arrivais à me détendre au rythme de la musique.

Sur l'un des murs du salon, ma meilleure amie, Tamara, avait commencé à peindre une superbe fresque, pleine de dessins sans aucune relation entre eux mais que l'on pouvait contempler inlassablement. Tami y avait aggloméré des phrases de livres, des images qui nous représentaient, des paroles de chansons, de merveilleuses fleurs et surtout un grand nombre d'yeux, de toutes les tailles, avec toutes sortes d'expressions… Elle adorait représenter les regards, et j'étais émerveillée par son talent pour les refléter presque à la perfection sur n'importe quelle surface plane, du moment qu'elle avait un moyen de peindre à portée de main. Un jour, elle m'avait dessiné un Minion sur une serviette en papier de Starbucks, simplement avec la paille et la mousse de mon frappuccino.

Je posai mon sac sur le plan de travail de la cuisine et me dirigeai droit vers le frigo. J'étais un véritable désastre quand il s'agissait de cuisiner. Je me souviens qu'une fois j'avais essayé de préparer un pain de viande en suivant la recette de ma mère et de ma sœur et, tellement peu habituée à cuisiner, je l'avais oublié dans le four et j'avais presque mis le feu à la cuisine.

Je préférais qu'on me livre des plats à domicile.

Comme j'avais un cxamen de microéconomie la semaine suivante, je décidai de bosser. Je mis de la musique classique en fond sonore et les heures s'écoulèrent sans que je m'en rende compte. Lorsque j'ouvris les yeux, je compris que j'étais tombée dans un profond sommeil et, en plus, dans une position pas du tout confortable. Je me redressai du mieux possible sur le canapé ; j'aurais aimé que quelqu'un me prenne dans ses bras et m'emporte jusqu'à mon lit comme une enfant.

Je n'eus pas cette chance.

Je posai mon livre sur la table basse et me traînai jusqu'à ma chambre. Une fois pelotonnée sous ma couette blanche, cette sensation de solitude revint m'assaillir. Je n'étais pas craintive… enfin, je l'étais un peu. J'avais toujours vécu avec des gens dans mon entourage. Chez moi, il y avait toujours les domestiques ; Lupita, la gouvernante, prenait soin de moi comme si elle était ma mère. Il y avait aussi Peter ou Logan quand mon père était à la maison. À l'internat, j'avais partagé ma chambre avec quatre filles, dont Tami, et nous n'étions presque jamais seules… Cet appartement devenait le centre de toutes mes craintes. Ça ne vous est jamais arrivé que votre esprit commence à divaguer et que le moindre bruit se transforme en un film d'horreur dans votre tête ? Je détestais ces jours-là…

Je fermai les yeux tandis que je remontais la couette et commençai à compter en silence : un, deux, trois… dix-huit… quarante-quatre, quarante-cinq… deux cent six…

À un moment donné, entre deux cent six et cinq cent quarante-trois, je réussis enfin à m'endormir.

Le vendredi arriva sans que je m'en rende compte. On m'invita à une fête dans une discothèque de la ville, mais je déclinai la proposition. Non parce que je n'aimais pas sortir, bien au contraire, mais cette nuit je préférais rester chez moi à danser ou à regarder un film. Après avoir passé plus de deux heures trente à la barre à faire des pliés, j'enfilai un T-shirt blanc ample par-dessus mon maillot et observai la carte du fameux Harry avec incertitude.

Je pouvais l'appeler et lui demander s'il avait envie de venir dîner avec moi. Je n'aurais pas besoin de sortir faire des courses ou de re-commander une pizza au commerce du coin de la rue. Mais alors je me souvins qu'il ne m'avait même pas demandé mon prénom. Que pouvais-je faire ? L'appeler et lui dire « Salut, je suis la fille du bar » ?

Sûrement pas.

Il faisait encore jour, alors j'enfilai mes chaussures de sport préférées, un legging, un T-shirt à manches courtes, et je décidai d'aller courir. Normalement, je courais une heure chaque jour, mais pas le matin parce que je détestais me lever tôt. De plus, j'aimais voir le coucher de soleil qui se reflétait sur le Reservoir, le plan d'eau de Central Park.

Le Livre de Poche s'engage pour l'environnement en réduisant l'empreinte carbone de ses livres. Celle de cet exemplaire est de :
300 g éq. CO_2
Rendez-vous sur www.livredepoche-durable.fr

PAPIER À BASE DE FIBRES CERTIFIÉES

« Pour l'éditeur, le principe est d'utiliser des papiers composés de fibres naturelles, renouvelables, recyclables et fabriquées à partir de bois issus de forêts qui adoptent un système d'aménagement durable. En outre, l'éditeur attend de ses fournisseurs de papier qu'ils s'inscrivent dans une démarche de certification environnementale reconnue. »

Édité par la Librairie Générale Française - LPJ
(58 rue Jean Bleuzen, 92 170 Vanves)

Composition Nord Compo
Achevé d'imprimer en Espagne par Liberdúplex
Dépôt légal 1re publication juin 2021
31.6492.1 / 14 – ISBN : 978-2-01-715501-0
Dépôt légal : février 2025